漫時光

蓮花樓 冊三

藤萍　作

高寶書版集團

◆目錄◆

第十章

繡花人皮

一 繡花人皮

一張雪白柔滑的人皮，其上用繡線密密地繡了一張奇異的圖畫，燈光之下，那人皮依舊鮮活，如凝脂白玉，那繡紋映著燈火，一個個詭異豔麗的符號彷彿正在昏黃的光線中扭曲、跳舞……

這張皮很有名，原因是它本長在很有名的人身上，而十日之前那人剛死，變成了一張繡花人皮。

李蓮花拿到這張人皮的時候，他和方多病正在吃飯。拿到人皮後，方多病立刻說他飽了，李蓮花卻仍然津津有味地吃完了一整碗米飯和三兩滷牛肉，喝了一杯茶。

這張人皮來自「江湖第一美男子」魏清愁，江湖傳說這魏清愁生得如明珠美玉，身高八尺一寸，十分英俊瀟灑，精通琴棋書畫，尤其篆刻印章之術天下無雙，是女子見了定要傾心的濁世翩翩佳公子。他十日前迎娶江浙大富豪蘄春蘭的女兒蘄如玉為妻，本是一樁才子佳人的美事，結果新婚之夜，新娘一覺醒來，風流倜儻的夫君居然變成了一張繡花人皮，嚇得新娘發了瘋。

此事十日之間傳得沸沸揚揚，有人說魏清愁本是掛著人皮的狐妖，如今現出原形；有人說魏清愁其實沒死，那張皮並不是魏清愁的皮；又有人說那皮千真萬確是魏清愁的皮，他肚皮上那塊綠豆大小的胎記你看見沒有？那千真萬確、童叟無欺，就是……

因為靳春蘭的表弟的妹夫的女兒嫁給了方氏小姨娘的兒子，也就是說，靳如玉和方多病是親戚，所以這張繡花人皮很快輾轉送到方多病手上。靳春蘭不知從何處聽說李蓮花能令死人開口，精通陰陽之術，所以把繡花人皮之事慎重交託給方多病，言下之意，自是交託給李蓮花了。

雖然早知道有這麼一張人皮，但靳春蘭的手下將人皮帶來，在方多病眼前打開時，他的第一個感覺還是想吐。

人皮寬約一尺，長近兩尺，用不知名的藥水浸泡過，有一股古怪的香味。方多病和李蓮花目不轉睛地看著那張人皮，李蓮花面帶微笑，方多病低低罵了一聲，卻忍不住伸出手指，沿著人皮上那鮮豔的紋路輕輕摩娑，只覺繡紋細膩精緻，人皮光潔順滑，指下生出一股異樣的感覺，竟是令人想要不住把玩。其上繡著八個奇怪又神祕的符號。

「這是什麼玩意兒？」方多病丟下人皮，「咒語？暗號？還是道士串在桃木劍上的那種神符？」

李蓮花道：「我怎麼知道？一個瓶子……一座山……一把斧頭、一個雞蛋、兩個人，還有一串不知道什麼東西。這人多半是剝皮繡花的老手，否則怎麼能弄得這麼乾淨漂亮……」

方多病喃喃道：「但繡花……繡花應該只有女人會啊，難道說魏清愁這人風流多情，他要成親，哪個女魔頭因愛生恨，將他殺了，再剝下人皮繡花？」

李蓮花嘆道：「你一向聰明，但……但世上除了愛吃人的角麗譙，居然還有愛剝皮的張麗譙、李麗譙，真讓想討老婆的男人們心寒啊。」

方多病一樂：「難道死蓮花你最近想要討老婆了？」

李蓮花正色道：「老婆我早已討過，只不過改嫁給了別人而已……」

方多病嗤之以鼻：「胡說八道……總而言之，要明白事情是怎麼回事，今晚乘馬車，你我上蘄家『神仙府』一行。」

蘄春蘭家號稱「神仙府」，自是非同小可，沒有「方氏」的馬車，如李蓮花之流是萬萬進不去的。李蓮花連連點頭，目光在那精美的繡花人皮上流連，那八個古怪符號定有含義，只是那殺人凶手難道會自己繡下線索，讓別人追查嗎？如果不是事關凶手的線索，那些符號又表示什麼呢？繡花人皮一案，確是離奇古怪，讓人十分好奇。

八日之後，瑞州。

方多病和李蓮花乘坐方氏華麗寬敞的馬車來到「神仙府」。方氏的馬車乃由八匹駿馬拉車，楠木為壁，雕刻精美，四角懸掛金銀珠寶，奢華到了極致。

李蓮花一路坐來，八馬拉車，搖晃甚劇，外頭懸掛的金銀珠寶叮噹作響，十分吵鬧，到達之際他只覺腰痠背痛，難受至極。而方多病卻呼呼大睡，馬車停妥後李蓮花將他搖晃兩下方才驚醒。

只聽外面馬車夫報稱方氏方多病駕臨，「神仙府」大門緩緩打開，讓方氏的馬車入內。李蓮花撩起窗紗一看，倒抽一口氣，只見靳家金碧輝煌，處處庭院都蓋得比尋常所見大約一成、高約三尺，就連栽種其中的花木都比尋常所見的大上許多，方氏這輛馬車在路上看來氣派非凡，走進神仙府不知怎的就變得尋常至極，毫不起眼。

馬車很快停下，方多病已經徹底清醒，從車裡拈起塊巾帕抹了抹臉，裝模作樣地下車，李蓮花跟在他身後。

對面大步行來一位身材清雋的中年人，面白長鬚，神色甚是悲淒，拱手道：「想來這位便是方大少了，遠道而來，不勝感激，家門不幸，遭逢大變，靳某慚愧萬分。」

方多病也拱手回禮，溫言回答道：「靳伯父不必擔憂，既是親家，靳家的事就是我方某的事，靳……靳表妹的事，方某在所不辭。」他實在不知靳如玉和他到底算是哪門子親戚，話到嘴邊，硬生生認了個「表妹」。

李蓮花知他心意，微微一笑。

方多病滿口稱「蘄家的事就是我方某的事」，他可沒說這是「方氏」的事，這層意思，蘄春蘭若聽不出來，那就不是蘄春蘭了。

可蘄春蘭即使聽出方多病話裡玄機也沒表現出來，仍舊滿面悲傷，看他的模樣實在傷心至極，彷彿天地為之灰暗，日月為之無光，讓人不忍揣測這人究竟心機如何，只聽他道：「兩位都是武林高手，連袂前來，如玉的事我就不怕了，說實話，這幾日我日夜擔心，不知我蘄家究竟得罪了何方神聖，竟發生這種慘絕人寰之事，又不知歹人是否要向我府裡其他人下手。」

方多病和蘄春蘭是八竿子打不著的親戚，也從來沒有見過面，看他這副模樣，不禁和李蓮花面面相覷，兩人心下詫異，想不到堂堂江浙大富竟是如此。

「伯父莫怕，待我和死蓮……李樓主先去查看當日繡花人皮發現之處，伯父與展雲飛幾人留在屋內，不要隨意走動。」他抵達之前，蘄春蘭就已寫信說明他命護衛展雲飛等人將主院看守得密不透風，他和夫人女兒日夜躲在其中，不敢出來。

蘄家護衛展雲飛號稱「江浙神龍」，武功高強，八十六路「無鋒劍」名列江湖第三十七，對蘄春蘭忠心耿耿，是難得的護衛人選。蘄家發生繡花人皮離奇事件當日，他奉命前往京師辦事，這才給了凶手肆無忌憚、殺人剝皮的機會。

　　蘄春蘭連連點頭，他身後一位灰袍長袖、身材高大的長髮男子對方多病微微點頭，那人便是展雲飛。方多病自然也沒見過這位名震江浙的大俠，聽說此人本來行俠仗義，雲遊天下，一日負傷被蘄春蘭所救，方才甘為奴僕。這種報恩方法方多病很不以為然，而且展雲飛不梳頭髮更是犯了方多病的大忌，但其人還是相當可敬的。

　　方多病對他上下打量幾眼，卻見展雲飛對自己點頭之後，便目不轉睛地看著自己身後。方多病一回頭，竟是李蓮花對展雲飛微微一笑。展雲飛目光流動，那眼神說不出地古怪，方多病心底大為奇怪——這兩人難道認識？死蓮花又從哪裡結識這種橫行江湖十幾年的俠客？若不認識，那眼神是什麼意思？

　　蘄春蘭和展雲飛很快離去，留下一個奉茶童子帶兩人前往蘄如玉的洞房。

　　等蘄春蘭一走，方多病忍不住問道：「你認識展雲飛？」

　　李蓮花「啊」了一聲：「有過一面之緣。」

　　方多病道：「三十幾歲的老男人不梳頭髮，古怪極了，他對你使什麼眼色？」

　　李蓮花奇道：「使眼色？啊……你誤會了，方才有隻蒼蠅在我頭上飛，他多半不是在看我。聽說這人十八歲出道，二十歲就已經很有名，二十二歲那年他和人比武打賭，結果輸了，自那以後他便不梳頭髮，這人很講信用。」

　　方多病稀奇道：「比武輸了就不梳頭髮，這是什麼道理？」

李蓮花道：「那是因為他和人打賭，賭注就是誰輸誰就不梳頭髮。」

方多病哈哈大笑：「他和誰比武？」

李蓮花道：「李相夷。」

方多病越發好笑：「這位李前輩真是古怪，為何要打賭讓別人不梳頭髮？」

李蓮花嘆了口氣：「只因那日李相夷和展雲飛聯手大敗聯海幫，捉住了聯海幫幫主蔣大肥，李相夷要將蔣大肥綁回台州，臨時缺了條繩索，看中了展雲飛的頭巾……」

方多病對這位李大俠真是仰慕佩服到了極點，猛一拍欄杆，大笑道：「展雲飛自然不肯把頭巾相送，於是他們便比武賭頭巾，爽快！可惜李相夷已經死了，我出道太遲，看不到斯人風采，真是可惜、可惜！」

李蓮花道：「那也沒什麼可惜的……」

方多病笑到一半，突然想起：「咦？這些事你怎麼知道？」

李蓮花一句話還沒說完，突然一愣：「啊……我是在比武那日見過展雲飛一面，此後再也沒見過。」

方多病羨慕至極，斜眼看著李蓮花：「嘖嘖，那你一定見過李相夷了？竟然藏私不說。如何？是不是丰姿瀟灑，氣宇軒昂，能詩能畫，能做萬人敵的絕代謫仙？」

李蓮花想了半晌，似乎在苦苦思索要如何表達李相夷的「絕代謫仙」風采，慢吞吞道：

「那個……李相夷嘛……啊……洞房到了。」

方多病正在等他形容李相夷如何風華絕代，忽聽「洞房到了」，心中一愣。兩人一齊站定，只見亭臺樓閣、奇花異草深處，一處紅色小樓依偎其中，樓閣精細綺麗，說不出的玲瓏婉轉，旖旎至極，和神仙府中恢宏的樓閣大不相同。風中傳來一陣淡淡的花香，不知是何種奇花在此開放，聞之令人心魂俱醉。

方多病痴痴地看著那紅色小樓：「世上竟然有這種房子……」

李蓮花微微一笑：「走吧。」

方多病心想，和這洞房相比，李蓮花的吉祥紋蓮花樓真是差勁至極、醜陋至極，同時他的手按在紅色小樓的大門上，用力一推，「吱呀」一聲大門洞開，一股血腥之氣撲面而來，奉茶童子遠遠避開，一眼也不敢往門裡面看。

二　新娘其人

門內地上一灘乾涸的黑血，地板本來以漢白玉鋪就，光滑細膩，若不是這一灘黑血，便沒有半點瑕疵，如今卻染上血汙，十分可怖。樓內大堂地上除一灘血之外，再無其他痕跡，兩側的太師椅都是紫檀所製，在暗淡的光線中竟顯得分外猙獰。

方多病點燃屋內燈火，屋中燭臺悉數以黃金製成，其上紅燭也十分鮮紅，和尋常紅燭不同。梁上懸掛銅八卦一個，鑄工精美，上有飛雲走日之圖，追求古樸之風，銅八卦上熏了些微黑煙，其下紅色穗子打成雙喜之形，手工細緻。正對門處是一座屏風，屏風以碧綠瑪瑙雕刻而成，也是飛雲走日之圖，其下山水迷離，房屋處處隱於雲霧之中，圖案高雅精緻。

方多病和李蓮花緩步走向屏風，在那之後便是洞房。洞房十分寬闊，一色全紅，窗下一個木架，本應擺放臉盆，不知為何沒有放上。床上各色枕頭錦被精美絕倫，床邊兩根齊人高、腰眼粗細的碩大紅燭，燭身雕龍刻鳳，十分精美。床邊有書桌一張，其上文房四寶齊備，硯臺中微有墨痕，似乎這對新人是在題詩作畫之後方才休息。床上散落著幾件紅衣，有些細小的血跡。李蓮花挑起衣裳，展開一看，衣裳邊角上繡有鴛鴦荷花，並非鳳冠霞帔，應是一件新娘中衣，衣袖之上卻有七八個小孔，大小不等，位置各異，基本上右邊的孔比左邊的大些，左邊衣袖上有一處染了血跡。整個洞房之中，並沒有想像中那般鮮血淋漓、可怖至極的剝皮場面，似乎連血都出奇地少。

「這天氣也不是很冷，新娘子進洞房用得著穿這麼多衣裳？」方多病嘀咕，將床上幾件衣服一一展開，衣袖上都見古怪的小孔，位置大小都差不多，總計有三十多個，「這是什麼玩意兒？難道凶手還對她的衣服下手，連刺了三十多下？」

李蓮花道：「這倒不是……」他揭開被褥，錦被上僅有些微細小的血點，被下卻是一大片烏黑的血跡，床板上穿了一個小洞。

李蓮花忽地爬到床上，方多病嚇了一跳：「你做什麼？」

李蓮花一抬頭，「砰」的一聲後腦杓撞在床架上，「哎呀！」他轉過頭來，呆呆地看著那座床架。

方多病好奇心起，也爬上床探頭看那床架，只見楠木床架內側極高的地方深深嵌著一個閃閃發光的東西。

「金絲珍珠……」李蓮花喃喃道，「你說這東西怎麼會在這裡？」

方多病睜大眼睛，伸指就想把那金絲珍珠拔出來：「這是鳳冠上的吧？難道他們夫妻打架，把鳳冠扔到這裡來？」

李蓮花抬手阻攔，仍是喃喃道，「雖不中亦不遠矣。但這個位置未免有些高……」他下了床，在房裡走了兩圈，嘆了口氣，「你那表妹做新娘，卻是別人入洞房，難怪這人死得糊裡糊塗，只怕人到了陰曹地府還想不通自己是怎麼死的。」

方多病大吃一驚：「你說什麼？別人入洞房？你說新娘不是蘄如玉？」

李蓮花斜瞥了他一眼，搖了搖頭：「這再明顯不過，若非蘄春蘭騙了你我，就是蘄如玉騙了蕲春蘭。」他突然把那件新娘中衣披在方多病身上。

方多病猝不及防，手忙腳亂地要脫，李蓮花拍了拍他的肩頭：「你用右手多過左手，是吧？」

方多病左手衣袖纏住右手衣袖，聞言一怔：「不錯……」

李蓮花順手拾起桌上的黃金燭臺，遞到方多病右手。

方多病隨手握住，莫名其妙：「幹什麼？」

李蓮花扳起他的雙手，把燭臺藏在衣內，右手握後，左手握前，往下一刺。

方多病「哎呀」一聲叫了起來：「難道是蕲如玉殺了魏清愁？」

李蓮花如此比畫，顯而易見，新婚之夜，新娘衣內藏有利器。新娘右手持凶器隔著衣袖刺殺魏清愁，那中衣上留下的小孔，並非三十幾個孔，而是一個，只不過衣袖多層，又有褶皺，被穿過多次而已。右手衣袖的孔大些，是因為凶器先穿過右手衣袖。

李蓮花搖了搖頭：「你看被褥上血跡如此少，被褥底下那麼多血，這人被刺中要害後一直躺在床上等死，流血極多。無論凶手拿的是什麼利器，這一刺顯然勁道極強，說不定把他釘在床上，你那表妹可會武功？」

方多病瞪眼道：「我連表妹都沒見過，怎知她會不會武功？」

李蓮花道，「你這表哥做得還真差勁。不過，那新娘跪在床上刺殺新郎，她頭戴的鳳冠能撞到床架上面，顯然她比我高一些。」他在頭上比畫了一下鳳冠的高度，「若不是你表妹身高八尺一寸，就是新婚之夜穿著霞帔、頭戴鳳冠的新娘另有其人。」

方多病駭然，呆了半晌：「新婚之夜，竟有人假扮新娘，刺殺新郎，蘄春蘭也太窩囊，堂堂江浙大富，手下高手不少，竟然會發生這種事？」

李蓮花嘻嘻一笑：「身高八尺一寸的新娘，倒是少見。」

方多病喃喃自語：「蘄春蘭說蘄如玉睡醒就看見魏清愁變成一張人皮，分明是胡說，要麼便是蘄如玉殺了魏清愁，要麼便是有人假冒新娘殺死魏清愁，而且這個新娘——這個假新娘十有八九和蘄春蘭是同夥，否則蘄如玉為何說謊？身高八尺一寸的新娘子這麼少見，蘄家怎會渾然不覺？」

李蓮花慢吞吞道：「看來你非見一見你那『表妹』不可了。」

才說到「表妹」，紅色小樓外忽地「嘩啦」一聲。

「誰？」方多病喝道。

屋外一人撩開門邊懸掛的珍珠簾子，一頭長髮沒梳，灰袍長袖，正是展雲飛。他淡淡地看了李蓮花一眼，似乎已經聽了許久兩個人的對話：「兩位看完了嗎？」

方多病咳嗽一聲：「看完了。」在他看來，如果蘄家合謀殺魏清愁，這展雲飛肯定脫不了干係，故而看人的眼神不免有點古怪。

展雲飛拱了拱手：「老爺請兩位至幽蘭堂說話。」

幽蘭堂是「神仙府」的主院，靳春蘭、靳如玉以及靳春蘭的夫人游氏都住在幽蘭堂中。展雲飛領著李蓮花和方多病踏入幽蘭堂，只見牆頭門外人影綽綽，廊前屋後站立著七八位白衣劍士，人人神情肅然，嚴加戒備。

李蓮花讚道：「展大俠果然了得，訓練出這許多劍士，人人武功高強，都是人才。」

方多病也道：「幽蘭堂固若金湯，其實靳伯父不必害怕，有展大俠在，何事不能解決？我等遠道而來，倒是多餘了。」

李蓮花是真心讚美，方多病卻是故意諷刺，展雲飛淡淡掠了李蓮花一眼，那眼神仍舊很古怪：「過獎了。」

方多病嗆了一下，正待再說兩句，幾個人已走到幽蘭堂正廳門口，靳春蘭就在門前等候，滿臉焦急，一見方多病便一把拉住他：「你們可明白了，那繡花人皮的含義？」

方多病莫名其妙，愕然道：「什麼含義……」

靳春蘭失望至極，連連跺腳：「雲飛，你告訴他們，冤孽冤孽，我那……我那苦命的如玉……怎會惹上這種魔頭……」展雲飛關上大門，請方多病和李蓮花上座，靳春蘭在一旁不住走來走去，顯得很是煩躁。

原來靳春蘭的女兒靳如玉右腳微跛，個子甚矮，不是什麼身高八尺一寸的奇女子，也很少出門。蘄春蘭本打算將女兒嫁與展雲飛，了卻一樁心事。畢竟蘄如玉雖然跛腳，但年方十八，家財萬貫，容貌清秀；展雲飛年紀大些，卻也是一代俊傑。在蘄春蘭看來，是樁再合適不過的姻緣，誰知展雲飛出言謝絕，不願迎娶蘄如玉。蘄如玉大受打擊，有一日偷偷溜出蘄家，和婢女幾人在城郊遊玩排遣心情，結果卻將一個男人撿回蘄家，這男人自然就是魏清愁。魏清愁年紀既輕，又英俊瀟灑，言語溫柔，不過月餘兩人便結下婚姻之約。蘄春蘭原本不悅，但魏清愁人品俊秀，深得游氏喜愛，也不曾聽聞什麼劣跡，加之女兒成婚的嫁妝細軟早已備好，經游氏再三慫恿，便答應了這門婚事。

一日深夜，蘄春蘭半夜起來拉屎，突然看見一道人影在牆上緩緩搖晃，形狀古怪至極。他探頭一看，倒抽一口氣，只見魏清愁穿著一件白袍，在門外花廊地上爬動，就如一條人形蠕蟲，不住發出低低的怪笑聲，蠕動著往門口方向爬去。

蘄春蘭接著往門口一看，只見幽蘭堂大門口站著一位面戴青紗的白衣女子，長髮及腰，面戴的青紗上依稀有斑斑點點，全是血跡，白衣上也盡是血跡，右臂懸空，竟是斷了一截。蘄春蘭嚇得魂飛魄散，一口痰堵在咽喉，就此昏死過去，等到白日醒來，卻是躺在自己床上，詢問游氏，游氏只說他半夜夢鬼，胡說八道！

經此一事，蘄春蘭對魏清愁不免起了許多疑心，婚姻之期越近，越是寢食難安，終於按捺不住，派遣展雲飛上京師調查魏清愁。然而，展雲飛一去一回耗時月餘，蘄如玉和魏清愁按期成婚，誰知新婚之夜，竟發生了如此詭異可怖之事！

靳春蘭想起那夜看見的魏清愁和女鬼，害怕至極，日夜擔心那女鬼不僅害死魏清愁，尚要害死靳家全家，將人人剝皮繡花，故而恐懼至極。

展雲飛性情冷淡，說話簡練，故事說得半點也不動聽，方多病聽得無聊，目光不免在幽蘭堂中四處游移，只見一位青衣少女一直垂頭坐在一旁，不言不動，約莫就是他那「表妹」。

展雲飛將事情交代清楚，方多病忍不住問：「如玉表妹，那日……妳醒來之時，究竟看到了什麼？」心中卻道：如果新娘不是妳，妳怎會以為自己是新娘？世上哪有進沒進洞房都搞不清楚的新娘子？莫非妳和那假新娘串通好了？

「我……我……」靳如玉顫聲道，尚未說出什麼，眼淚已奪眶而出，「我只記得我坐在洞房裡，清愁喝醉了進來……然後……然後我就什麼也不知道了，等我醒來，就看到……看到滿床的血，還有那張……那張……」她劇烈顫抖起來，臉色慘白。

李蓮花看了一眼桌上的清茶，方多病連忙端起茶，讓靳如玉喝了一口，接口道：「還有那張人皮？」

靳如玉閉上眼睛，點了點頭。

方多病心裡詫異，如果坐在洞房裡的確實是靳如玉，那假新娘是如何假扮新娘的？要知道，假扮新娘，自然是要讓魏清愁誤以為她是蕲如玉，可蕲如玉清醒地看到魏清愁走進來，那假新娘如何趁他不注意將蕲如玉移走，再更換衣服假扮成蕲如玉？方多病轉頭看向李蓮花，卻見他微微一笑，似乎對蕲如玉的回答很是滿意，心裡越發悻悻然：「不知展大俠上京師有何收穫？」

展雲飛沉靜地道：「魏清愁父母雙亡，家境貧困，其人相貌俊秀，拜在峨眉門下習武，不久改師『獨行盜』張鐵腿。兩年前出道，絕口不提家世師門，以貴公子姿態行走江湖，未做什麼大事，然名聲不壞。」

他說得含蓄，方多病脫口問道：「他哪裡來的錢？」

展雲飛搖了搖頭，李蓮花道：「摔下懸崖，發現什麼祕笈寶藏，一夜之間便成為武功高強的貴公子，這種事也是有的。」

方多病道：「胡說八道！總而言之，張鐵腿在四年前就死了，依照張鐵腿的武功學問，萬萬教不出魏清愁這樣的徒弟，這其中一定有問題！」

李蓮花慢吞吞道：「說不定他的學問武功是峨眉尼姑們教的……」

方多病正想破口大罵死蓮花專門和他唱反調，卻突然想起他「親戚」蕲春蘭在場才及時忍住，淡淡道：「峨眉尼姑卻沒錢讓他吃白食、做貴公子，張鐵腿自己也窮得要命，否則怎會去打劫？」

展雲飛點了點頭：「張鐵腿四年前死於『忠義俠』霍平川之手，魏清愁兩年前方才出道，這之間的兩年下落不明，必有問題。」

李蓮花自言自語了幾句，忽然睜大眼睛看著蘄如玉：「我還有個問題想不明白，這若是魏清愁的皮，那他的屍體在哪裡？」

蘄如玉一呆，蘄春蘭和游氏面面相覷，展雲飛沉聲道：「不知所終。」

李蓮花嘆了口氣：「也就是說，那天晚上，蘄姑娘進洞房之後不久，魏清愁就進來了，接著蘄姑娘突然人事不知，醒來就看到被褥之下都是鮮血，床上有一張人皮，除此之外，並沒有其他痕跡或者屍體，是嗎？」

蘄如玉點了點頭，臉色越發慘白。

李蓮花道：「洞房之夜，應當不會有人再進出洞房，那魏清愁是如何憑空消失的？此其一。若是有人殺死魏清愁，凶手是如何進入洞房，又如何消失的？此其二。還有那張人皮，如果有人殺死魏清愁就是為了剝這張人皮，那他為何沒有拿走？此其三。」

「祕道……」蘄春蘭喃喃道，「雲飛，那紅妝樓中可能有祕道嗎？」

展雲飛搖了搖頭，淡淡道：「絕無可能。」

方多病忍不住道：「魏清愁身負武功，他難道不能打開窗戶逃出去？」

展雲飛道：「這也絕無可能，新婚之夜，洞房之外都是奴僕女婢，除非是笛飛聲之流施展『橫渡』身法，否則不可能沒有一個人看見。」

李蓮花慢吞吞地問：「當日是誰先發現房中發生血案的？」

蘄春蘭道，「是阿貴，他聽到小姐驚叫，與大夥兒一起破門而入，便看見房中血跡和人皮。」他突然想到什麼，「說到看守在洞房外的奴才，幾十人都說當夜燈火一直沒熄，卻沒有看到什麼奇怪的東西。」

李蓮花道：「啊……那個火自然沒熄……」

方多病奇道：「什麼火自然沒熄，洞房花燭夜你當人人都不熄燈嗎？胡說什麼啊？」

李蓮花心不在焉地「啊」了一聲，喃喃道：「洞房花燭夜，有人要從裡面鑽出來絕無可能，定會引起注意，那麼如果有人進去呢？那夜，蘄姑娘在房中等候的時候，可有叫過女婢？」

蘄如玉微微一顫，低聲道：「沒有。」

展雲飛虎目一張，沉聲道：「但看守的侍僕報說，小姐吩咐娥月在三更送去茶水漱口。」

蘄如玉連連搖頭：「沒有，不是我吩咐的。」

李蓮花和方多病面面相覷：「娥月是誰？」

展雲飛道：「娥月是小姐的陪嫁丫頭。」

靳春蘭跺腳道：「馬上把娥月叫來，當日是誰叫她送茶水的？」

婢女娥月很快到了，是個個子高䠷的婢女，頗為粗壯有力，負責靳如玉日常起居，靳如玉跛腳，靳春蘭和游氏特地挑選了這個十分有力的女婢相陪。

靳春蘭厲聲問道：「洞房花燭夜，誰叫妳送茶水？妳送茶水時，可有看到什麼？」

娥月茫然失措：「送茶水？老爺，我……我沒有送茶水，小姐沒有吩咐，我怎敢闖進洞房？我真的沒有……」

靳春蘭怒道：「還敢抵賴？阿貴說看見妳從大門進去了！」

娥月「撲通」一聲跪下，臉色蒼白：「我沒有！老爺明察，我真的沒有進過紅妝樓，那個進去的人不是我……」

靳春蘭大怒：「給我拖下去重重地……」

他還未說完，方多病輕咳了一聲：「我看娥月沒有說謊，那天晚上進入洞房的多半另有其人，否則洞房之中，怎會憑空多出一位凶手？可有人看見娥月出來？」

展雲飛微微一怔，沉吟道：「阿貴只說看見娥月在三更送茶水，之後他在周圍巡邏查看，並不知道她有沒有出來。」

李蓮花插口道：「她出來了。」

靳春蘭奇道：「你怎麼知道？」

李蓮花反而更奇：「後來洞房之中並沒有多一個人，而是少了個姑爺，既然人沒有多，那就是出來了，怎麼，難道不是？」

蕲春蘭一怔，暗罵自己糊塗：「但魏清愁生不見人、死不見屍，卻又是從哪裡憑空消失的？」

「魏清愁並沒有憑空消失。」李蓮花道，「而是光明正大地從大門口走掉了。」眾人都是一呆，一起驚詫地「啊」了一聲，蕲春蘭叫了起來：「什麼？怎麼會？難道他不是死在洞房裡了？」

方多病也瞪眼道：「怎麼會？他若是沒死，為何要走掉？」

三　洞房之中

「他為何要走掉？」李蓮花苦笑道，「我要見了那房裡的『娥月』才知道。」

蕲春蘭道：「什麼娥月？娥月就在你面前，那洞房裡發生了這等事，哪裡還會有人？」

李蓮花道：「有人，那洞房之中有個死人。」

話說到這裡，眾人都是滿臉不可思議，方多病忍不住叫了起來：「剛才你和我在裡面走來走去，哪裡有死人？我怎麼沒看見？」

展雲飛也道：「洞房中若有死屍，怎麼一連八九日無人發現？」

「洞房中明明有個死人，只是大家太在意人皮，或者太矮了些，沒有留意而已。」李蓮花嘆了口氣，「新娘的衣裳上有利器的痕跡，新娘床上有大片血跡，甚至床板上有個洞，床上有張人皮，這些跡象不過說明穿著新娘衣裳的人在床上殺了個人而已，並不能說明被殺的人是魏清愁。」

眾人一震，脫口而出：「怎麼？難道被殺的不是魏清愁？」

李蓮花道：「被殺的也許是魏清愁，也許不是，不過他就在洞房之中……」

「走啦走啦，在洞房哪裡？」方多病再按捺不住，一把抓住李蓮花的手腕就往外拖去。

展雲飛幾人快步跟上，眾人很快來到洞房內，只見房中毛筆硯臺、紅燭錦被，哪裡有什麼人？方多病四處敲敲打打，這房屋以楠木製成，堅固至極，哪有什麼祕道啊、密室啊，就連個老鼠洞都沒有。

「人在哪裡？」方多病和靳春蘭異口同聲地問。

李蓮花舉起手，輕輕指了指床側的紅燭。

展雲飛仔細一看，微微變了臉色。

方多病踮起腳尖，「哎呀」一聲：「頭髮……」

蕲春蘭卻什麼也看不到，情急之下跳到檀木椅上，細看床右側的紅燭，其頂心隱約露出幾根黑色的東西，像是頭髮，頓時臉色慘白：「難道人……人竟然藏在紅燭之中？」

「唰」的一聲，展雲飛拔劍出鞘，一劍往那紅燭砍去，劍到半途，輕輕一側，「啪」的一聲拍在紅燭上，頓時齊人高的紅燭通體碎裂，一個個蠟塊劈里啪啦地掉了滿地。眾人還未看清楚，一樣巨大的東西轟然倒地，周遭附著的鮮紅蠟塊就如同凝結的鮮血。

蕲春蘭一聲慘叫——那摔在地上的東西是一具女屍，這女人因為長期藏在蠟中，樣貌看不清楚，但她腹部血肉模糊，少了一塊皮肉，且右臂斷去，不正是他那日夜裡看到的「女鬼」嗎？

「這女人是誰？」方多病嚇了一跳，「怎麼會被埋在蠟燭裡？魏清愁呢？」

李蓮花和展雲飛目不轉睛地看著那具女屍，女人胸前有一個大洞，是被利器刺死的，看她皮膚光潤如雪，生前必是位秀麗女子。

看了好一陣子，展雲飛緩緩道：「這女人武功不弱，雖然右臂殘缺，卻在上面裝了暗器。不過要知道她究竟是誰，恐怕唯有解開那繡花人皮之謎……」

李蓮花嘆了口氣：「魏公子不會繡花，那塊人皮既然是這位姑娘的，那麼那些圖案一開始……一開始就繡在她身上了……」

方多病駭然道：「她活著的時候，身上就繡著這許多絲線，豈不痛死？」

李蓮花苦笑道：「我也覺得很痛。」

「一個身上繡著古怪圖案的女子，看過之人必定記憶深刻，查找起來應當不難。」展雲飛長長吐出一口氣，「如果這就是當夜的『娥月』，那魏清愁去哪裡了？」

李蓮花微微一笑：「你還不明白嗎？有人假冒『娥月』進入洞房，卻突然死了，那出去的人會是誰？」

展雲飛道：「你說魏清愁假冒『娥月』出了洞房？」

「不錯，魏清愁若不是假扮娥月出了洞房，就是憑空消失了。」李蓮花嘆道，「蘄姑娘見到魏大公子進房之後就人事不知，那是因為假冒新娘殺死『娥月』的，正是魏清愁自己。」

方多病失聲道：「什麼？魏清愁假冒新娘，殺死這個女人？」

李蓮花道：「我猜魏清愁進入洞房之後就點了蘄姑娘穴道，然後脫下她的衣服把她塞進床底下，自己則穿上鳳冠霞帔、蓋上紅蓋頭坐在床邊。沒過多久『娥月』進來，他將娥月釘在床上，割了她的肚皮，然後從那蠟燭頂心挖了個洞，將死人塞進去。剩下的蠟塊他放在臉盆裡煮成蠟汁，從死人頭上澆下去，封住缺口。最後他藏起臉盆，穿上娥月的衣裳，從大門口離開。三更半夜，洞房花燭，只怕沒人想到新郎會假扮女婢溜走，所以沒人發現。」

「難道他娶如玉為妻就是為了殺這個女人？那也太過大費周章，何況要喬裝改扮殺人，扮成屠夫也能殺人，扮成和尚也能殺人，魏清愁八尺一寸的身材，若非坐在床上頭戴鳳冠，扮新娘怎麼會像？」方多病大惑不解，「還有這個怪女人是哪裡來的？蘄家的人嗎？」

「當然不是！」蘄春蘭臉色泛白，「這……這就是那天晚上……我我我看到的女……女鬼！」他指著地上的女屍，牙齒打顫，「她是誰？」

展雲飛表情肅然，搖了搖頭。

李蓮花輕咳一聲，很有耐心地道：「她若不是蘄家的人，便是跟著魏清愁來的。一個身受重傷、腹部繡有奇怪花紋的女子，跟蹤魏清愁而來，被魏清愁喬裝殺死。大家莫忘了，魏清愁之所以遇見蘄姑娘，是因為他身受重傷……那麼……容我猜測，在魏清愁遇見蘄姑娘之前，是不是和這個女子動手，且兩敗俱傷？」

展雲飛頷首道：「有些可能。」

蘄春蘭咬牙切齒：「若是如此，這小子接近如玉，只是為了求生，為了擺脫這個女人！」

方多病在心中補了一句：除了找到救命稻草之外，娶你女兒，自然就是娶了你家萬貫家財，你自己有錢，怎麼不知道防備別人來騙？真是怪哉！

李蓮花卻搖搖頭：「無論如何猜測，不解開這圖案之謎，就不知這女人究竟是誰，也不知道魏清愁甘冒奇險殺她，割她的肚皮，描了一張究竟要做什麼……」

眾人異口同聲問道：「描了一張？」

李蓮花漫不經心地「啊」了一聲：「洞房裡的硯臺和筆用過了，蘄姑娘如果沒有在洞房裡寫字畫畫，自然就是魏清愁描了一張……」

「看來這圖案中，必定隱藏了驚人的祕密。」蘄春蘭臉色很難看，「李樓主，這人騙我女兒，在我家中做出許多可怕之事，若不能將他抓獲，蘄家顏面何在？」

李蓮花道：「正是，正是，不知方少想出這圖案的謎底沒有？」

方多病一怔，心裡大罵死蓮花調虎離山，不！是栽贓嫁禍！自己想不出來，隨隨便便一句話就套到他頭上！他又不是神仙，怎麼知道這古怪的圖畫是什麼玩意兒？他只好含糊地說：「這個……這個……容我仔細想想。」

蘄春蘭感激至極，滿口稱謝，讓展雲飛送方多病和李蓮花到桂花堂休息。

四　圖案之謎

如此這般，方多病和李蓮花便在蘄家住了兩天。那紅燭中的女子展雲飛請仵作仔細檢查，得知她年紀約在四十五六，並不是什麼青春少女，致命傷是當胸一刺，刺中她的利器極尖且長，似錐子，不知是什麼東西。除去肚皮上被割去一塊，此女的右臂也斷了，左臂裝有一個銀質小盒，其中是一些微微泛橙色又有些像褐色的粉末，還裝了三根細長的銀針。

展雲飛一眼看出此女手臂上裝有暗器，卻不知這暗器如此複雜，這些顏色古怪的粉末顯然有毒，誰也不敢輕碰，略一打開就牢牢闔上。

李蓮花號稱神醫，展雲飛卻也不問他這究竟是什麼毒物，仍舊把小盒放回女屍兜中。這兩日，蘄春蘭不敢打攪方、李二人，每每想要詢問那圖案之謎究竟想出來沒有，也只敢派人走到桂花堂院外遠遠望一眼，唯恐令方多病分神。

方多病和李蓮花先在富麗堂皇的桂花堂中大睡了一覺，第二日起來，以山珍海味填飽肚子，又復大睡，直到傍晚又吃飯，方多病才瞪眼問道：「你知道了那鬼畫符的謎底？」

李蓮花正在啃最後一根雞腿，聞言滿口含糊地道：「什麼？」

方多病哼哼兩聲，斜眼上上下下將李蓮花打量一遍：「以我對你的了解，若非你早就知道那鬼畫符的謎底，是萬萬不會吃下這麼多東西的。」

李蓮花斯文地將雞腿骨頭從嘴裡取出來，再用袖中的汗巾抹了抹嘴巴，正色道：「人生在世，有餓與不餓之時，又有糟粕與美味之別，當肚子既餓且美味當前，自然是會吃許多東西下肚……」

他一句話還沒說完，方多病嗤之以鼻：「死蓮花的話萬萬不能信，快說！呃……你若說了，我晚上請你喝酒。」

李蓮花道：「我不愛喝酒。」

方多病瞪眼道：「那你要什麼？」

李蓮花想了很久，慢吞吞道：「如果你在下個月吃胖十斤，我就告訴你那鬼畫符的祕密。」

方多病怪叫一聲，「十斤？」他若是胖上十斤，穿白衣怎會好看？又怎會有病骨纖纖、手神如玉的氣質讓萬千女子迷醉？但若他明日再想不出那圖案的祕密，「多愁公子」的顏面何在？權衡利弊後，他咬牙切齒地痛下決心，「五斤行不行？」

李蓮花堅定不移道：「十斤！」

方多病伸出五根手指：「五斤！」

李蓮花道：「十斤！」

方多病道：「五斤！」

李蓮花皺起眉頭，思考良久，勉強道：「五斤五兩。」

方多病大喜：「好……快把祕密告訴我！」

李蓮花伸出右手所持之雞骨，在桂花堂雪白的牆壁上畫了一個符號，興致盎然地道：「這是一座山，是吧？」

方多病道：「這當然是一座山，誰都知道，但是一座山又如何？」

李蓮花在剛剛畫的符號前面又畫了一個符號，畫完之後，他悠悠地道：「你覺得這兩個連起來看像什麼？」

方多病脫口而出：「華山！」

李蓮花微微一笑：「不錯，華山。」

方多病「啊」的一聲叫了出來：「難道這是八個字？」

李蓮花道：「這是八個字不錯，不過是八個有學問的字，你小時可讀過大篆？」

方多病一怔：「這個……這個……」他父親管教甚嚴，但他天生不好讀書，對於詩書的認識馬馬虎虎，可這種事卻萬萬不能對死蓮花承認。

李蓮花心知肚明地看了他一眼，有些同情地搖搖頭，「這兩個字就是『華山』，而這個符號……」他指著繡花人皮上第一排的第四個符號，「你若有讀書，就知道這是個『下』

字，彎曲一道如彩虹者意為天空，其下一點意為天空以下，所以是個『下』字。」

方多病乾笑一聲：「原來如此，那其他的是什麼？既然這是『下』字，那這個蛋殼裡有隻雞的字，應該就是『蛋』了吧？」

李蓮花遺憾地搖搖頭：「不是。這個『蛋殼裡有隻雞』的字，不是大篆。你小時候沒有好好讀過書，總聽過你爹說故事吧。有個「金烏負日」的故事，不知道你有沒有聽過？」

方多病心中大罵：死蓮花占他便宜，這時候來冒充他老子！但這故事他卻沒聽過，只得黑著臉問：「什麼『金烏負日』的故事？」

李蓮花語氣十分和藹地道：「《山海經．大荒東經》有云：『湯谷上有扶木，一日方至，一日方出，皆載於烏』，就是說，海裡有棵大樹，樹上有許多太陽，一個太陽沉下來，另一個太陽才升上去，來來回回，都是烏鴉背著太陽……這就是『金烏負日』的傳說。《淮南子．精神篇》中說『日中有陵烏』……」

方多病忍無可忍，暴怒道：「我平生最恨有人在本公子面前掉書袋！」

李蓮花慢吞吞道：「我只不過想說古人都說太陽裡面有隻鳥而已。」

方多病怒道：「那又如何？」

李蓮花道：「也不如何，所謂『陵烏』，就是有三隻腳的鳥，有些人說是烏鴉，有人說不是。」

「什麼亂七八糟的……啊……」方多病突然醒悟，「這是個『日』字？」

李蓮花道：「你果然非常聰明。」

「那這個斧頭滴血的又是什麼字？」方多病被李蓮花當了一回兒子，心裡悻悻，「這若不是個『刀』字，就是『刃』字，殺人的意思。」

李蓮花歉然道：「這個字最好認。」他用雞骨在牆上畫了一個斧頭滴血的符號，「你跟著我寫一遍，先畫一橫，再畫一撇，再一捺，再一小撇，再點一點……」

方多病跟著他畫出一個「戌」字，目瞪口呆，李蓮花微笑道：「像不像？」

方多病看了看那圖畫，再看看那「戌」字，勉強道：「有點像，但這圖上有兩滴血。」

李蓮花在「戌」字上大大地畫了個圈，笑嘻嘻地道：「這又如何？」

方多病瞠目結舌地看著那個字，半晌大叫一聲：「咸！」

李蓮花點頭：「這是一個『咸』字。咸字從『戌』，為戰斧之形，最早的時候，就是殺人的意思。」

方多病喃喃道：「這你也能想出來……不過，這繡花之人，好端端的字不寫，專門編造些歪門邪道的字，卻是什麼用意？」

李蓮花微笑道：「用意自然是她只想讓某些人看懂。」

方多病道：「不管是誰，這人肯定不是魏清愁，魏清愁肯定沒看懂，否則他不會殺人割皮，把這八個字描去，不就是八個破字而已嗎？」

李蓮花微微一笑，方多病又問：「那這兩個小人是什麼？」

李蓮花在牆上再畫一個符號：「這字再明白不過，兩個人，兩個車輪，會是什麼？」

方多病道：「什麼兩個人兩個車輪？」

李蓮花嘆了口氣，十分耐心地道：「有人、有車輪的東西，是什麼？」

方多病道：「車，馬車？」

李蓮花道：「若是沒有馬只有人呢？」

方多病道：「輦車。」

李蓮花瞪眼指著那圖畫：「這不就是了?兩個人，兩個車輪，一輛車。」

方多病尚未明白，呆了半晌，突然醒悟：「輦？」

李蓮花看他那模樣，又嘆了口氣：「不錯，輦。」

方多病喃喃念道，「……華山下，咸日輦……這沒有意思啊，哪有什麼意思？」他懷疑地看著李蓮花，「你有沒有解錯？」

李蓮花不理他，用雞骨敲了敲牆壁：「剩下兩個字，我想了很久。」

方多病悻悻道：「原來你也會想很久。」

李蓮花道：「這個像瓶子的東西，再古怪不過了，我想不通那是什麼玩意兒，一直到我突然明白最後這個字是什麼。」

他將最後一個字也畫出來，「這是個旗竿，上面繫著飄帶，古時用以測試風向，其中掛著一個用旗竿影子指示時間的圭表盤，太陽的影子指到哪裡，就是哪個時辰，這東西叫做圭表測影。」

方多病聽得滿臉迷茫：「哦。」

李蓮花這回是真的很同情地看著他：「所以圭表測影的竿子所插的地方，是很講究的，這個字是個『中』字，表示一個特定的地點。」

方多病仍舊滿臉迷茫：「哦……」

李蓮花道：「古文的『中』字，在『中』的一豎上下各有兩點，想必是不會錯的。」

方多病極其不信地看著他，半晌道：「如此說來，這七個字就是『……華山下，咸日輦中』，那我們快去華山看個究竟吧。」

李蓮花道：「這裡是瑞州，離華山有七百多里，如果祕密真在華山，這女人和魏清愁跑到瑞州來做什麼？」

方多病道：「這我怎麼知道？」

李蓮花道：「瑞州有一座玉華山。」

方多病一怔，大喜：「那這女人肯定是要去玉華山，前面那個瓶子就是『玉』字。」

李蓮花道：「我也這麼想，『玉』字古為一種禮器，我雖然沒見過，但據書上所載，和這瓶子也有些相似。」

方多病不耐地道：「總而言之，這八個字就是『玉華山下，咸日輂中』。我們去玉華山必定錯不了。」

「玉華山是錯不了，但什麼東西在咸日輂中？」李蓮花斜眼看方多病，「你可知咸日輂又是什麼東西？」

方多病一呆，李蓮花微笑道：「所以你我要放鬆心情，好好享受一下，睡睡覺，吃吃東西，養好身心，才能去查看『玉華山下，咸日輂中』究竟有什麼令人不惜殺人剝皮的東西。」

方多病狠狠倒了杯酒，大灌一口：「能令魏清愁放著蘄春蘭女婿不做，洞房花燭夜逃走的東西，必定不是什麼好玩意兒。」

李蓮花也小小喝了口酒，忽道：「我若不要你下個月吃胖五斤五兩，要你做一件別的事……」

方多病大喜，忙道：「你要我做什麼都成！」

李蓮花甚悅，欣然指著白牆上被他畫得油膩不堪的種種痕跡，小小打了個呵欠：「那這就交給你，我去睡了。」

他施施然脫鞋爬上床榻，想了想，又伸手從桌上撈走一杯茶水，愜意地喝下，才倒下閉目睡覺。

方多病目瞪口呆地看著牆上許多油汙，正要破口大罵，李蓮花又道：「對了，明日蘄春蘭問起，你要向他善加解釋所謂圖案之謎……」

方多病尚未說話，李蓮花又道：「今天喝了多少酒？」

方多病道：「三兩。」

李蓮花不再作聲，約莫已夢周公去也。

方多病望著牆嘆氣，一股怒氣被李蓮花漫不經心地一問再問沖散，要怒也怒不起來，只得尋了塊抹布，在月明星稀、烏鵲南飛的美好夜晚，慢慢擦牆。

第二日一早，方多病裝模作樣地向蘄春蘭解釋了所謂的圖案之謎，蘄春蘭果然心悅誠服，十分仰慕，當下讓展雲飛帶路，領著方多病和李蓮花前往玉華山。

五 咸日輦

玉華山為瑞州最高山，號稱「奇、幽、秀、險」，以各種怪石聞名天下，山上建有許多道觀，乃是道家聖地之一。不過既然圖案寫明「玉華山下」，三人就在山下轉了幾圈，卻未看見什麼古怪石頭，僅有遍地野草野花，開得茂盛。

眼看毫無收穫，方多病正要罵李蓮花胡說八道、異想天開之際，忽聽不遠處有人道：「就是此處，魚龍牛馬幫的『咸日輦』就是在此處消失不見的。」

方多病「咦」了一聲，這聲音相當耳熟，往外一探，居然是霍平川。只見他和傅衡陽兩人緊裝佩劍，正對著山腳一片草地指指點點。

聽到方多病那一聲「咦」，霍平川猛地回頭，低聲喝道：「什麼人？」

方多病奔了出去，叫道：「霍大哥！」自從他加入新四顧門，便把「霍大俠」稱作「大哥」，新四顧門上上下下，都是他大哥或小弟。

霍平川一怔，臉現喜色：「方少。」

傅衡陽也吃了一驚，略一沉吟，叫道：「李蓮花！」

李蓮花本不願見這位少年才高的軍師，此時只得朝他敷衍一笑：「不知傅軍師為何在此？」

傅衡陽的目光在展雲飛身上流連，口中問道：「你們又為何在此？」

展雲飛簡單回答，傅衡陽微微一笑：「方少能解開繡花人皮之謎，足見聰慧，我等也是因『咸日輦』一事而來。」

原來近數月，「佛彼白石」百川院下一百八十八牢，已被魚龍牛馬幫攻破四牢，共有四十位罪徒依附魚龍牛馬幫。不知何人將消息洩露出去，江湖為之大譁。魚龍牛馬幫座下「咸日輦」近來在江湖上活動頻繁，施用一種奇毒。中毒者出現幻覺，神志喪失，聽從「咸日輦」驅使，導致江湖中人聞之色變，視之為洪水猛獸。傅衡陽率領新四顧門追查「咸日輦」之事，一路追蹤，追到玉華山下便失去「咸日輦」的蹤跡，卻撞見方多病一行人。

「原來『咸日輦』已經開始禍亂江湖，卻不知究竟是何物？」展雲飛沉吟道，「敢問可是一種輕車？」

傅衡陽朗聲大笑：「不錯，乃是一種二人所拉的輕車，四面以青紗掩蓋，不知其中坐的是何人，一旦路上受阻或有人圖謀不軌，車內便會飛出一種粉末，令人嗅之中毒，神志喪失。」

展雲飛緩緩道：「一種粉末？可是一種褐紅色的粉末？」

霍平川動容道：「不錯！難道你們已經查明是何種劇毒？」

展雲飛披散的長髮在山風中微微飄動，聞言突然微微一笑，「這種劇毒……」他很少言笑，這一笑讓方多病嚇了一跳，只見他看了李蓮花一眼，「李樓主想必比我更清楚。」

方多病又嚇了一跳，死蓮花對醫術一竅不通，怎會認得什麼劇毒？卻聽李蓮花咳嗽一聲：「那是一種毒蘑菇乾燥後研磨而成的粉末，吸入鼻中或者吃下腹中能讓人產生幻覺，做出種種瘋狂之事，而且久吸成癮，非常可怕。」

傅衡陽對李蓮花尤其留意，牢牢盯著他的眼睛問道：「可有解藥？」

李蓮花道：「金針刺腦或許可解，但並非人人有效，多半沒有解藥。」

方多病大奇，難道他幾月不見，李蓮花苦讀醫書，醫術突飛猛進？

傅衡陽「嚯」的一聲振袖，望天道：「那便是說，『咸日輦』不除，這毒菇不除，江湖危矣！」

李蓮花乾笑一聲：「那也未必，這毒菇並非長在中原，只長在東北極寒之地的杉木林中，而且數量稀少，要運入中原十分困難，要大量使用，恐怕不能。」

傅衡陽眉目聳動：「『咸日輦』非除不可！」

方多病卻忍不住問李蓮花：「你怎麼知道這麼多……」

李蓮花正色道：「我乃絕代神醫，生死人肉白骨，怎會不知道？」

方多病張口結舌，只覺匪夷所思。

霍平川的目光一直在四周青山綠水間打量：「剛才我們一路追蹤至此，『咸日輦』突然消失，想必在這附近就有魚龍牛馬幫的門戶。」

「我們幾人人手不足，但既然知道在此地，我定要召集人手，廣邀天下豪傑，和魚龍牛馬幫會一會，問一問他們角幫主門下做出這等事，究竟是何用意！」傅衡陽冷冷道，「今日到此為止，不過展兄方才說尋到身帶毒粉的女子屍體，我想登門看一看。」他揚眉看著展雲飛，「蘄家不會不歡迎吧？」

展雲飛淡淡道：「傅軍師要看，我自不便說什麼，請。」

傅衡陽也不生氣，朗朗笑道：「我知我一貫惹人討厭，哈哈哈哈……」

幾人談論完畢，緩步往蘄家「神仙府」而去，走了約莫一兩里地，李蓮花腳下微微一頓，傅衡陽、霍平川和展雲飛突然轉身，施展輕功悄悄往來處掩去。

方多病奇道：「咦？哎呀……」他突然明白了，原來他們幾人在「咸日輦」消失之處高談闊論了大半天，那裡若是有門戶，裡面的人必定會聽見。一旦他們離開，多半門戶裡的人會出來張望，所以聰明如傅衡陽，江湖經驗老到如霍平川、展雲飛，都不約而同地往回摸去，打一個回馬槍。

李蓮花看著那幾人遠去，臉上一直帶著很愉快的笑容，方多病瞪眼問道：「你笑什麼？」

李蓮花道：「沒什麼，我看到傅軍師年輕有為，武功高強，很是高興。」

方多病哼了一聲：「但我卻覺得他好像不大喜歡你？」

李蓮花道：「啊……這個嘛……這個……」

方多病得意揚揚地道：「那是因為本公子秀逸瀟灑，聰明絕頂，比之你這不懂醫術的庸醫對四顧門來說重要得多。」

李蓮花連連稱是，滿臉露出敬仰之色。

午時已過，日頭漸漸偏西，玉華山山巒墨綠，在日光下染上一層暖色，襯著藍天白雲，望之令人心胸暢快。方多病和李蓮花望了山景沒多久，傅衡陽三人便回來了，霍平川腋下還夾帶一個人。

方多病大是驚奇，等三人來到跟前一看，霍平川腋下那人眉清目秀，生得俊美絕倫，看這張臉皮，即使從未見過，也認得出他就是「江湖第一美男子」魏清愁。

「魏清愁？」李蓮花和方多病異口同聲地問。

霍平川微微一笑，拍了拍腋下那人，將他提起來摔在地上：「沒見到魚龍牛馬幫的門戶，卻看到這廝鬼鬼祟祟躲在大石頭後面，順手抓了回來，展兄說他殺了身帶毒粉的女子，這下定要問個清楚。」

展雲飛的表情大是緩和，想必抓到魏清愁，對他來說很是欣慰。

「你殺了一個身上繡著『咸日輩』字樣的女人？」傅衡陽俯下身問。

魏清愁啞穴被點，一雙眼睛睜得老大，說不出半句話。

傅衡陽柔聲道：「只要我問一句你答一句，我就給你放手一搏的機會，否則我一刀宰了你。」他容貌俊朗，衣著華麗，此時驟然說出這種言語，讓人只覺痛快，不覺粗俗。

魏清愁點了點頭，傅衡陽一手拍開他穴道，喝問道：「那女人是誰？」

「她是……我的妻子……」魏清愁沙啞地道。

眾人面面相覷，方多病驚奇至極，張大嘴巴：「她……她都七老八十了，你妻子？」

魏清愁點了點頭，虛弱地道：「她叫劉青陽，我十八歲那年師父死了，是她收留了我。我娶她的時候，並不知道她已四十一歲。」

霍平川心道：你師父是我殺的，但你既然娶她為妻，怎會不知道她的年齡？

眾人又是驚奇，又是好笑，方多病問道：「你既然有妻子，怎麼又出來騙人，要娶我表妹？」

魏清愁問道：「你表妹是誰……」

方多病喝道：「我表妹自是蘄春蘭的女兒蘄如玉，你為何要騙她？」

魏清愁臉現淒然之色，「我……本是真心娶她，若沒有青陽……青陽下在我身上的毒……毒……」他極其俊美的臉上露出一抹凶相，猙獰地掙扎了一會兒，才喘息著接下去，

「青陽在我身上下了一種劇毒，我每日都要吃那種蘑菇……沒有那種蘑菇，我就活不下去。那天和青陽決裂，我們兩敗俱傷，我被如玉所救，本想蘄家偌大財富，只要我擺脫了劉青陽，有什麼東西買不到？但是我錯了，那……那種蘑菇，世上罕有，只有青陽……青陽手中才有。她跟著我派出去買蘑菇的人到了蘄家，威脅我跟她回去，我知道她不會善罷甘休，但我萬萬不能再和她在一起，所以……所以……」他看向展雲飛，顫聲道，「我知道我娶如玉，青陽一定會來，所以才……才假扮新娘殺了她……」

展雲飛不為所動，冷冷道：「你若是真有良心，怎會割下你夫人的人皮，放在你心愛女子的床邊？」

一句話擊中要害，魏清愁臉色一僵。方多病本來相信這男人懦弱無用，卻突然醒悟這人其實比他想像的更為卑鄙無恥：「你為何要剝你老婆的皮？」

魏清愁不答，狠狠地咬住牙齒。

傅衡陽笑道：「我來替你說吧，你無可奈何以下下策殺了劉青陽，知道殺人之後定不可能留在蘄家做女婿，所以必須盡可能找到錢和需要的毒菇。你不知道劉青陽將毒菇放在何處，但你知道她有毒菇的來源，且那來源和她身上的繡花有關，所以你非殺她不可，殺她之後，才能取得她腹上的圖案，描成尋寶圖，慢慢尋找金庫，又能引開蘄家的注意力，不要太快發現蠟燭中的女屍，好爭取時間逃走，是不是？」

魏清愁哼了一聲，環視眾人一眼：「我不過輸在……遲了一步，你們找到她的錢和蘑菇了嗎？」

方多病瞪眼：「什麼錢？」

魏清愁大吃一驚，叫道：「她有錢！成堆成山的金子！整整一盒的乾蘑菇！你們沒有找到嗎？那張人皮呢？」

方多病踢了他一腳：「你瘋了嗎？你看過她的金庫？」

魏清愁拚命點頭，不住地道：「乾蘑菇，很多乾蘑菇……」

傅衡陽道：「劉青陽是什麼來頭？她哪裡來的金庫和毒菇？」

魏清愁呆了半晌，突然笑了起來：「哈哈……她說她本姓王，是前朝皇帝的不知道第幾代孫女，她發瘋的時候，說她是角麗譙的娘，哈哈哈哈……她和我一樣瘋，哈哈哈哈……」

傅衡陽微微一懍：「她說她是角麗譙的娘？」

方多病和霍平川面面相覷，方多病忍不住哈哈大笑：「原來你是角麗譙那女妖的後爹，哈哈哈哈……」

展雲飛微微一哂：「她若是角麗譙親娘，身上怎會被繡下文字，坐在『咸日輦』中為角麗譙賣命？」

魏清愁惡狠狠道，「她說角麗譙給了她一座金庫，在她身上繡下這些圖案，哪日她解開其中的祕密，她就叫她娘！魚龍牛馬幫的人曾經蒙住我們的眼睛帶我們去看過那座金庫，裡面全是金子、金磚、翡翠、琥珀……還有蘑菇……」說到這裡，他嘴角不住流出白沫，神情呆滯，喃喃道，「蘑菇……蘑……菇……」

「角麗譙的親娘？」傅衡陽淡淡道，「這女人竟連親娘都害死，真是惡毒至極，不過聽魏清愁所言，若是她故意要折磨劉青陽，或許真會在『咸日輦』中留下線索。困難的是，我們得要在玉華山下逮住一個『咸日輦』才行。」

李蓮花一直站在旁邊發呆，看著魏清愁神志盡失，嘆了口氣，喃喃說了句什麼。傅衡陽突然警醒：「你說什麼？」

李蓮花嚇了一跳，東張西望，半晌才醒悟傅衡陽是在和自己說話：「我說魏清愁很是聰明……」

傅衡陽盯著他看了許久，仰天大笑，「你說得極是，魏清愁怎會知道圖案的祕密？怎能趕到這裡？定是有人故意告訴他，既然有人故意告訴他圖案的祕密，指點他到這裡，那所謂『咸日輦』中的祕密、此地的門戶所在，都沒有再追查的必要了。」他一腳將地上神志不清的魏清愁踢給展雲飛，「這小人交給你了。平川，我們走！」

若有人暗中指點魏清愁圖畫的祕密，那魏清愁就是敵人故意送到手中的羔羊，他所傳遞的訊息便不能用。若有人希望新四顧門將精力集中在神出鬼沒的「咸日輦」或者玉華山下，那自然是要在其他地方有更大的動作。這叫做「聲東擊西」，是很常見的把戲，所以傅衡陽馬上就走。

李蓮花看著傅衡陽的背影，嘆了口氣，喃喃道：「他怎麼不想……說不定魏清愁真的十分聰明……或者說不定魚龍牛馬幫看管金庫的美貌女子傾慕傅軍師的聰明才智，想暗中幫他呢？」

展雲飛也看著傅衡陽的背影，微微一笑，「年輕人有衝勁總是好的。」他看了李蓮花一眼，突然道，「你現在這樣很好。」

李蓮花又嘆了口氣，喃喃道：「你也不錯，只是若把頭髮綁起來，會更好些。」

展雲飛不答，自地上提起魏清愁，背對著李蓮花：「晚上要喝酒嗎？」

方多病搶著回道：「要！當然要！」

展雲飛嘴角流露出淡淡的笑意：「那今夜，流雲閣設宴，不見不散。」

那天晚上，展雲飛在流雲閣中喝得大醉，方多病不住逼問他李相夷究竟如何風華絕代，他卻說不出個所以然，只說李相夷武功很高，他甘拜下風，讓方多病失望至極。而李蓮花喝到第十杯已然醉倒，抱著酒罈躺到花壇旁邊睡覺去了，他的酒量本就相當差勁。

第十一章

龍王棺

一 竹林燈

蒼茫青山，放眼望去皆是竹林，在這深秋時節，漫山遍野青黃不接，也見斑點許多，蛛絲不少。

這座山叫做青竹山，山下一條河叫做綠水，這裡是從瑞州前往幕阜山的必經之路。

三匹駿馬在茂密的竹林小徑中緩慢地跋涉。昨天剛下過雨，竹林裡相當潮溼，三匹馬都不耐煩地在這狹窄的小路上噴著鼻息，三進兩退地走著。剛走沒一小段路，馬就不走了。

「大霧……」一位騎在馬上的白衣人喃喃道，「我最討厭大霧。」

這裡潮溼至極，似乎很快又要下雨。

另一匹馬上的乃是一位身材高大的青衣人，眉目間頗有英氣：「此去一里沒有人家，若是棄馬步行，或可在天黑之前趕到下一個村莊。」

「步行？」那白衣人的白衣在大霧中微溼，略略貼在身上，顯得瘦骨嶙峋，比平時更多了七八分骨感，正是「多愁公子」方多病，他聞言乾笑一聲，「棄馬也不是不行，不過趕到村莊天也黑了，前面還要過河，一樣要等明天。我看我們不如先找個地方躲雨，等明天天氣好點，要趕路也比較快。」

青衣人聽見了，卻不回答，目光停在騎馬的第三人身上——那人早已下了馬，還從竹叢中拔了一把青草，小心翼翼地塞到馬嘴裡，突然看見青衣人直直盯著自己，本能地把自己全身上下都看了一遍，方才明白青衣人是什麼意思，連忙道：「躲雨、躲雨，我沒意見。」

這餵馬的自然是方多病多年摯交李蓮花，青衣人正是梳起頭髮的展雲飛。在繡花人皮一案後，咸日輋無端絕跡江湖，魚龍牛馬幫卻沒有偃旗息鼓，這幾日江湖驚傳的頭等大事，便是百川院一百八十八牢第五牢被破，位於幕阜山地牢裡的五位魔頭逃脫。其中一位號稱「天外魔星」，據傳此人皮膚極黑，兩眼如鈴，肩寬膀闊，比之常人寬了三寸，高了一尺，只餘一口牙齒分外白皙。「天外魔星」於二十餘年前橫行江湖，殺人無數，此人雖然年事已高，卻還未死，這番重出江湖，不知又要殺人幾許。聽聞這等怪物逃脫，江湖人心惶惶，對百川院的信任大打折扣。

而方多病三人正是應紀漢佛之邀，前往幕阜山地牢一觀情形，看能不能找出一百八十八牢接連被破，究竟紕漏出在哪裡。

這一百八十八牢的位址，天下只有「佛彼白石」四人知道，若非四人之中有魚龍牛馬幫的奸細，為何地牢被破得如此迅速，且過後找不到半點線索？

堂堂「佛彼白石」紀漢佛相邀，方多病春風得意了好幾日。雖然紀漢佛的信函中同時邀請了方多病、李蓮花和展雲飛三人，但方大少卻以為既然紀大俠將他的名字寫在最前面，那顯然紀大俠主要邀請的是他方公子，外加路人一二作陪。原來他在前輩高人心中已有如此地位而猶不自知，實在是慚愧、慚愧啊，哈哈哈哈……

不過自瑞州前往幕阜山要翻越山脈兩座，橫跨河流若干，且一路荒涼貧瘠，他的意氣風發不免日漸低迷，走到青竹山終於忍無可忍，堅決不肯繼續趕路，今日就算紀漢佛親自前來，把刀架在他脖子上，他也非躲雨不可！

既然李蓮花、方多病二人都說要避雨，當下三人便牽馬往山邊走去，只盼山崖下有洞穴可以避雨。方多病本以為展雲飛心裡一定不悅，恨不得披星戴月、日行千里，好盡快抵達幕阜山，結果展雲飛似乎不甚在意，居然很把他們二人的意見當回事，還很認真地帶頭牽馬去找躲雨之處。

青竹山山勢平緩，並無懸崖峭壁，遠處看著是山崖，走近一看卻是斜坡，三人在竹林中轉了幾圈，放眼望去，盡是高低不一、大大小小的青竹，非但不知今夕何夕，更因為大霧迷濛而不知東南西北。

轉了三圈之後，三人衣履盡溼。李蓮花終於在滑了第三跤之後咳嗽一聲：「那個……我覺得，山洞之類的是找不到了，而且……我們好像……迷路了……」

走在前面的展雲飛也輕咳一聲，方多病本能地反駁：「迷路？本少爺從六歲起就從不迷路，就算是萬里大漠也能找到方向……」

此時霧氣已濃到十步之外一片迷離，李蓮花欣然看著他：「那這是哪裡？」

方多病嗆了一下，理直氣壯地道：「這裡又不是萬里大漠。」

「這裡只怕距離我們剛才的路有三四里之遙了。」展雲飛淡淡道，「天色已晚，既然找不到避雨之處，大家都是習武之人，就此打坐歇息吧。」他也不在乎地上的泥濘雜草，就這麼盤膝坐下，閉上眼睛。

李蓮花和方多病面面相覷，只見未過多時，展雲飛頭頂升起蒸蒸白氣。他內息運轉，發之於膚，那一身方才溼透的青衫，即使在細雨濃霧之中也慢慢變乾。方多病卻只瞪著他屁股下的爛泥，心裡顯然沒有什麼讚美之意。

方多病瞪眼之際，李蓮花將三匹馬拴在一旁的青竹上，那三匹馬低頭嚼食青草，倒是意態悠閒。

方多病抬頭又瞪了李蓮花一眼：「你有沒有酒？」

「酒？」李蓮花拴好了馬，正四下張望，突然被他這麼一問，嚇了一跳，「我為什麼會有酒？」

「這鬼天氣，若是有酒，喝上一兩口驅寒暖身，豈不美妙？」方多病搖頭晃腦，「青山綠水，煙水迷離，何以解憂，唯有杜康……」

李蓮花嘆了口氣：「我若是姓曹，說不定會生氣……」方多病正待問他為何姓曹的要生氣，突然一頓，對著東邊的竹林張望。

「怎麼？」李蓮花順著他的視線看去，只見昏暗一片，不知道方多病看到什麼。

方多病仍在張望，過了半晌才喃喃道：「我怎麼覺得有光……」

「光？」李蓮花對著那處看了半天，大霧之中，忽然有黃光微微一閃，宛若火光，「那是什麼？」

「不知道，難……難道是……鬼火？」方多病乾笑一聲，「現在下雨……」他的意思是現在還在下雨，哪裡來的火能在下雨天燒起來？

李蓮花搖了搖頭，大霧濃重，就算是二郎神有第三隻眼也看不清發光的是什麼東西，況且展雲飛正在打坐，還是乖乖留在原地為好。

就在他搖頭的片刻，方多病身形一晃，已向發光之處悄悄掩去。李蓮花瞪大眼睛，看了看方多病的背影，又瞧了瞧依然在打坐的展雲飛，還來不及決定留下或是跟上，方多病就又退了回來。

「怎麼？」他知情識趣地問。

方多病眉飛色舞，手指火光的方向：「那邊有棟房子。」

「房子？」李蓮花抬頭看了看，天色雖晚，卻尚未昏暗，喃喃道，「剛才竟沒看見。」

「剛才我們是繞著山坡過來的，那房子在竹林深處，火光就是從窗戶裡透出來的，想必裡頭有人。」方多病心花怒放，有房子就意味著不必再淋雨，不管這房子的主人願意還是不願意，他方大少必然是要進去坐一坐，喝喝茶，順道吃頓飯的。

「竟有人住在這許多竹子之間，想必不是避世高人，就是文人雅客。」李蓮花慢吞吞地把三匹馬的韁繩又從竹子上解下，「你既然怕冷，那麼就……」

他一句話還沒說完，方多病就勃然大怒：「誰怕冷了？本少爺要不是看在你渾身溼透、拖泥帶水、陰陽怪氣、奄奄一息的樣子，這種天氣就算是日行百里也沒問題！」

李蓮花聞言只道：「哦……啊……嗯……展雲飛尚在調息，你留在這裡為他守衛，我先牽馬過去看看。」

「你先去敲個門，讓主人煮茶倒酒，準備待客。」方多病心裡一樂，「順便問問可否在他家裡借住一宿，當然我會付錢。」他堂堂方氏少爺，絕不會占人便宜。

李蓮花「嗯」了一聲，牽馬走了兩步，忽道：「我聽到西邊不遠處有水聲，或許有條河。」

「河？」方多病皺眉，「什麼河？」

「河……嘛……」李蓮花想了半天，正色道，「我記得十幾年前，在青竹山下、撫眉河邊，那個……李相夷和『無梅子』東方青塚在這裡打架……」

他話還沒說完，方多病驀地想起，大喜道：「是是是！我怎麼忘了？那東方青塚以精通奇門異術出名，尤其愛種花，李相夷和東方青塚為了一株梅花在這裡比武。當年喬姑娘愛梅，四顧門為對付笛飛聲路過青竹山，看到東方青塚梅苑中有一株異種梅樹，美不勝收，李相夷便請東方青塚贈四顧門一枝紅梅，且花不得少於一十七朵。因為當時四顧門上下有女子十七人。東方青塚不允，於是兩人在梅苑比武，東方青塚大敗，李相夷折得一枝梅遠去。之後聽說東方青塚大怒，一把火將自己梅苑燒了，從此不知所終。這事雖然算不上什麼俠義大事，卻迷倒許多江湖女子，聽說不少人恨不能入四顧門為婢為奴，要是能得贈一朵紅梅，死也甘願，哈哈哈……」

李蓮花看了他一眼，嘆口氣：「日後你若有女兒，這等害人不淺的女婿萬萬要不得。我是說，那個梅苑在撫眉河邊，既然離河很近……」

方多病大樂：「那本少爺待會兒必要去看看，說不定那棵引起事端的梅樹還沒死，說不定還有什麼遺跡可看，這事展雲飛必然知道。死蓮花你快牽馬去敲門，等我折了梅花回去讓你開開眼界。」

李蓮花連連點頭：「極是極是！」他牽馬慢慢走入大霧之中，那三匹馬被他一手拉住，居然十分乖巧，一步一腳印靜靜地跟著去了。

方多病對「相夷太劍」李相夷的種種逸事向來傾慕不已，突然聽聞當年「尋梅一戰」的遺址就在附近，自是格外興奮。

二　殺人的房屋

大霧迷離。

李蓮花全身皆溼，竹林中的泥濘淺淺漫上他的鞋緣，讓他看起來有些潦倒。昏暗迷濛的光線中，他的臉色微顯青白，眉目雖仍文雅，卻毫無挺拔之氣。

那三匹馬老老實實地跟著他，未走多久，一處別院映入眼簾。

別院二樓東面的房間亮著燈，庭院不大，卻修有琉璃碧瓦，雕飾精緻、不落俗套。二樓那明亮的暖黃燈火映得院中分外黝黑，他咳嗽一聲，老老實實地敲了敲門：「在下寒夜趕路，偶然至此，敢問可否借住一宿？」

門內有老者的聲音沙啞道：「青竹山寒霧冷雨，在外面待久了要生病的，我這故居客房不少，也住過幾輪路人了，年輕人請進吧……咳咳……恕老朽身體有病，不能相迎。」

李蓮花推門而入，門上「咯」的一聲微響，卻是一只琵琶鎖掛在門後。主人倒也風雅，琵琶鎖並未鎖上，磨得很光潤，月光下銅質閃閃發光，鎖上還刻著極細的幾個字跡。

屋內隱隱亮起燈火，一個年紀甚小的少女對外探了探頭：「爺爺，外面是個讀書人。」

那少女看似不過十二三歲，李蓮花對她微微一笑，她對他吐了吐舌頭，神情很是頑皮：

「你是誰？從哪來的？」

「我姓李，」李蓮花很認真地道，「我從東邊來，想過撫眉河，到西北去。」

「李大哥，」少女對他招了招手，「外面很冷，進來吧。」

李蓮花欣然點頭：「外面的確很冷，我一身衣裳都溼了，不知門內可有烤火之處？」

說著他快步進屋，屋內果然暖和許多，一位披著襖子的老者拄著拐杖顫巍巍地走出來。

「這個時節最是陰寒，東側有客房，可供你暫住一宿。」

李蓮花指著門外：「過會兒我還有兩位朋友前來，可否一起叨擾老丈？」

那老者身材肥胖，臉頰卻是枯瘦，顯出濃濃的病態，咳嗽了幾聲：「出門在外自有許多不便，既然外面下雨，便一起進來吧。」

「如此真是謝過老丈盛情。」李蓮花大喜，快步往老者指的房間走去，走了兩三步，突然回過頭，對著那少女長長作了個揖，「也謝過妹子盛情。」

那少女一直兩眼圓溜溜地看著他，忽見他感恩戴德地口稱「妹子」，「噗哧」一聲笑了出來。

李蓮花連連作揖，接著走進那間客房。

進入房內，李蓮花點亮油燈。

燈火漸漸明亮，照亮四周，這是個普通的客房，除了一張木床什麼都沒有，連油燈都是擺在牆上的一塊托板上，床上堆著乾淨的被褥，其餘空無一物。

李蓮花很爽快地脫下外衣，那外衣溼得都能滴出水來，然後穿著半溼不乾的中衣往被子裡一鑽，就這麼闔目睡去。

睡不到一盞茶功夫，只聽大門「砰」的一聲，有人提高聲音喊道：「有人在家嗎？」

李蓮花睡眼矇矓地應了一聲，糊裡糊塗地爬起來開門。

他穿過庭院，屋外的寒風煞是刺骨，他清醒了大半，大門一開，竟是方多病和展雲飛。只見方多病瞪著他，一把抓住他胸前衣襟，得意揚揚地道，「本公子就知道你故意說段故事給我聽，非奸即盜，果然展大俠一醒就告訴我，當年李相夷和東方青塚比武的地方雖然是在撫眉河邊，卻是撫眉河的山那邊，距離那條河還有十七八里路呢！」他提著李蓮花搖晃，「你小子是不是找個藉口想打發我和展大俠去外面那除了竹子還是竹子的荒山野嶺瞎轉一整晚，好讓你一個人先到這裡來探探虛實？死蓮花！我告訴你，本公子一向有福同享，有難同當，想甩下我，門都沒有！」

李蓮花正色道：「此言差矣，想當年李相夷和東方青塚在何處比武，只怕李大俠那時日理萬機，連他自己都記不清，我知之不詳自是理所應當。何況此處老丈樂善好施，凡有外人借宿一概應允，連客房都早已備好，我又為何要讓你們二人在荒山野嶺像那……個一樣亂竄……」

方多病大怒：「那個？哪個？你給本公子說清楚，你心裡想的是哪個？」

李蓮花咳嗽一聲：「那個紅拂夜奔李靖……」

方多病的聲音頓時拔高：「紅拂？」

李蓮花道：「噓，那是風雅、風雅……你莫大聲嚷嚷，吵醒了老丈將你趕出門。」

方多病一口氣沒消，仍舊怪腔怪調地道：「老丈？本公子在門外站了半日，也沒看到個鬼影出來，這裡既然是他家，為什麼你來開門？」

李蓮花道：「這個嘛……一個不良於行的老丈和一個十二三歲的孩子一起住在這荒山野嶺之中，準備七八間客房，專門供人夜間借宿，這等高風亮節自與常人不同，所以你敲門他不開也是理所應當、順其自然之事。」

方多病正在氣頭上，聽完他這一段，腦筋轉了幾轉，哭笑不得。

展雲飛淡淡插了一句：「此地必有不妥，小心為上。」

屋裡還是一片寂靜，剛才那老者和少女並未出現，燈已熄滅，悄然無聲。

「喂喂……死蓮花，不但人不出來，連點聲音都沒有，你方才當真見到人了嗎？」靜聽了一會兒，方多病詫異道，「這裡面連點氣息都沒有，真的有老丈？」

「當然有。」李蓮花一本正經地道，「不但有老丈，還有好幾個老丈。」

「好……好幾個老丈？」方多病頓時忘了剛才李蓮花將他比作「紅拂」，「在哪裡？」

李蓮花指了指方才那「老丈」出來的地方，「那裡。」隨後又指了指那少女回去的地方，「那裡。」

展雲飛放慢呼吸，手按劍柄，靜靜向那兩個房間靠近。

李蓮花嘆了口氣：「左邊屋裡有兩個死人，右邊屋裡也有兩個死人。」

方多病臉色凝重，一晃身就要闖入房中，李蓮花一抬手：「且慢，有毒。」

「毒？」方多病大奇，「你怎知有四個死人，又怎知有毒？」

「我什麼也不知道。」李蓮花苦笑，「我只知道這地方顯然不妥，但若是陷阱，未免也太過顯而易見，尋常佝僂的老者和年幼孩童如何能在這荒山野嶺長期獨自生活？這裡既無菜圃又無魚池，距離鄉鎮數十里之遙，就算家裡有個寶庫不缺銀子，難道他們能經常背著數百斤的大米跋涉數十里地？更不用說對深夜前來的陌生人如此歡迎。唯一的解釋是——他們很歡迎人住進這屋子，不論是誰。」

「然後？」展雲飛果然從不廢話，簡單直接地問。

「然後——然後我就住進來了，但沒有發現什麼古怪，原本左右房間裡還有第三和第四人微弱的呼吸聲。」李蓮花嘆了口氣，「但我躺下不到一盞茶時間，左右兩側四個人的氣息就全斷了。這麼短的時間，不發出任何聲音，也沒有人出入，四個大活人突然氣息全無，能如此殺人於無形的，十有八九，就是劇毒。」

「胡說八道！你說這幾個大活人住在自己家裡，半夜突然被自己毒死，卻沒毒死你這個客人，根本不合情理，何況你什麼都沒看見，只是瞎猜……」方多病連連搖頭，「不通、不通，既然他們歡迎你，又沒有害你，那怎麼會害死自己？」

「也許……大概……他們不是這屋子真正的主人。」李蓮花正色道，「這屋子太過乾淨，平時必有人仔細打理，門口掛著琵琶陰陽文字鎖，主人多半喜歡機關……說不定精通機關……如果我遇見的那兩人只是被困在屋內無法出去，突然遇見個自投羅網的路人要進屋，自然會拚命挽留。」

「困在屋內？」方多病奇道，「這屋子裡什麼也沒有，怎能困住大活人？本公子想走就能走……」

展雲飛打斷他：「剛才那兩人，已經死了。」

方多病嚇了一跳，展雲飛劍鞘一推，左邊的房門緩緩打開，只見一個佝僂老者坐在椅子上，兩眼茫然地望著屋梁，已是氣絕多時。

方多病立刻倒抽一口氣，屋內並無太大異常，唯一不尋常的，是這屋裡除了椅子上的老者，還有另外一具屍體——一具鬚髮斑白，穿著粗布衣裳，赤著雙腳，一看就知道是尋常村民的屍體，赫然又是一個「老丈」。

這具屍體靠牆而坐，顯然和死在椅子上這位衣著不俗的老者不是一路。

莫非——這也是被困在這屋裡的路人之一？

三人面面相覷，饒是慣走江湖，也是相顧駭然。屋裡並沒有什麼古怪氣味，彷彿那一盞茶之前還活生生的老者只是睡著了，一切都安靜得不可思議。

展雲飛屏住呼吸，以劍鞘再度推開另一間房的房門，裡面也有兩人，一個是年約三旬的美貌婦人，另一個便是那貌似天真的孩童，同樣是兩具屍體，毫無半點氣息。

方多病呆了，一瞬間這屋裡所有的門窗都顯得陰森可怖：「這……這莫非有鬼……」

展雲飛卻搖了搖頭，他凝視著那小小少女的死狀——她匍匐在地上，頭向著東南。他的劍鞘再度一推，那房門旁邊的櫥子倏地被他橫移二尺，露出牆上一片細小的黑點。

「氣孔……」方多病喃喃道，「莫非竟是透過這氣孔放出毒氣，瞬間殺了二人？天……這莫非是個機關屋？」

三人遊目四顧，這乾淨空蕩的庭院似比三人生平所遇的敵人都要深不可測。

李蓮花退了一步，慢慢道：「或許應當試一下能否就此退出……」

方多病連連點頭，忽又搖頭，想了想又點頭。

李蓮花話才說到一半，飄身而退，然而人到院門口就落了下來。

展雲飛沉聲問道：「如何？」

「毒霧。」李蓮花亮起火摺子，轉身面對門外的冷雨大霧，喃喃道，「原來他們將自己關在屋子裡，是因為大霧……」

在火摺子的光芒下，只見方才那濃郁的大霧漸漸變了顏色，蒼白中微帶藍綠，竟是說不出地詭異。

「毒霧？」方多病和展雲飛都變了顏色，他們在大霧中行走良久，卻未察覺霧中有毒，「這霧中有毒？」

李蓮花對著大霧凝視半晌，突然探手取出一塊方巾，揚手擲入不遠處迷離的大霧中。過了一會兒，他揮袖掩面，竄入霧中，將方巾拾回，只見白色方巾已經溼透，且就在這片刻之間，其上已見三四個微小空洞，竟是腐蝕所致。

方多病寒毛直豎，這霧氣要是吸入肺腑，豈非剎那間五臟六腑都要穿十七八個小孔？「這毒霧如此之毒，剛才我們也吸入不少，怎麼沒事？」

「想必這附近有什麼劇毒之物能溶解於水氣，」李蓮花喃喃道，「只有大霧濃郁到一定程度，毒物方能進入霧中，我們運氣好，竟能平安無事走到這裡。」

展雲飛忽道：「若能在這裡度過一夜，天亮後水氣減少，我們就能出去。」

李蓮花點了點頭，又嘆了口氣。

方多病忍不住道：「這屋裡的死人也是這麼想的，那毒霧還沒進來，自己倒是先一命嗚呼。這屋子比外面的毒霧好不到哪裡去……」

「此地此屋，全是為殺人所建！」展雲飛淡淡道，「這屋主的癖好惡毒至極。」

「不錯，根本不在乎殺的是誰，好像只要有人死在這裡他就開心了。」方多病咬牙切齒，「世上怎會有這等莫名其妙的殺人魔，老子行走江湖這麼久，從來沒聽說過這種鬼地方！」

「有！」展雲飛卻道，「有這種地方。」

「什麼地方？」方多病瞪眼，「本公子怎麼從來沒聽說過。」

展雲飛道：「囫圇屋。」

囫圇屋，為昔日金鴛盟第一機關師阿蠻薩所製，據說其中共有一百九十九道機關，被關入其中的人從無生還，死狀或中毒，或刀砍，或火燒，或針刺，或腰斬，或油炸……應有盡有，只有人想像不到、沒有囫圇屋做不到的殺人手法。

但據說囫圇屋金碧輝煌，乃是一處鑲有黃金珠寶的樓房，充滿異域風情，絕非這麼一處平淡無奇的庭院。且囫圇屋一直放在金鴛盟總壇，十一年前毀於李相夷與肖紫衿聯手的一劍，自然不會重現在此。

方多病從未聽過囫圇屋的大名，待展雲飛三言兩語將這事帶過，他既恨自己出道太晚，又恨展雲飛語焉不詳，更恨不得把展雲飛腦子裡裝的許多故事挖出來裝進自己腦子裡，替他再講過一遍方才舒服。

「故事可以再講，但再不進屋去，外面的霧就要過來了。」李蓮花連連嘆氣，「快走，快走。」

方多病一下竄入屋裡，三人在廳堂中站了片刻，不約而同地擠入方才李蓮花睡過的那間客房。李蓮花想了想，又出來關上大門，再關上客房的門，彷彿如此就能抵擋那無形無跡的毒霧。

展雲飛和方多病看他忙進忙出，展雲飛立刻撕下幾塊被褥，將門縫窗縫牢牢堵住，方多病卻道屋裡有無聲無息的殺人劇毒，這般封起來說不定死得更快。

這客房不大，三個大男人擠在一處，連個坐的地方都沒有，李蓮花想了想，又動手去拆床。方多病怕床後有什麼會吐毒氣的氣孔，連忙和他一起動手。

展雲飛拔出佩劍：「二位閃開。」

李蓮花拖著方多病立刻逃到牆角，只見劍光暴漲，一聲脆響，那木床已化成一堆大小均勻的碎渣。

李蓮花讚道：「好劍法。」

方多病哼了一聲，顯然不覺這劈柴劍法有何了不起，是死蓮花自己武功差勁至極，才大驚小怪。

床碎之後露出牆壁，牆壁上卻沒有氣孔。展雲飛沒有放鬆警惕，持劍在屋裡各處敲打，卻沒有敲出什麼新花樣，這彷彿就是一間極普通的房間。

難道這一夜竟能如此簡單地度過？展雲飛在看牆，方多病卻一直盯著那被劈成一堆的木床，這屋裡除了那堆木頭本沒什麼好看的，突然他大叫一聲：「螞……螞蟻！」

展雲飛驀地回頭，只見從那破碎的木頭堆中慢慢爬出許多黑點，正是一隻隻螞蟻。原來這木床是中空的，中間便是蟻巢，展雲飛劈碎木床，這些螞蟻受到驚擾便爬了出來。

這絕不是一窩普通的螞蟻，每隻都有半片指甲大小，比尋常螞蟻大了不下十倍，一對螯竟是橙紅色，黑紅相應，看起來怵目驚心。方多病目瞪口呆地看著源源不斷爬出來的螞蟻，想像這些東西爬到自己身上的樣子，頓時不寒而慄。

見許多螞蟻突然爬出來，雖然三人都是江湖高人，但拍螞蟻這等事和武藝高低卻沒多大關係，武藝高也是一巴掌拍死，武藝低也是一巴掌拍死，三人不約而同地動手殺螞蟻。一開始方多病還「芙蓉九切掌」、「凌波十八拍」什麼的呼來喝去，猛地見李蓮花一巴掌兩三隻拍得也不慢，頓時醒悟，開始左右開弓劈里啪啦地殺不停。

那木床畢竟不大，設計這螞蟻機關的主人顯然也沒有想到這麼一間小小客房會鑽進三個人，一個時辰不到，那窩螞蟻已被三人殺得七零八落，即使剩下幾隻命大的也不足為患了。

方多病擦了擦頭上的汗，呼出一口氣，默想殺螞蟻比殺人還累，抬起頭來，卻見展雲飛和李蓮花臉色都不算釋然：「怎麼？被咬傷了嗎？」

展雲飛淡淡看了李蓮花一眼：「你看如何？」

李蓮花嘆了口氣：「你聽。」

螞蟻之災剛剛過去，又聽「咚」的一聲悶響，不知是什麼東西重重踩在地面上，牆壁竟微微搖晃起來。方多病瞠目結舌，只聽那沉悶的「咚咚」聲由遠而近，有個沉重的東西從後院慢慢爬來，聽那腳步聲顯然不是人，卻不知是什麼東西，要命的是，這東西竟然沒有氣息之聲！

不是人、不是動物！

難道是——

轟然一聲巨響，屋裡三人猛地貼牆而立，一面牆瞬間倒塌，一個似人非人、似獸非獸的怪物撞塌一面牆壁，穿了進來，隨即寒芒一閃，自那辨認不清的東西身上驟然伸出六把刀不像刀、劍不像劍的東西，只聽「篤篤篤、篤篤篤」一連六聲，六柄鋒刃沒入牆壁，李蓮花、展雲飛躍身而起，方多病著地一滾，僥倖沒有受傷。

門外燈火一閃，那撞破牆壁的東西非人非獸，竟是一個巨大而古怪的鐵籠，不過它倒不是自己走過來的，而是一直靠在後院假山上，這屋內木床破碎之後，不知和這假山上的鐵籠有何牽連，鐵籠自斜坡上滾落。這東西沉重異常，牆壁又異常薄，難怪一撞即穿。

鐵籠中顯然裝有不少機關暗器，撞擊之後當先射出六柄長鋒，三人猝不及防，狼狽躲閃，上躍的兩人尚未落地，鐵籠中「嗡」的一聲射出數十點寒芒，展雲飛半空拔劍，只聞「叮噹」一陣亂響，數十點寒芒被他一一撥落。

方多病滾到鐵籠旁，拔出玉笛，對鐵籠重重一擊，「錚」的一聲脆響，那鐵籠竟分毫無損，顯然也是一件異物。

方多病一擊之後，心知不妙，立刻著地再度一滾，那鐵籠受他一擊，「嗶」的一聲鐵皮四散激射，露出第二層外殼，竟是一層猶如狼牙般的鋒芒鋸齒。那激射的鐵皮亦鋒銳異常，自方多病頭頂掠過，「噹」的一聲射入牆壁，入牆二寸有餘。方多病心裡大叫「乖乖的，不得了」，還來不及慶幸自己逃過一劫，突然腿上一痛，他翻身坐起，呆了一呆，按住小腿。

李蓮花和展雲飛同時回頭，見方多病著地一滾，滾過方才被展雲飛撥落的黑色暗器，腿上頓時鮮血長流。

展雲飛即刻趕到他身邊，劍尖一刮，將那暗器挑出，臉色有些變了：「別說話，有毒！」

就在這一瞬間，方多病的腿已然麻痺，他心裡涼了半截，行走江湖這幾年，他不算真的經歷過什麼大險，難道這一次……

「背——」李蓮花的聲音驀地響起，展雲飛一個念頭閃過，尚未明白，忽覺前胸一痛，一物穿胸而出。他低頭看著自胸前穿出的長箭，口中微甜，回頭看向李蓮花：「外面……」

方多病親眼看見展雲飛在他身邊咫尺被一箭穿胸，不禁呆愣當場，以為自己在做夢。

就在他怔忡的瞬間，李蓮花急閃而來，「叮」的一聲脆響，他不知以什麼東西斬斷穿牆射入展雲飛背後的箭身，將展雲飛平托到他方才站的角落。

展雲飛還待再說，李蓮花凝視著他，微微一笑，搖搖頭，比了個噤聲的手勢。

展雲飛立刻閉嘴，李蓮花拔出斷箭，點了他四處穴道，讓他平躺在地上。

展雲飛見他以口形說「不要動」，於是點了點頭，心裡漸漸明白——這庭院之中確實沒有活人，但卻有人在院外隱藏行跡，聽聲辨位，以強弓射箭傷人。

古怪的鐵籠，神祕的弓手，四具死屍，彌漫的毒霧……

這庭院之中，究竟發生了什麼事？

是有意設伏，或是無意巧合？

他們是陷入一個針對「佛彼白石」的陷阱，抑或是在錯誤的時間踏入一場別人的遊戲？

方多病已全身麻痺，動彈不得，腦子彷彿也僵了，只一動不動地瞪視著面前那個狼牙似的鐵籠。李蓮花靜靜地站在屋中，展雲飛重傷倒地。

此時，淡藍的毒霧自牆面的破損之處，緩緩地飄了進來。

三 打洞

忽然，李蓮花的手伸了過來，揭住方多病的眼睛，隨即他背後要穴一麻，便什麼也不知道了。

方多病人事不知，展雲飛重傷倒地，李蓮花看了那毒霧兩眼，突然扒下方多病的外衣，小心翼翼地繞過那已然靜止的怪異鐵籠，以木床的碎屑為釘，將外衣釘在牆壁那個大洞上。接著轉過身來，那鐵籠就在他身後不到一尺處，這東西雖非活人，卻是觸之見血。

展雲飛並未昏迷，胸前一箭雖然貫穿肺葉，但李蓮花點穴之力平和，促使血液外流，未積於肺內，傷勢並不致命。即使要他現在拔劍而起，和人動手拚上一命，他依然可以發揮八成功力，但李蓮花要他躺下，他便躺下。

他在少年時便很敬重這個人，十幾年後，即使這個人不再少年，但在展雲飛眼裡，他並沒有變。

所以他聽話。

以這個人的意旨為意旨是一種本能。

展雲飛萬般崇拜之際，李蓮花卻瞪著那四面獠牙的怪物發愁。這東西顯然還藏有無數機關，只須稍微震動或碰觸就會激發，好大的一塊燙手山芋，卻長滿了刺無處下嘴，何況這東西長得實在太像個帶刺的椅子，他多看兩眼便忍不住想笑。

怎麼辦？

屋外的毒霧慢慢浸溼方多病的長袍，不過方氏所購的衣裳質地精良，加上方大少闖禍成性，家裡為他添置的衣裳多在尋常綢緞中夾雜少許金絲，令衣裳更為堅韌，可略擋兵器一擊。正因如此，這件衣服在毒霧之中沒有即刻腐蝕，而是慢慢溼透，屋外的水氣沿著長袍緩緩滑落，凝成一滴滴的毒水，在地上積成一灘水窪，並沒有侵入屋內。

李蓮花想了很久，突然趴在地上聽了聽，又摸了摸屋裡的地面，地上鋪的是尋常地磚。他轉身在方多病身上摸索了一番，摸出一柄劍。此劍名為「爾雅」，方多病原本一直隨身帶著橫行江湖，後來嫌長劍庸俗，又去換了把玉笛。李蓮花想方設法叫他吹曲來聽聽，方多病就是不肯。

這次紀漢佛寫信相邀，四顧門當年以劍聞名，現在的門主肖紫衿也以劍稱霸天下，他就偷偷摸摸地又把「爾雅」帶了出來。

「爾雅」為方氏重金專門為方多病打造，單薄輕巧，劍柄鑲以明珠白玉，華麗非常，和方多病的氣質十分相融。李蓮花輕輕拔出「爾雅」，不發出絲毫聲息，隨即極輕極輕地在地上劃了一劍。

劍入寸許，毫不費力。展雲飛面露驚訝之色，此劍之利不在任何傳聞的名劍之下，卻寂寂無名。李蓮花在地上劃了個二尺多長、二尺多寬、深二尺有餘的方框，這柄難得的寶劍，竟被他當作鋸子來用。將地磚鋸開後，他將方多病抱了過來，放在展雲飛身旁，「爾雅」一揚，往一側牆上射去，隨即手掌按在那被他切劃出來的方框上。

「叮」的一聲，劍入數寸，隨之「篤」的一聲箭鳴，院外那人果然還在等待，一枝長箭幾乎分毫不差地射入「爾雅」貫入的牆壁。牆壁微微一震，地面也輕輕一抖，地上那鐵籠「砰」的一聲再度射出數十點黑芒。

李蓮花手掌已然按在地磚上，這切下的地磚少說也有數十上百斤，卻見他以黏勁一揮掌，將地上那一大塊地磚硬生生抬起，露出底下一個大坑。鐵籠射出黑芒，再度往前滾動，只聽「轟」的一聲，那東西驀地掉進李蓮花挖開的坑裡，「叮咚乒乓」一陣亂響，聲音漸行漸遠，再不見暗器射出。

李蓮花運勁橫起的那一大塊地磚和黃土，正好擋住鐵籠第一輪黑芒暗器。此時院外的弓箭手顯然也聽出屋內情況不對，「篤篤篤」一連三響，三枝長箭貫牆而入，弓弦聲不絕於耳，看來他已不再聽聲辨位，而是不管人在何處，是死是活，他都要亂箭將這屋裡的東西射成刺蝟。

二尺長、二尺寬的地磚擋不住屋外勁道驚人的長箭，李蓮花匆匆探頭一看，方才被他翻起的地方露出一個大洞——難怪鐵籠掉下去便不見蹤影。此時要命的長箭在前，顧不得地底下是什麼玩意兒，他抓起方多病，當先從大洞跳了下去。展雲飛按住胸口傷處，隨即跳下。洞內不深，下躍丈許之後，後腰有人輕輕一托，一股熱氣自後腰流轉全身，展雲飛落地站穩：「不必如此。」

助他落地的是李蓮花。這房間下的大洞是個天然洞穴，就著頭頂破口透入的微光看來，四面潮溼，左右各有幾條通道，他們站立的這條似乎是主幹，筆直向下。方才跌落的那個古怪鐵籠正是沿著向下的通道一路滾落，在沿途四壁釘滿了黑芒暗器。

「這是……」展雲飛皺眉，「溶洞？」

但凡山奇水秀，多生溶洞，青竹山山雖不奇，水也不秀，但馬馬虎虎也是有山有水，因此山裡有個溶洞也不怎麼稀奇。李蓮花嘆了口氣：「嗯，溶洞，溶洞不要命，要命的是這個溶洞有寶藏……」

「寶藏？」展雲飛奇道，「什麼寶藏？」

李蓮花在方多病身上按來按去，不知是助他逼毒，還是在摸索他身上是否還有什麼救命的法寶：「展大俠。」

展雲飛極快地道：「展雲飛。」

李蓮花對他露齒一笑：「你不覺得……外面那些要射死我們的箭有點……不可理喻？彷

佛只因我們踏入屋中卻沒有死，便氣得發瘋，非要射死我們不可。」

展雲飛頷首：「不錯，而且那些箭不是人力所發，而是出於機關。」

李蓮花連連點頭：「正是，即便是弓箭高人，也不可能以這等強勁的內力連發十多箭，箭箭相同，這箭穿牆之後猶能傷人，若是人力所發，抵得上二三十年苦練。」

展雲飛突然笑了笑：「這箭若是人射的，我已經死了。」

李蓮花又連連點頭：「所以，外面有個人，他手上持有能射出長箭的厲害機關，他不懼毒霧，意圖殺人，卻又不敢進來，為什麼？」

展雲飛淡淡道：「自然是他不能進來。」

「不錯，在我們殺螞蟻或是鐵籠射暗器的時候，因為聲音太雜，他無法射箭，說明這人聽力不好。」李蓮花正色道，「若非受了重傷，便是不會武功。」

展雲飛笑了：「他也許不會武功，但他精通機關。」

李蓮花也笑了：「不錯，他不怕毒霧，精通機關，知道從哪個角度射箭能穿牆，死在屋裡的四人卻既怕毒霧，又不懂機關，所以——」

「所以很可能屋外的那個，才是真正的屋主。」展雲飛苦笑，「如果外面的是屋主，那他為什麼在外面？」

「問題自然是出在四個死人身上，」李蓮花又嘆了口氣，「而我們不幸成為那四個死人的同夥……」

兩人面面相覷，過了半晌，展雲飛問：「這和寶藏有什麼關係？」

「那四個人死在兩間屋裡，既不像同道，也不像同門。」李蓮花道，「感情看起來很差。能讓一些不同道的人聚集在一起的事有幾件，一是開會，二是尋仇，三是尋歡作樂，四是寶藏……」他東張西望，苦笑，「你覺得是哪個？」

展雲飛啞口無言，喉頭動了一下：「這……」

「這件事的蹊蹺之處還很多，」李蓮花忽道，「這整件事……」他的聲音戛然而止，因為左邊通道突然露出一張臉。

那是一張蒼白的臉，臉頰消瘦得只剩個骷髏的輪廓，眼圈黑得驚人，見到有人站在溶洞裡，尖叫一聲，撲了過來。李蓮花見他撲得踉蹌，打不定主意是要阻要扶，卻見那人摔在方多病身前，定睛一看，卻又慘叫一聲，踉踉蹌蹌地奔了回去。

展雲飛一怔，李蓮花喃喃道：「我早就說過，你這副骨瘦如柴的樣子遲早要嚇到人，這人原本要出來吃人，竟也被你嚇跑。」

「老子也想要嚇跑，只是跑不動而已。」地上「昏迷不醒」的方多病突然有氣無力道，「這是什麼鬼地方？」

李蓮花彎下腰溫柔地看著他：「這是個鬼窟。」

方多病躺在地上，一點站起來的意思都沒有：「我怎麼到了這裡？」

李蓮花指了指頭頂：「我在地上挖了個坑，坑裡有個洞，於是我們都跳了下來。」

方多病咳了兩聲：「為什麼你每次在地上打洞，洞裡都有些別的？」

他終於坐了起來，在自己身上摸了幾下，身上的麻痺已好了大半。他仔細一看，腿上傷口流出一大堆黑血，不知是誰助他運功逼毒，將體內的毒血逼出了一大半。他自己運功一調，內息居然沒有大損，心下一樂，能助人逼毒而不損真元，這等功力自然非展雲飛莫屬了。沒想到這位大俠自己中箭受傷，還有這等功力，不愧是當年能與李相夷動手的人。在身上摸了好一會兒，確認四肢俱在，皮膚完整，方大公子終於搖搖晃晃地站起身：「現在要怎辦？」

「這裡是個溶洞，洞裡有許多岔路，且岔道裡有人。」展雲飛說話簡單幹練，「這裡有古怪。」

方多病聽得莫名其妙：「什麼和什麼？」

李蓮花慢吞吞道：「那間布滿機關的屋子，還有殺人的毒霧，就蓋在這個溶洞上方。我猜這溶洞裡或許有什麼寶物，引得許多人來這裡尋寶，上面那間屋子的主人只怕誤以為我們也是……」

方多病脫口而出：「來尋寶的？老子家裡金山銀山寶石山堆得跟豬窩一樣，誰稀罕什麼寶藏，殺人也不先問問行情，真是莫名其妙！」

「這底下恐怕有不少人。」李蓮花正在聽聲，幾條通道中都傳來人聲，遙遠而複雜，「問題……問題恐怕不僅僅是寶藏。」

展雲飛胸口流血過多，有些目眩，微微一晃，方多病連忙扶住他，卻忘了自己也是個跛子，兩人都踉蹌了幾步。

李蓮花左顧右盼，喃喃道：「我看……我看我們最大的問題是要先找個地方躺躺，可惜這下面都是餓鬼，若是有些食水，也不算太壞，這邊……」他一隻手扶住展雲飛，一隻手托住方多病，三人一起慢慢在通道中移動。

地下溶洞四通八達，要找到出路很難，但要鑽得更深卻很容易，三人轉了幾圈，找到一個不大不小的洞穴，艱難地躲了進去。

四面八方的通道裡有不少人，不知道為什麼聚集在這溶洞裡，其中有些似乎已經餓瘋了，還有個神祕古怪的機關客在頭頂上等著殺人。不管這一切是為了什麼，先養好自己的傷才是上上之策。

這是個約莫容得下五個人的洞穴。展雲飛胸口有傷，一坐下就閉目養神，不再說話，方多病卻懷念起他家英翠樓、雪玉舫、洪江一枝春茶樓等酒樓裡妙不可言的菜色，忍不住從蜜汁松雞說到芙蓉香雪湯，再說到燒烤孔雀腿、油炸小蜻蜓。李蓮花本來很有耐心地聽著，聽到最後終於忍不住嘆口氣：「我本想說餓了，但現在又不餓了。」

「你肚子餓的時候連崑崙山上的蚯蚓都吃，現下還怕起蜻蜓來了？」方多病嗤之以鼻，「你當老子不知道嗎？前年你在崑崙山迷路，滿山白茫茫的都是雪，除了幾隻蚯蚓什麼也沒有，你不吃得可開心了？」

李蓮花正色道，「那叫做冬蟲夏草……」他看了方多病腿上的傷口一眼，「走得動嗎？」

方多病的腿仍然乏力，但既然李蓮花問了，他單腳跳也要跳得比他快，立刻道：「走得動，走得動！如何？」

李蓮花指了指展雲飛：「展大俠外傷很重，這底下不太安全，你既然走得動，就去幫他弄點水回來。」

方多病張口結舌，指著自己的鼻子：「我？就我一個人去？」

李蓮花道：「外面餓壞的瘋子見了你就跑，自然是你去。」

方多病瞪眼道：「那你呢？」

李蓮花一本正經地道：「我自然是坐在這裡休息。」

方多病目瞪口呆，只聽他又道：「快去快回，展大俠失血太多，定要喝水。」

方多病被他用「展大俠」的名頭壓了兩次，恨恨地瞪了他兩眼，踉蹌地走了出去。

方多病離開不久，李蓮花伸指往展雲飛胸前點去，展雲飛雙目一睜，一把抓住他的手，淡淡道：「不須如此。」

李蓮花柔聲道：「別逞強，年紀也不小了，你又沒娶老婆，自己該多照顧自己。」他在展雲飛胸口點了幾指，「揚州慢」的內勁透入氣脈，展雲飛失血雖多，元氣卻未散，胸前背後的傷口均在癒合。

展雲飛鬆開手，臉上也不見什麼感激之色，過了半晌，他道：「你的功力……」

李蓮花微笑：「現在你若要爬起來和我比武，我自是非輸不可。」

展雲飛搖了搖頭，他從不是多話的人，這次卻有些執著，一字一字問：「可是當年在東海所受的傷？」

李蓮花道：「也不全是。」

展雲飛未再問下去，吐出一口氣，伸手去摸劍柄，一摸卻摸了個空。

就在這時，不遠處微微一響，兩人即刻安靜下來，只聽隱約的鐵器拖地之聲緩緩而過，隨即是轆轆聲響，又似有車輪經過。聲響來自不遠處的另一條通道，那拖地的鐵器聲很輕，待聲音過去，展雲飛壓低聲音：「鐵鍊。」

李蓮花頷首，不錯，那鐵器拖地之聲正是幾條鐵鍊，在這古怪的溶洞之中，是誰身帶鐵鍊而過？

鐵鍊聲過去，洞口白影一閃，僅著中衣越發顯得骨瘦如柴的方多病抱了個直口寶珠頂的瓷罐回來，竟然平安無事。李蓮花連忙去看那瓷罐，瓷罐裡居然真的是清水。展雲飛失血過多確實口渴，也不客氣，就著瓷罐喝了起來。

方多病訕訕地在一邊看著，李蓮花看了看他，嘆口氣：「你從哪裡摸來的死人罐子？」

他的話一出口，展雲飛似乎嗆了一下，卻繼續喝水。

方多病乾笑道：「你怎麼知道？」

李蓮花敲了敲那瓷罐：「這東西叫將軍罐，專門用來放骨灰，這地下難道是個墳墓？」

方多病聳聳肩，指了指外面：「我沿著來路走，一路上沒見到半個人，一直走到你打洞下來的地方。我想那鐵籠怪的暗器那麼厲害，滾下去的地方大概不會再有活人，就沿著鐵籠怪滾下去的路走。」

李蓮花欣然道：「你果然越來越聰明了。」

方多病得意揚揚，摸了塊石頭坐下，翹起二郎腿：「路走到底有個湖，我四處摸不到裝水的東西，突然看見湖邊堆滿了這玩意兒，就抓了一個倒空，裝水回來。」

李蓮花怔了怔：「湖邊堆滿了這玩意兒？」

方多病點頭：「堆得像堵牆一樣。」

展雲飛不再喝水，沉聲問：「罐裡當真有骨骸？」

方多病被他的語氣嚇了一跳：「死人罐裡當然有骨骸，老子也不是故意用這個給你裝水的，那骨骸老子抖進水裡，罐子也洗乾淨了……」

李蓮花皺起眉頭：「這地下如果放了許多骨灰罐，或許……或許這裡真是個墳墓。」

方多病抓了抓頭皮：「墳墓？可是下面全是水啊，有人在水坑裡修墓的嗎？」

李蓮花喃喃道，「天知道，這可是個不但有許多死人，還鑽進來許多活人的地方……」他驀地往地上一躺，「天色已晚，還是先睡一覺。」

方多病心裡一樂，大剌剌地也躺下：「老子今天真是累了。」

展雲飛閉目打坐，以他們在竹林中迷路的時間計算，此刻已近二更，的確是晚了。不管溶洞裡究竟是寶藏或墓穴，一切疑問都等明日再說。

但李蓮花和方多病睡得著，他卻不敢睡。劍不在手，方才那奇怪的鐵鍊聲讓他有些緊繃，在蘄家住久了，習慣危機四伏的日子，此情此景他竟有些不適應。

這一夜過得出奇安靜，寂然無聲，彷彿溶洞裡這個角落完全被人遺棄。展雲飛不敢睡，但「揚州慢」的真力點在身上，前胸背後暖洋洋的，很是舒服，坐著坐著不知何時竟矇矓睡去，等再睜開眼，李蓮花和方多病還在睡，他不由得苦笑，身在險境，竟有人能睡得如此舒服，倒是了不起。

又過了許久，方多病打了個大呵欠，懶洋洋地起身，閉著眼睛四處摸索了一陣，沒找到衣裳，茫然地睜大眼睛，過了一會兒才想起自己的外衣從昨天醒來就不見蹤影。

李蓮花被他無端摸了兩下，也茫然地坐起身，呆呆地看著方多病好一會兒，眨眨眼睛，眼裡全是迷茫：「幹什麼？」

方多病喃喃問：「我的衣服呢？」

李蓮花迷迷糊糊地搖搖頭：「你的衣服不見了，我怎會知道……」話未說完，突然想起他那件價值千金的衣服的確是被自己拿去當門簾了，頓時語塞。

方多病一見他臉上的表情，立刻怒道：「本公子的衣服呢？」

李蓮花乾笑：「扔毒霧裡了。」

方多病大怒：「那一早起來我穿什麼？」

李蓮花道：「這地下黑黝黝的，穿什麼都一樣。」

方多病冷笑：「極是極是，既然穿什麼都一樣，那你的衣服脫下來給我穿！」

李蓮花一把抓住自己的衣襟，抵死不從：「萬萬不可，你我斯文之人，豈可做那辱沒斯文之事？」

方多病暴怒：「你脫老子衣服就是英雄好漢，老子要脫你衣服就是辱沒斯文？你當老子稀罕你那件破衣服？老子要穿你的衣服是你的榮幸……」

兩人為了一件衣服打成一團，展雲飛只作不見，耳聽八方，潛心觀察左右是否有什麼動靜。

方多病眼看逮不住李蓮花，驀地施展一招「左右逢源」，一腳將李蓮花絆倒，雙手各施擒拿將他按住，得意揚揚地去扒他的衣服。

李蓮花當即大叫一聲：「且慢！我有新衣服給你穿——」

此言一出，不但方多病一怔，連展雲飛都有些意外。昨夜混亂之際，大家的行李都扔在馬上，李蓮花哪裡來的新衣服？方多病更是奇了：「新衣服，你有新衣服？」

李蓮花好不容易從他手裡爬起來，灰頭土臉，頭昏眼花，甩了甩頭：「嗯……啊……衣服都是從新的變成舊的……」

方多病斜眼看他：「那衣服呢？」

李蓮花從懷裡扯出個小小的布包，方多病皺眉看著那布包，這麼小一團東西，會是一件「衣服」？

展雲飛眼見這布包，腦中乍然一響，這是——

李蓮花打開布包，方多病眼前驟然一亮，那是團極柔和雪白的東西，泛著極淡的珠光，似綢非綢，雖然被揉成一團，卻沒有絲毫皺褶。

他還不明白這是什麼，展雲飛已低呼出聲：「嬴珠！」

嬴珠？方多病依稀聽過這名字：「嬴珠？」

展雲飛過了片刻才道：「嬴珠甲。」

嬴珠甲？方多病只覺自己的頭「嗡」的一聲被轟得七葷八素：「嬴嬴嬴……嬴珠甲？」

展雲飛點點頭：「不錯。」

嬴珠甲，是百年前蘇州名人繡進貢朝廷的貢品，據傳此物以異種蛛絲織就，刀劍難傷，雖不及盈握，穿在身上卻是夏日清涼如水，冬日溫暖如煦，有延年益壽之效。嬴珠甲進貢之後，被御賜給當年的鎮邊大將軍蕭政為護身內甲，傳為一時佳話。回朝後，蕭政將此物珍藏府中，本欲靜候聖上歸天之時將嬴珠甲歸還同葬，不料一日深夜，在大將軍府森嚴的戒備之下，此物從藏寶庫中被盜，此案至今仍是懸案。又過數十年，此物在倚紅樓珍寶宴上出現，位列天下寶物第八，結果珍寶宴被金鴛盟攪局，天下皆知嬴珠甲落到笛飛聲手上，後又隨金鴛盟破滅而銷聲匿跡。

卻不想這東西今日竟然出現在李蓮花手中。方多病叫了一聲後，傻了好一陣子：「死蓮花，這東西怎麼會在你手裡？」

這問題不但方多病想知道，展雲飛也想知道，那是笛飛聲之物，為何會在李蓮花手裡？

李蓮花面對兩雙眼睛，乾笑了好一會兒：「那個……」

方多病哼了一聲：「少裝蒜，快說！這東西哪裡來的？」

李蓮花繼續乾笑：「我只怕我說了你們不信。」

方多病不耐煩地道：「先說了再講，這東西在你手裡就是天大的古怪，不管你說什麼我本就不怎麼信。」

「這東西是我從海上撿來的。」李蓮花正色道，「那天風和日麗，我坐船在海上漂啊漂，突然看見一個布袋從船邊漂過，我就撿回來了。天地良心，我可萬萬沒有胡說，這東西的的確確就是在海上到處亂漂……」

「海上？」方多病張大嘴巴，「難道當年李相夷和笛飛聲一戰，打沉金鴛盟大船的時候，你正好在那附近坐船？」

李蓮花道：「這個……這個……」

他一時想不出什麼話來應答，展雲飛卻已明瞭，突然笑了笑：「約莫是笛飛聲自負，從來不穿贏珠甲，只把這衣服放在身邊。那艘大船被李相夷三劍斬沉大海，船裡的東西隨水漂流，讓你撿到了吧？」

展雲飛很少笑，這一笑把方多病嚇了一跳。

李蓮花連連點頭，欽佩至極地看著展雲飛：「是是是。總而言之，這衣服你就穿吧，反正本來也不是我的，送你送你。」

方多病看著那華麗柔美的衣服，竟然有些膽寒。

展雲飛淡淡道：「你身上有傷，贏珠甲刀劍難傷，穿著有利。」

方多病難得有些尷尬，抖開贏珠甲，彆彆扭扭地穿在身上。那衣服和他平日穿的華麗白袍也沒太大區別，他卻猶如穿了針氈，坐立難安。

李蓮花欣然看著他，方多病憑空得了件衣服，卻是一肚子彆扭，看李蓮花那「欣然」的模樣心裡越發不爽，恨恨道：「你有贏珠甲，竟然從來不說。」

李蓮花一本正經地道：「你若問我，我定會相告，但你又沒有問我。」

方多病跳了起來，指著他的鼻子正要破口大罵，那白色衣袖隨之一飄，方多病罵到嘴邊的話突然統統吞了下去。

這雪白衣袖飄起來的模樣，他似乎在哪裡見過。

這種風波水月、如仙似幻的衣袂，依稀……似曾相識。

見方多病突然呆住，李蓮花轉過頭：「展大俠，傷勢如何？」

展雲飛點了點頭，「揚……」他突然頓住，過了一會兒淡淡接下去，「……確是一流，我傷勢無礙。」

李蓮花欣慰道：「雖說如此，還是靜養的好，能不與人動手就不與人動手。」

展雲飛卻不答，反問：「我的劍呢？」

李蓮花道：「太沉，我扔了。」

展雲飛雙眉聳動，淡淡地看著李蓮花，過了一會兒，他道：「下一次，等我死了再卸我的劍。」

李蓮花張口結舌，惶恐地看著他。

展雲飛目中的怒色已然過去，不知為何眼裡有點淡淡的落寞：「有些人棄劍如遺，有些人終身不負，人的信念，總是有所不同。」

李蓮花被他說得有些怔忡，點了點頭：「我錯了。」

「死蓮花，」方多病看著自己的袖子發了半天呆，終於回過神來，「頂上那個洞還能回去嗎？我看從地底下另外找個出口好像很難，這地下相當古怪，既然天亮了，外面的毒霧應當也散了，要離開應該不是很難。」

李蓮花道：「是極是極，有理有理，我們這就回去。」

他居然不唱反調，方多病一呆。展雲飛也不反對，三人略略收拾了一下身上的雜物，沿著昨日來時的道路慢慢走去。

通道裡依然一片安靜，昨日逃得匆忙，今日通道中似乎亮了一些，除了天亮了之外，通道深處似乎燃有火把。走到昨日那洞口下方，竟然還是空無一人，李蓮花抬起頭，頭頂上那不大的破口光線昏暗，不知上面還有什麼。方多病一躍而起，仗著他那身贏珠甲就要往上衝，李蓮花驀地一把拉住他：「慢著。」

方多病疑惑回頭，李蓮花喃喃道：「為什麼不封口……」

展雲飛也很疑惑，他們自地洞躍下，隔了一夜，非但沒有追兵，連洞口都毫無遮攔，這是為什麼？是因為上面有更多埋伏嗎？李蓮花遊目四顧，朦朧的光線下，只覺溶洞上部四壁凹凸不平，布滿黑影，他引燃火摺子，往溶洞四壁照去。

火光耀映，溶洞四壁上的陰影清晰起來，方多病目瞪口呆——那是一層密密麻麻的菌類，蘑菇模樣，柔軟的蓋子重重疊疊，一直延伸到昨夜打破的那個洞口，一夜功夫不知長出了多少。

李蓮花長長吐出一口氣：「蘑菇……」

方多病看著洞壁上許許多多的蘑菇，莫名其妙：「長在洞裡的蘑菇倒是少見。」

展雲飛皺眉看著這些蘑菇，沉吟良久：「這些蘑菇生長在通風之處，你看凡是有洞口的地方，越靠近通風口蘑菇長得越密，但不知這些東西是偶然生長在這裡，還是什麼毒物。」

「這洞口不能上去。」李蓮花突然道，他一把抓住方多病和展雲飛，「快走、快走，這地方不能久留，這東西有毒。」

方多病和展雲飛吃了一驚，三人匆匆忙忙自那地方離開，沿著昨天鐵籠滾下去的路筆直走到方多病取水的湖邊。

這是個很深的地下湖，水色看來黝黑，實則清澈。

湖的東邊疊放著數以千計的將軍罐，如果每個罐子裡都有屍骨，那湖邊至少堆積了上千具屍骸。放罐子的土堆被人為做成梯形，將軍罐整齊地羅列在一級一級如臺階般的黃土上。

臺階共有九層，每一層整齊堆放著一百九十九個罐子，有一層少了一個，正是被方多病抱走，九層共計一千七百九十一個。每個罐子上都蒙著一層細膩的灰塵，顯然自放在這裡以後，便沒有動過，這裡雖是個溶洞，卻有許多通風口，自然遍布塵沙。

那個射出無數暗器、稀奇古怪的鐵籠就靜靜躺在湖邊的淺灘，地上四處是它射出的黑芒、短箭和毒針。

方多病抓了抓頭：「奇怪，這地方這麼大，竟然沒半個人，堆放一千多具屍骨的地方，怎麼也算是重要的地方吧，怎麼會沒人？」

「而且不是因為這東西掉下來所以才沒人。」李蓮花慢慢走過去看著那古怪的鐵籠，「你看它射出這麼多暗器，一路上卻沒有半具屍體，也沒有半點血跡，顯然昨天它滾下來的時候這裡就沒人。」

展雲飛舉目四顧：「如果說昨夜我們跳下來的洞穴那邊之所以沒人，是因為長滿了毒菇，那麼這邊沒人——難道是因為也有什麼毒物？」

李蓮花「嗯」了一聲，仍舊目不轉睛地看著那鐵籠。

這個時候，他才真正看清楚這是什麼東西。

這東西很像一把椅子，之所以被當作鐵籠，是因為椅子上頭還有個似傘非傘的擋板，左右各有兩個像輪子的東西，但普通輪子是圓的，而這東西左右兩側卻是一大一小兩個八角形的怪圈。通體精鋼所製，四面八方都有開口，因為方多病揮笛一擊，外層鐵皮已經炸裂，露出內裡那一層狼牙似的鋼齒。又因為摔得頗重，那椅座扭曲破裂，裡面一層一層、一格一格全是放各類暗器的暗格。

「死蓮花，小心！」方多病驀地一聲大喝，撲過來一把將李蓮花拖出三丈多遠。展雲飛一掌拍出，只聽轟然一聲巨響，水聲如雷。李蓮花抬起頭，漆黑的水潭中似有什麼東西調頭游走，潛入深深的水底。

「那是什麼東西？」方多病失聲道。

李蓮花道：「蛇。」

展雲飛深深吸了口氣：「是一群蛇。」

只見潭水中漸漸湧起波浪，方才調頭而去的東西繞了一圈又游回來，水中緩緩有數條黑影隨之浮起，波光閃爍，嗞嗞有聲。

果然是蛇，還是和人大腿差不多粗細的蟒蛇。

洞壁生有毒菇，水中一群蟒蛇。如展雲飛之輩自然不欲徒然和一群蟒蛇打架，三人不約而同縱身而起，越過那重重瓷罐，直落瓷罐後方。

然瓷罐後方卻是一個偌大的巨坑，坑內燈火閃爍。三人估計有誤，以為瓷罐後面只是土丘，卻不知竟是個深達十數丈的大坑，身子一輕，三人各自吐氣，方多病人袖飄拂，在洞壁上快步而奔，滴溜溜連轉九圈，安然落地。展雲飛胸口有傷，一手護胸，左掌在洞壁上一拍一揮，身形如行雲飛燕，掠至對面壁上，再拍一掌，如此折返，三返而落。

兩人落地之後，忽聞兵器之聲錚然作響，「叮叮咚咚」好不熱鬧，仔細一看，只見十幾把明晃晃的兵器統統指著落入人群中的另外一人，他們兩人方才那番了不得的輕功身法倒是沒幾個人看見。

那沒頭沒腦撲進人群中的自然是李蓮花，他人一站直，兵器「嘩啦啦」地往他身上招呼，上至名刀名劍，下至竹棍、鐵鉤，甚至竹枝、古琴等不一而足。李蓮花僵在當場，這地下巨坑之中竟有不少人，光頭者有之，道髻者有之，錦衣華服者有之，破衣爛衫者有之，卻清一色都是二十歲上下的少年，也不知誰去哪裡找齊了這麼多品種的少年，委實令人咋舌。

「哼！昨晚我就聽說來了新人。」坑中一位相貌俊美、頭戴金冠的白衣少年冷冷道，「闖過了紫嵐堂，真是了不得。」

另一位相貌陰鬱，偏又抱著一具古琴的黑衣書生也陰森森道：「又是一個送死的。」

李蓮花張口結舌地看著這一大群人，無怪頭上那些通道空無一人，原來都擠在這坑裡了，眼角一飄，尚未看到這坑裡究竟有何妙處，就先看見了一個人。

然後，他嘆了口氣。

四　坑

方多病和展雲飛此時也被幾把刀劍指住，坑中眾人將三人逼到一處，那頭戴金冠的白衣少年冷冷問：「你們從哪裡得到消息？」

哪裡得到消息？方多病莫名其妙，我們分明是半夜借宿，被毒霧逼進一家黑店，然後就這麼摔了下來，難道住黑店還要先得到消息，約好了再住？這是什麼道理？

李蓮花卻道，「這位……好漢……」他見那少年眼睛一瞪，連忙改口，「這位少俠……我們不過是在玉華山下偶然得到消息，說這……墓中有寶藏。」

「想不到消息散布得這麼廣，她的朋友真是越來越多了，該說是太多了一些。」白衣少年冷笑，「就你們那幾下三腳貓的輕功身法，一個像倒栽蘿蔔，一個走幾步踏壁行還一瘸一拐，另一個半死不活，這副模樣也想染指龍王棺？」

龍王棺？方多病還是第一次聽說，展雲飛微微搖頭，表示他也不曾耳聞。

李蓮花道：「這個……這個人間至寶，雖然……自然……」

白衣少年手中握著一柄極尖、極細的長刀，聽聞此言，突然間收了兵器：「無能之輩，倒也老實，你叫什麼名字？」

李蓮花看著他手裡的刀：「我姓李。」

白衣少年「嗯」了一聲，仰起頭。他一仰起頭，身邊的人都似得了暗令，「嘩啦啦」地兵器收了一大半。

卻見他仰頭想了一會兒：「你等三人既然能在玉華山下得到消息，想必是見過她了？」他？她？方多病只覺這白衣少年前言不對後語，全然不知在說些什麼。展雲飛皺起眉頭，顯然也不知「她」是個什麼玩意兒。卻聽李蓮花微笑道：「嗯，她很美，我再沒見過比她更美的人。」

「她讓你來、讓我來、讓他們來，」白衣少年喃喃道，「我不知道她心裡到底在想什麼……」一時間似乎失了神，眉間湧上愁容。他盛氣凌人的時候鼻子宛如生在頭頂，這一發起愁來倒顯出幾分孩子氣。

李蓮花安慰道：「不怕不怕，那個……她心裡在想什麼，我也不知道，不過她既然請大家都到這裡來，想必有她的道理。」

白衣少年愁從中來，被他安慰了兩句，愣了愣，勃然大怒：「你是什麼東西，她心裡想什麼為什麼讓你知道？」

李蓮花張口結舌，又聽有人微笑接話：「角姑娘贈予藏寶圖，讓我等到此地尋找龍王棺，不論是誰，只要有人能打開龍王棺，非但其中寶物全數相贈，還可與角姑娘夜宴一場。

不才在下以為，角姑娘是以這種方法為自己挑選一位可堪匹配的知己。白少俠武功絕倫，出身名門，是箇中翹楚，何必與這位先生相較？」

那白衣少年哼了一聲，面前這位仁兄最多稱個「先生」，連「少俠」都稱不上，武功既不高，年紀又大，狼狽不堪，確實無一處可與自己比擬，當下怒火稍息，轉過身去：「賈兄人中龍鳳，你都不曾見過她的真面目，這小子居然見過……我……我……」他背影顫動，顯然十分不忿。

李蓮花乾笑一聲，看著說話的那位「賈兄」，這人羽扇綸巾，風度翩翩，正是新四顧門那位年少有為的軍師傅衡陽。

傅衡陽一身貴公子打扮，手持羽扇，站在眾人之中。他的容貌也是不俗，加上衣飾華貴、氣質高雅，和滿身是泥、灰頭土臉的李蓮花之流相比，自然是人中龍鳳。

方多病眼見這位軍師的衣裳，不免悻悻然，新四顧門運轉的銀兩大半是他捐贈，雖說送出去的錢就是別人家的，但看傅衡陽穿金戴銀，他卻不得不穿著這件該死的贏珠甲，心裡老大不舒服。

展雲飛一言不發，他年過三旬，受傷之後甚是憔悴，眾人都當他是方多病的跟班，自不會以為他是來爭搶與「角姑娘」夜宴。而他也認得那「賈兄」便是傅衡陽，但看一眼後便不再看第二眼。

傅衡陽揮了揮手，不知用了什麼法子，居然讓這坑裡的許多少俠都以他馬首是瞻：「諸位無須驚訝，既然角姑娘相邀我等，自然也會相邀他人。此時人越多，越有利於找到那龍王棺。等尋到龍王棺所在，我等再比武分出個高下，讓武功最高之人去開那寶藏便是。」

那白衣少年點了點頭，黑衣書生哼了一聲，後面許多衣著奇異的少年也不再出聲。

傅衡陽一舉衣袖，衣冠楚楚地對方多病微笑：「我來介紹，這位是斷壁一刀門的少主，白玿白少俠，他身後這十五位，都是斷壁一刀門的高手。」

方多病隨隨便便點了點頭，斷壁一刀門他聽過，是個隱匿江湖多年的神祕門派，傳說其「出岫」一刀為江湖第一快刀，名氣很大。

傅衡陽又指著方多病，對白玿微笑道：「這位是方氏的少主，『多愁公子』方多病。」

此言一出，白玿的臉色頓時變了，坑裡霎時鴉雀無聲——「方氏」何等名頭，方而優在朝在野地位卓然，絕非尋常江湖門派所能比擬。

方多病咳嗽一聲，那些看著他的目光瞬間變得又嫉又恨。他板著臉，方才白玿鼻子朝天，氣焰很高，現在他鼻孔朝天，氣焰比他更高。呿！和老子比家世，老子才是江湖第一翩翩美少年佳公子，你算個屁！

他髮髻雖然凌亂，但那身衣裳卻是飄逸華美，何況這濁世翩翩佳公子的姿態他練得久了，姿態一擺，手持玉笛，頓時玉樹臨風。

白玿的嬌貴之氣剎那間矮了幾分，臉色鐵青：「賈兄如何認得方氏的公子？」

「實不相瞞，在下和方公子有過棋局之緣。」傅衡陽微笑，「方公子的棋藝，在下很是佩服。」

方多病想起這軍師那一手臭棋，心下一樂：「賈公子客氣，其實在下只是偶然得到消息，好奇所至，倒也不是非要爭那夜宴之緣。」胡扯對方大少來說，是手到擒來的事，雖然不知道李蓮花和傅衡陽話裡鬼鬼祟祟指的是什麼，但絲毫不妨礙他漫天鬼扯。

白玿的臉色微微緩了緩，顯然他愛極了那「角姑娘」。方多病心裡揣測那「角姑娘」難道是角麗譙……這位仁兄莫非失心瘋了，竟然意圖染指那吃人的魔女？不過角麗譙喜歡吃人的毛病，江湖上還未傳開，他多半不知情。方多病心裡想著，看著白玿的目光不免多了幾分幸災樂禍。

「如今誤會已解，」傅衡陽道，「大家還是齊心協力尋找龍王棺吧。」

白玿惡狠狠地瞪了方多病幾眼，轉過頭，帶著他的十五護衛往東而去。黑衣書生往西，另外三位不知是光頭和尚或是禿頭少年往南，二位道冠少年往北，其餘幾位衣著各異的少年也各自選了個角落。不多時，挖掘之聲四起，他們竟動手挖掘泥土，這整個十數丈的大坑，便是他們一起動手挖掘出來的。

方多病瞠目結舌，眼見他們不斷挖掘，再把泥土運到坑上，堆積在另外一邊，就是因為他們邊挖邊堆，這坑才深達十數丈。

李蓮花十分欽佩地看著傅衡陽：「可是軍師要他們在此挖掘？」

傅衡陽羽扇一揮，頗露輕狂笑道：「總比他們在通道裡亂竄，誤中毒菇瘋狂而死，或者互相鬥毆、死傷滿地來得好。」

李蓮花東張西望：「選在此處挖坑，有什麼道理？」

傅衡陽指了指地下：「此地是整個溶洞中唯一乾燥、覆有豐厚土層的地方，龍王棺若是一具棺木，便只有這裡能埋。」

「賈兄所言……有理。」李蓮花呆呆看著十數丈高的坑頂，火光輝映之下，隱約可見溶洞頂上那些結晶柱子散發的微光，燦若星辰。過了許久，他突然問，「不知賈兄可有在通道裡發現某些……身帶鐵鍊，或者乘坐輪椅的人？」

傅衡陽眉頭蹙起，搖了搖頭：「我等自水道進入，在地底河流中遭遇蛇群，經過一番搏鬥進入此地，並未見到身帶鐵鍊或乘坐輪椅的人。」

李蓮花喃喃問：「那……白少俠是如何得知，這溶洞頂上有一處庭院，叫做紫嵐堂？」

傅衡陽道：「白玿是角麗譙親自下帖，給了他地圖，要他到這裡尋找龍王棺。我在路上攔截了一頂咸日輦，搶了張本要送給九石山莊賈迎風的地圖，頂替賈迎風過來了。這裡的人十有八九是收到角麗譙的信函，說能在此地打開龍王棺的人，就能與她夜宴，於是眾人蜂擁而來。我將接到信函的人聚在一起，原本想從紫嵐堂進入，但紫嵐堂機關遍布，主人避而不見，三次嘗試失敗，這才轉入水道。」

「角麗譙的信函？」方多病忍不住道，「這裡面一定有鬼，女妖挑撥這麼多人到這鬼地方挖坑，絕對沒好事，這些人都被鬼迷了心竅？堂堂魚龍牛馬幫角幫主的信也敢接，她的約也敢赴？」

傅衡陽朗朗一笑：「如何不敢？」

方多病被他嗆了一下，若是角麗譙下帖給傅衡陽，他自是敢去，非但敢去，還必定穿金戴銀地去，說不定他這次搶了賈迎風的信，就是因為角麗譙居然忘了發請帖給他這位江湖俊彥……

李蓮花卻道：「角大幫主的確很美，接了她的信來赴約，那也沒什麼。」赴約赴到在別人房子下面挖個十數丈的大坑，這也叫「那也沒什麼」？方多病翻了個白眼：「你們進來後就在這裡挖坑，別的什麼事也沒做？」

傅衡陽頷首：「此地危險，當先進入的幾人觸摸到洞壁上的毒菇，神志瘋狂，水塘中仍然有蛇，我等也無意和紫嵐堂的主人作對，所以都在此地挖掘，尋找龍王棺。昨日你們打破洞穴之頂，推落機關暗器，聲響巨大，這裡人人都聽見了。」

他說得淡定，方多病卻已變色：「你們沒動紫嵐堂的主人，那死在紫嵐堂中的人又是誰？」

傅衡陽一怔：「死在紫嵐堂中的人？」

展雲飛淡淡道：「嗯。」

他回得簡單，方多病卻是連珠炮似的說道，「我們昨天黃昏時分抵達青竹山，山上霧氣很重，莫名其妙地看見竹林中有燈光，」他指了指頭頂，「我們想借宿就進了紫嵐堂，結果紫嵐堂裡不見半個活人，只有四個死人。」

傅衡陽微微變色：「死人？我等是兩日前試圖進入紫嵐堂，只因這溶洞的入口就在紫嵐堂內，結果受主人阻撓未能進入，那時候並未見到其他人在院內。」

方多病道：「四個衣著打扮、年齡身材都完全不同的死人，根據死……李蓮花所說，他進去的時候，這些人並沒死，但是在一盞茶的時間內，那四人竟然一起無聲無息地斷氣。」

傅衡陽沉聲道，「前日我等潛入紫嵐堂，那主人雖不允許我等進入院內，卻不曾痛下殺手，否則我等必定傷亡慘重，如果那四人只是為龍王棺而來，紫嵐堂主人不會殺人，他守在此地，早已見怪不怪，」他抬起頭，「他為何要殺人？」

方多病白了他一眼，他怎知那人為何要殺人？

「昨晚外面的毒霧逼人，我們鑽進客房，結果木床裡都是會咬人的螞蟻，外面還滾進來一個會亂發暗器的怪東西，那紫嵐堂主人從外面向我們射箭，害得我們在地上打洞躲避，後來就掉下來了。」後續發生的事實在古怪，饒是方多病伶牙俐齒也說得顛三倒四，他長長吐出一口氣，「原來上面四個死人不是你們一夥的，甚至很可能不是為了龍王棺而來？」

「紫嵐堂主人對我們放箭，是誤以為我們和那四個死人同道。」李蓮花道，「那四人不知做了什麼，竟把他逼出紫嵐堂，又把他氣得發瘋，非要把我們這些『同道』殺死不可。」

方多病哼了一聲：「有膽子你回去問問。」

傅衡陽卻點了點頭：「不錯，紫嵐堂中必定發生了大事。」

展雲飛緩緩道：「但那主人並沒有死，我等既然和那四人並非同道，誤會消除，自然就能問清楚發生何事。」

李蓮花喃喃說了句什麼，傅衡陽沉吟：「紫嵐堂的事或許和龍王棺並無關聯，雖然紫嵐堂發生變故，但是底下毫無異狀。」

展雲飛點了點頭，傅衡陽又道：「我們也動手挖土，以免啟人疑竇。」

李蓮花早已站在一處角落漫不經心地挖土，一邊動手一邊發呆。方多病對那「龍王棺」也很好奇，不住在眼前的黃土堆裡東挖西挖，只盼挖出什麼稀奇東西瞧瞧，但挖來挖去，除了黃土還是黃土，其餘什麼都沒有。

挖了一會兒，李蓮花喃喃問道：「不知那龍王棺長什麼模樣……」

他話還沒說完，只聽白珝一聲震喝：「什麼人！」

眾人倏然無聲，一起靜默，十多丈的坑頂上一陣輕輕的鐵鍊拖地之聲慢慢經過，叮噹作響，自東而來，由西而去，十分清晰。

眾人都在坑底，仰頭看去，除了洞頂那星星一般的晶石，不見任何人影。

又過片刻，那鐵鍊聲又「叮叮噹噹」自西而來，極慢極慢地向東而去。

坑底眾人面面相覷，不禁都變了臉色，在底下挖掘兩日，誰也不曾遇見這種事，這溶洞裡難道還有別人？上面拖著鐵鍊走來走去的是什麼人，是敵是友？為何不現身？

鐵鍊之聲慢慢遠去。如果有敵人出現，坑底都是熱血少年，大不了拔劍相向，可最終卻什麼都沒出現。

奇異的鐵鍊之聲，為偌大的坑洞蒙上了一層詭異之色。

這個傳說藏有龍王棺的溶洞之中，當真什麼都沒有嗎？

白招轉過頭，另一位光頭儒衫的少年低聲道：「我去瞧瞧。」

傅衡陽道：「且慢！」

那光頭少年道：「我不怕死。」

傅衡陽道：「他已走遠，靜待時機。」

光頭少年頓了頓，點了點頭。

李蓮花拍了拍手上的泥，眼見眾人提心吊膽，一半心思挖土，一半心思仔細傾聽哪裡還有怪聲，終於忍不住問傅衡陽：「那龍王棺究竟是什麼東西？」

傅衡陽怔了一怔：「你不知道？」

李蓮花歉然看著他：「不知道。」

傅衡陽道：「龍王棺，便是鎮邊大將軍蕭政的棺槨，當年他鎮守邊疆，蒙皇上御賜了許多寶物。」

方多病忍不住看了看自己身上那件衣裳，只聽傅衡陽繼續道：「你們可知當年蕭政贏珠甲被盜一案？」

李蓮花連連點頭。

傅衡陽笑道：「其實蕭政當年被盜的東西遠不止一件贏珠甲，只是贏珠甲後來現身珍寶宴，又被笛飛聲所得，所以名聲特別響亮而已。當年蕭政被盜的共有九件寶物，贏珠甲不過其中之一，但究竟是哪九件寶物，年代已久，又是懸案，誰也不清楚。只知和九件寶物一起失竊的還有一樣東西，就是蕭政為自己準備的棺材。」

方多病也沒聽說過龍王棺的故事，奇道：「棺材？還有人偷棺材？」

傅衡陽點了點頭：「蕭政常年駐守邊疆，早已為自己準備了棺材，他的棺材傳說是黃楊所製，誰也不知那大盜是如何盜走棺材的，這已是不解之謎。」

方多病迷惑不解：「盜寶也就算了，他費這麼大力氣偷棺材幹什麼？」

傅衡陽微微一笑：「又過十年，蕭政戰死邊疆，他是巫山人氏，出身貧寒，無親無故，朝廷本欲待他的屍身回京，將他厚葬，但蕭政的遺體在半路失蹤了。」

方多病嗆了一下：「盜屍！」

傅衡陽大笑起來：「不錯，十年前盜寶，十年後盜屍，那偷棺材的人和偷屍體的人多半是同一個，這人想必不願蕭政葬在京城，故而早早把他的棺材偷走。」

方多病苦笑：「這……這算是朋友還是敵人？」

傅衡陽笑聲漸歇：「盜寶之人早已作古，但龍王棺還在，單是一件贏珠甲就令世人嚮往不已，那餘下的八件珍寶不知是什麼……你當這麼多人全是為了角麗譙的美色而來？龍王棺中的祕寶據稱『價值連城』，絕不誇張。」

「角麗譙的地圖指示那失蹤不見的龍王棺就在這裡？」李蓮花喃喃道，「但這裡卻是個水坑……」他晃了晃腦袋，「傅公子，我覺得這個坑已經挖得太深，那上面若是有人，把黃土震塌下來，只怕我們都要遭殃。」

傅衡陽羽扇一動：「我早已交代過，底下的泥土運上去後，全數夯實，上面的黃土堅若磐石，絕不會塌。」

李蓮花不置可否，過了一會兒，他忍不住又道：「那些觸摸了毒菇之後，神志瘋狂的人呢？」

傅衡陽頗為意外，凝思片刻，斷然道：「他們走失了。」

李蓮花嚇了一跳：「一個都沒有回來？」

「沒有。」傅衡陽目光炯炯地看著李蓮花，「你可是有什麼話想說？」

李蓮花被他看得毛骨悚然，往東一指：「我剛進來的時候，看過一個人。」

傅衡陽仍然牢牢盯著他，盯了好一會兒：「那說明他們沒死，很好。」

很好？李蓮花嘆了口氣，展雲飛卻突然插了一句：「你將他們放出去探路？」

傅衡陽哈哈一笑，竟不否認：「是又如何？」

方多病吃了一驚，臉色有些變。

傅衡陽泰然自若：「此地危機四伏，角麗譙既然下帖相約，豈會毫無準備？他們因貪財好色而來，又神志盡失，我放他們出去探路有何不可？」

「你——」方多病勃然大怒，「你草菅人命！那些人就算瘋了也不一定沒救，那是人命又不是野狗，就算是野狗也是條命，你怎麼能放他們去探路？」

傅衡陽卻越發瀟灑：「至少我現在知道，最少有一條路沒有危險。」

方多病怔了怔，傅衡陽淡淡道，「你心裡要是不高興，我下面說的話你可以當作放屁。我放了十五個人出去，你們卻只看見一人，剩下那十四人呢？」他仰天一笑，「約莫都迷路了吧。」

方多病駭然，和展雲飛面面相覷，十五個人出去了，但那些通道裡絕不可能當真有十五個人在。

毒菇只生長在洞頂通風之處，蛇群只在水裡。

那十四個人……

究竟遇見了什麼？

就在方多病駭然之際，那陣輕飄飄的鐵鍊拖地之聲又響了起來。

五 虛無的鐵鍊

土坑底下再度鴉雀無聲，方才說要上去的光頭少年縱身而起，在土坑壁上一借力，居然是南少林「九座聽風」身法，這人果然是個和尚。

然而坑頂什麼都沒有，只有一條長長的鐵鍊，貼地輕輕地往前移動。

那個拖著鐵鍊的人居然不在坑頂。

光頭少年呆呆地看著那幽靈般往前移動的鐵鍊，拔刀去砍，那鐵鍊卻絲毫無損，依然慢慢向前而去。這條極長的鐵鍊自東而來，向西而去，消失在古怪的通道中。他渾然不解，躍回坑底，向白玿和傅衡陽敘述了上面的情形。

「沒有人？」傅衡陽也頗為意外，「只有一條鐵鍊？」

光頭少年點頭。

方多病莫名其妙：「只有鐵鍊？」

李蓮花抬起頭，喃喃道：「鐵鍊？」他看著坑道裡那飄搖的燈火，火把的火焰很直，插在洞壁上照得人眉目俱明。隨著空蕩蕩的鐵鍊聲過去，隱隱約約在極遠的地方，又有轂轆轉動之聲，彷彿是輪椅之類的東西在移動。

就在這時，「噹」的一聲，白玿的手下有人在牆上挖到了東西，頓時欣喜若狂：「少爺！我找到了！我找到了！龍王棺！」

傅衡陽幾人一起望去，只見少俠們瞬間擠在一起，拚命向那藏有異物的一角挖去。有刀有劍的紛紛向那堅硬的異物砍下，心下均盼這龍王棺被自己一刀劈開，其中的寶藏和貌美如花的角麗譙就都是自己的了。一時間劍氣如虹，刀光似雪，光芒萬丈、瑞氣千條地向那異物直擊而去。眾人聯手竟有這等威勢，不禁渾身血液都沸騰起來。

「且慢！」劍氣刀光之中人影一閃，「砍不得！」

誰也沒想到在這要命的時刻會有人突然衝進去，皆是大吃一驚，然而手上功夫不到家，一刀砍下收不回來，眼見這人就要被數十把刀劍分屍，三道人影閃入，但聽「叮叮噹噹」一陣亂響，間雜嗚呼哀哉之聲，那數十把刀劍驀地脫手飛出，釘入坑壁。

白招的細刀還在手裡，一刀受阻，自覺受到奇恥大辱，瞪著擋在前面的人，憤怒得快要燒起來了。

那闖入人群大叫「且慢」的人正是李蓮花。

為他擋刀擋劍的自然是方多病、展雲飛、傅衡陽三人。李蓮花突然闖入陣中，他們三人莫名其妙，不及細想便跟著衝了進去，施展渾身解數將砍下的兵器一一架開，等擋完之後，三人一起看向李蓮花，俱是一臉疑惑。

李蓮花擋在凸出泥土的那塊異物前面，在眾目睽睽下，將異物旁的黃土剝了一塊下來，隨後又是一塊。那埋在土裡的東西漸漸顯露出形狀，在火光之下光芒閃爍，那並非一口棺材，而是一根鐵條。

鐵條？

眾人面面相覷，李蓮花從地上拾起一把刀，在鐵條旁挖了兩下，「噹」的一聲，刀尖碰到硬物，居然在鐵條旁還有一塊鐵板。

「這是……」傅衡陽抄起另一把刀，快速刮去鐵板旁的黃泥，在明亮的火光下，眾人眼前赫然出現一塊巨大的鐵板，鐵板之外十二條鐵棍整齊羅列，那架勢宛若鐵板之中封了什麼妖魔邪獸。

白玿茫然地看著從深達十數丈的地下挖出的鋼板：「這是什麼東西？」

傅衡陽笑道，「不論是什麼，總之不是龍王棺。」他盯著李蓮花，從容地微笑，彷彿方才李蓮花闖入之際大吃一驚的不是他，「李先生如何知曉這黃土中的並非龍王棺，又為何砍不得？」他問得輕鬆，眼神卻如同逮到老鼠的貓，那老鼠已萬萬不能逃脫。

李蓮花縮了縮脖子，眾目睽睽之下，他想抵賴也無從賴起，只得乾笑一聲：「因為……龍王棺不在這裡。」

白玿變了臉色，厲聲道：「你知道龍王棺在哪裡？你——」

他一句話還沒說完，驟然響起「砰」的一聲，堅若磐石的鋼板上出現一塊拳頭大小的凸起，一陣如獅吼虎嘯的聲音從鋼板內傳來，沙啞陰邪的嘶吼，彷彿自地獄中傳來。白玿頓住，眾人從頭到腳泛起雞皮疙瘩，這鋼板裡面竟然有活物，是什麼東西？妖……妖魔鬼怪嗎？

那鋼板上「砰砰」之聲不斷響起，很快便凸起一片。眾人茫然相顧，照這樣下去，這鋼板再堅韌也會被打穿，怎麼辦？

「賈兄！」白玿忍不住叫道，「這裡面是什麼東西？」

傅衡陽怔了怔，答不出來，他怎知這地下挖出來的是什麼東西？但聞嘶吼之聲越來越強，他素來膽大，可眼見情勢岌岌可危，鋼板後面不知要鑽出什麼怪物，一股寒氣自心底湧出，腦袋竟有些亂了。

李蓮花從鋼板前遠遠逃開，溜到他身後低聲道：「賈兄！上坑頂，拉鐵鍊！快！」

傅衡陽悚然一驚，方寸已亂之下，不假思索縱身而起，李蓮花隨他躍起。兩人奔上坑頂，那鐵鍊還在移動，李蓮花抓住鐵鍊，向著它移動的方向用力扯。傅衡陽有樣學樣，兩人用力一拉，只聽轂轆之聲大作，幾塊沙礫自遠方滾來，「咯啦咯啦」一個巨物自一處通道滾了出來，來勢甚快，轟然落入坑中！

巨物落下，疾風刮過，傅衡陽大吃一驚，坑下許多條人命，這東西如此巨大，落下去，坑裡的人還能活命嗎？低頭一看，卻見一個寬達丈許的鐵球被鐵鍊繫著，搖搖晃晃地懸在半空。坑底的少年面無血色，畢竟驟然看到一個巨大的鐵球從天而降，對誰都是莫大的衝擊。

傅衡陽全身汗出如漿，心跳飛快，抓著鐵鍊的雙手都在顫抖，李蓮花對著坑底大喊：「賈兄有令，底下的鐵籠再有動靜，馬上將之埋了！」

埋了？包括「賈兄」在內，坑上坑下數十人一臉茫然，這從天而降的是一顆鐵球，如何能把那鋼板「埋了」？

卻聽鐵籠中「咯咯咯」傳來一陣沙啞縹緲的怪笑：「哈哈哈哈……哈哈哈哈……『琵公子』，算你又贏了一次，老子落在你手裡，不辱『炎帝白王』之名……哈哈哈哈……不過總有一天我會出去，親手剝你的皮、斷你的骨，將你的人頭放在火中慢慢烤……」

這話音狂妄魔邪，讓人聞之色變。白玿一聽「炎帝白王」之名，臉上的血色褪得乾乾淨淨，全身竟忍不住瑟瑟發抖。方多病大吃一驚，展雲飛足尖一挑，自地上挑了柄劍握在手中，全身戒備。

「炎帝白王」是金鴛盟座下三王之一，武功之高據傳不在笛飛聲之下，只是他在四顧門攻破金鴛盟的第一戰中，敗於李相夷與肖紫衿聯手，很快銷聲匿跡，原來竟是被禁錮在此。這人乃一代魔頭，若是讓他脫困，大家勢必得死在他手裡。但他口中所稱的「琵公子」卻無人知道是誰，這位「琵公子」竟能將「炎帝白王」困在地底十多年，不知又是怎樣了不得的人物。

傅衡陽全身為冷汗溼透，「炎帝白王」……這十數丈土坑中的鋼板後面，竟然是「炎帝白王」，方才若不是李蓮花阻攔，眾人將鋼板砍斷，後果不堪設想。他看了李蓮花一眼，卻見李蓮花趴在坑邊看著那大鐵球，對坑下喊：「開鐵球，開鐵球！」

坑底眾人驚魂未定，雖見一個大鐵球在頭頂搖晃，卻不知道要如何「開」。「炎帝白王」縱聲狂笑，「噹」的一聲巨響，那鋼板裂了條縫隙，已隱約可見鋼板內的燈火。

危急之際，展雲飛拔劍而起，在半空中對著鐵球一劍斬下，只聽錚然一聲，鐵球裂開，其中黃土轟然落下，又將鋼板嚴嚴實實地埋了起來。展雲飛落身黃泥之上，方多病搶身上前，大叫：「夯實，壓住！別讓他出來了！」

坑裡眾人一擁而上，拾起兵器又拍又打又踩，把那黃土壓得猶如石塊一般，隱約還可聽見底下撞擊之聲，但要撞破鋼板、挖開夯土出來，已很困難。

眾人面面相覷，無不出一身冷汗。

傅衡陽手裡緊緊拽著鐵鍊，眼見李蓮花從坑邊爬了起來，左拍右拍，忙著拍掉身上的塵土，他嘴角牽動一下：「你怎知底下埋的是『炎帝白王』？你又怎知拉動鐵鍊會引出藏土鐵球？你……」

李蓮花轉過身來微微一笑：「我不知道。」

傅衡陽眉頭聳動：「你說什麼？」

李蓮花歉然道：「我不知道這底下埋的是『炎帝白王』，也不知道拉動鐵鍊會扯出一個大鐵球，更不知道鐵球裡面藏著許多黃土……」

傅衡陽冷哼一聲：「胡說八道！你若不知道底下埋著『炎帝白王』，為何阻攔大家砍斷鋼板？」

李蓮花溫和道：「阻攔大家砍斷鋼板，是因為我知道龍王棺不在地下。」

傅衡陽沉默了一陣，臉上驀地浮現笑容：「李樓主果然非池中之物，傅衡陽甘拜下風，虛心求教。」

「不敢、不敢，慚愧、慚愧。」李蓮花對傅衡陽的「甘拜下風，虛心求教」受寵若驚，「我只是不在局中，旁觀者清而已。」

傅衡陽何等機敏：「局？角麗譙布了個局，莫非她發帖傳信邀請各地少俠前來尋找龍王棺，用意不是收服面首，亦不是讓這些少年自相殘殺，而是另有目的？」

李蓮花咳了一聲，「傅少……軍師……」他想傅衡陽多半比較喜歡人家稱他「軍師」，果然傅衡陽的臉色不自覺緩了緩，他繼續道，「近來應在忙碌『佛彼白石』座下一百八十八牢被破之事，傳聞許多大奸大惡之徒重見天日，這事出自角大幫主手筆，讓百川院最近頗受非議。」

傅衡陽道：「不錯。」這件事他不僅知道，還清楚其中許多細節，但不知李蓮花為何突然扯到這件事。

李蓮花道：「這件事說明魚龍牛馬幫最近針對百川院採取行動，破牢意圖很明顯。」

傅衡陽又道：「不錯。但這和龍王棺有何關係？」

李蓮花的語氣越發溫和：「角麗譙發了信函給諸位少俠，邀請他們到此地尋找龍王棺，畫了地圖，表示寶藏就在此地。」

傅衡陽頷首，李蓮花又道：「而我等三人卻是因為迷路，在山裡亂轉，誤入此地。」

傅衡陽皺起眉頭：「不錯。」

李蓮花道：「那紫嵐堂的主人見到你等英雄少年，只是避而不見，並沒有痛下殺手；而見到我等三人，非但痛下殺手，還趕盡殺絕，這是為什麼？」

傅衡陽道：「因為紫嵐堂發生變故，他誤以為你們和他的敵人是同夥。」

李蓮花微笑：「嗯……這說明兩件事。其一，紫嵐堂主人不在乎你們尋找龍王棺，但他不許你們自紫嵐堂的入口進入溶洞；其二，你們另尋他法進入溶洞以後，他受人襲擊，被逼出紫嵐堂。這是為什麼？」

傅衡陽並不笨：「如果這兩件事真有關聯，那就說明——有人不希望他干擾我們尋寶。」

李蓮花欣然道：「不錯，紫嵐堂是一處遍布機關的庭院，在這荒山野嶺，除了一個據說藏有龍王棺的溶洞外，什麼都沒有，那紫嵐堂的主人住在這裡幹什麼？他將房子建在溶洞之上，溶洞的入口在他家院子裡，這不能說是巧合，很可能——他在看守這個溶洞。」

傅衡陽卻搖頭：「這說不通，如果紫嵐堂的主人是為了看守龍王棺而住在此地，那麼我們為龍王棺而來，他為何無動於衷？」

李蓮花柔聲道：「那是因為他看守的並非龍王棺。」

此言一出，傅衡陽心中驟然如白晝雪亮，他已明白他誤解了什麼，他是在何處被角麗譙的局圈住，自此再也看不清真相！

「原來——」他縱聲狂笑起來，「原來如此！角麗譙名不虛傳，是我小看了她！是我的錯！我錯了！哈哈哈哈……」

李蓮花有些敬畏地看著他狂笑。

「嗯……」傅衡陽狂笑一收，「但即使知道他只是看守溶洞，你又如何能猜到龍王棺不在地下？」

李蓮花嗆了一下，差點噎死，他聽這位軍師一番狂笑，以為他已全盤想通，原來……原來其實他並沒有想通，只得繼續循循善誘：「這個……龍王棺的事和這個全然……不相干。你想，他看守的是溶洞，代表溶洞裡應當有些東西，值得他造這麼一個庭院，並經年累月地住在這裡看守。而角麗譙畫了地圖請你們來找一副棺材，同時又和百川院激烈爭鬥，一方要破牢，一方要守牢，百川院把魚龍牛馬幫的行蹤盯得很死，說不定其中也有軍師你的功勞，所以……嗯……所以……」他很期待地看著傅衡陽。

傅衡陽想了好一會兒，反問：「所以？」

李蓮花愣愣地看著他，傅衡陽等了一會兒，不見他繼續，又問：「所以？」

李蓮花「啊」了一聲，如夢初醒，繼續道，「她叫你們來尋寶挖棺材，自然是暗示你們在這個溶洞裡挖東西；紫嵐堂的主人一開始沒有阻攔你們，是因為他對你們沒有惡意，而且他知道龍王棺在哪裡，一旦他發現其實你們不知道，他就會出手阻攔你們挖坑，這就是他遇襲的原因。龍王棺並不在地下，角麗譙卻暗示你們到這裡挖土，那土裡的東西是什麼？」他嘆了口氣，「魚龍牛馬幫現在想做的事是什麼？是破那一百八十八牢，不是拋繡球出題目比武招親啊……」

傅衡陽失聲道：「你是說——這下面不是龍王棺，而是百川院的一百八十八牢之一？」

李蓮花歉然看著他：「我本來只是猜測，但既然下面有『炎帝白王』，那可能就真的是……」

傅衡陽越想越驚：「如此說來，紫嵐堂主人是百川院的人，他和新四顧門是友非敵，和斷璧一刀門也是盟友，難怪他不殺我們；角麗譙挑撥大家在一無所知的情況下破開牢房，放出『炎帝白王』。事成之後，縱然我們不死，百川院也無法苛責我們；而若是紫嵐堂主人為守牢傷了我們，百川院就和江湖各路勢力結下梁子。角麗譙這是一石二鳥之計，即使事情不成她也沒有半點損失。」

李蓮花欣然道：「軍師真是聰明絕頂。」

傅衡陽一怔，腦中思緒中斷，過了一會兒道：「縱然猜到紫嵐堂主人守衛地牢，你又怎知拉動鐵鍊能阻止『炎帝白王』破牢而出？」

「從昨夜開始，我就一直聽到轂轆聲和鐵鍊聲。」李蓮花道，「紫嵐堂主人精通機關，他既然能一人守住一牢，必定倚仗機關之力。從昨夜我們跳下溶洞到現在，他以為我們是死者的同道，是為了破牢而來，他卻沒有動靜，唯一的動靜就是這鐵鍊之聲。剛才事到臨頭，我只能冒險猜測這唯一的鐵鍊和轂轆之聲，就是守牢的關鍵……」他乾笑一下，「我也不知道會扯出個大鐵球。」

傅衡陽皺眉：「那黃土呢，你怎知鐵球裡有黃土？」

李蓮花指指地下：「這是個十幾丈的深坑，就算十丈中有五丈是堆土堆出來的，實際挖下去的只有七八丈，但挖出來的全是黃土，沒有別的，甚至連石塊都很少，沒有蟲蟻，泥土的質地也很均勻。既然『炎帝白王』在下面，這些黃土肯定不是天然生成，應該是後來推下去的，那麼當年是用什麼東西運土？那鐵鍊扯出一個鐵球，這鐵球要是實心，掉下去必然砸壞鋼板，可能壓住『炎帝白王』，也可能將鋼板和鐵條砸壞，反而放他出來。方才情況危急，我既然已經賭了一把沒輸，那不妨再賭一把——這鐵球是個運送黃土的工具，球形是為了在彎曲的通道中滾動自如，內有黃土可以埋住地牢，」他微微一笑，「結果我贏了。」

傅衡陽久久沒有說話，驀地將手裡的鐵鍊往地上一擲，鐵鍊發出「噹」的一聲巨響，他笑了起來，「你的運氣真不錯。」隨即仰起頭，「『琵公子』，你都聽見了吧？出來吧！在下四顧門傅衡陽，對先生絕無惡意，此間還有許多事要先生解釋，請現身一見！」

他這句話運了真氣，坑底白玿等人又變了臉色，原來風流倜儻的「賈迎風」竟是四顧門的軍師，無怪一路上大家能逢凶化吉。但傅衡陽既然接了信函，為何要假冒他人身分？地下埋的是「炎帝白王」，那龍王棺又在哪裡？

鐵鍊之聲再度輕輕響起，掛住鐵球的鐵鍊慢慢移動，轂轆聲響，隨著鐵鍊移動，一輛輪椅慢慢移了過來，輪椅上坐著一位黑衣書生，遠遠看去，眉目俊秀，年紀雖然不小，卻仍有瀟灑飄逸之態。只聽他咳了兩聲，緩緩道：「自古英雄出少年，年輕人，你很會猜，也確實……咳咳……運氣很好……」

李蓮花溫和地看著他：「前輩傷得如何？」

「琵公子」笑了笑：「你知道我受傷？」

李蓮花道：「前輩用以撞破牆壁，攻擊我們的鐵器是咸日輦的殘骸吧？那四個人操控一輛咸日輦，故而能攻入紫嵐堂。咸日輦的車輪受一式劍招所損，再難移動。那劍招為『劍走八方』，挽起的劍花能將咸日輦的兩個車輪一起削成八角形，前輩劍氣縱橫開闊，十分驚人，那場打鬥必然激烈。」

「琵公子」微笑：「哦？」

李蓮花又道：「前輩毀了咸日輦，卻身受重傷，不得不撤出紫嵐堂。恰逢外面大霧迷離，前輩傷後不忿，便在霧中下毒，將那四個惡徒困在屋內。結果就在這時，我等三人誤打誤撞進了紫嵐堂，前輩以為我們乃是援兵，於是痛下殺手。」

李蓮花看著「琵公子」，繼續道，「前輩啟動機關，毒死四名惡徒，但我所住的客房卻是為了掩飾溶洞入口而另外搭建的，牆壁無磚，只有一層泥灰，沒有毒氣孔道，所以我僥倖未死。前輩心急地牢安危，只當我們知道溶洞入口就在房中，於是推落院後假山上的咸日輦，打開其全部機關，撞牆而入。可惜咸日輦雖然暗器厲害，我們卻依然未死，前輩只得以強弩射箭殺人，最終把我們逼入溶洞之中。」他對「琵公子」行了一禮，「一切皆是誤會，前輩孤身守牢，浴血盡責，可敬可佩。」

「琵公子」笑了笑，咳了兩聲，「後生可畏。」他看了傅衡陽一眼，「此地乃天下第六牢，溶洞之中囚禁了九名絕頂高手，『炎帝白王』不過是其中之一。咳咳……這些人武功太高，要關押他們只能將他們封入鐵牢，埋於土中，否則他們總能想出辦法破牢而出。所有的地牢都埋在地下深達數丈之處，僅留遞送食物和飲水的通風暗道，暗道極小，他們絕無可能爬出。十幾年來，此牢平安無事，咳咳……你們是第一批差點破牢的人。」

傅衡陽一笑：「為何不封住他們的武功？任他們天大的本事也爬不出來。」

「琵公子」道，「地牢內無事可做，日夜相同，實是練功的絕妙之地，他們被關進去時大多武功被封，或經脈全廢，但經過十幾年的修煉，早已復原或更勝從前。」他長長吐出一口氣，「一百八十八牢絕不可破，否則必將天下大亂。」他說得雖簡單，卻陡生浩然之氣。

李蓮花自然是連連點頭，傅衡陽也不禁微微頷首，他想起一事：「此地為天下第六牢，只有先生一人看守，何等隱密，角麗譙是怎麼知道的？」

「琵公子」道：「這個……你若有心做一件事，就必會做成，這並不奇怪。」

傅衡陽揚起眉頭：「何解？」

「如果角麗譙這十幾年來一直暗中收集情報，她自然能知道江湖上哪些地方古怪，就如我這裡……十幾年前我就知道此地必會洩露，在竹林中搭建這處房屋委實太不自然，我一個人居住，卻消耗十倍的糧食和物品……又如幕阜山那裡……」莞爾一笑，「琵公子」緩緩道，「幕阜山那裡雖然只有五人，但那『天外魔星』不吃米飯，以紅豆為主食，這也是個易查的線索。只要對受困地牢的人有足夠的了解，尋到地牢所在，並非不可能的事。」

傅衡陽哈哈一笑：「不錯，但這也不代表角麗譙沒有得到一百八十八牢的地圖。」

「琵公子」頷首，抬頭看了李蓮花一眼：「但在我心中，地圖是永遠不會洩露的。」

李蓮花報以微笑：「在我心中，那地圖也是永遠不會洩露的。」

「琵公子」莞爾：「那些誤中毒菇的少年，已在紫嵐堂休息，一個時辰後，你們可在山外接人。」言罷，不知他用了什麼機關，鐵鍊一路牽動輪椅，慢慢地轉身遠去。

「『琵公子』，江湖上不曾聽過這個名號。」傅衡陽瞇眼看著黑衣書生的背影，「這絕不是他的真名，他臉上戴著人皮面具，甚至不肯站起來讓我們看見他的身形。」

李蓮花溫和道：「他孤身苦守在此十幾年，若是碌碌無為也就罷了，他偏偏是驚才絕豔……那是何等寂寞。」

傅衡陽微微一怔，只聽李蓮花道：「你不該懷疑他。」

此言入耳，他本該發怒，心頭卻陡然蒼涼。

「琵公子」的聲音聽來並不蒼老，遙想十幾年前，他以青春之年，驚世之才，就此自閉青竹山中，只為江湖固守這九名囚徒。十幾年光陰似水，天下不知有「琵公子」，不知深山碧水中的精妙機關、絕世劍招，不知有人為江湖之義，將一生輕擲之。

赴湯蹈火易，而苦守很難。

李蓮花望著「琵公子」離去的背影，目中充滿敬意。

六　龍王棺

「炎帝白王」又被埋回地下。

傅衡陽指揮眾人將挖出的黃土重新填了回去，將那魔頭嚴嚴實實地壓在地底。白招自從知曉他並非賈迎風，而是傅衡陽後，那張臉就陰沉得宛若傅衡陽欠了他幾十萬兩銀子。其他人見識過傅軍師的聰明絕頂後，對角麗譙已斷了大半念想，更是噤若寒蟬，不敢有半點不滿，唯有方多病問道：「既然地下埋的是江湖魔頭，那藏著寶藏的龍王棺在哪裡？」

此言一出，眾人的目光又亮了起來，炯炯地看著傅衡陽。

傅衡陽一怔，他根本不知道龍王棺在哪裡，李蓮花不住說龍王棺不在地下，又說龍王棺與地牢沒有什麼關係，那龍王棺究竟在哪裡？

幸好李蓮花是傅衡陽知己，只見他溫文爾雅地微笑：「龍王棺啊，龍王棺不在地下，它在那裡。」他指了指頭頂。

眾人一起抬頭，卻不見任何棺材的影子，方多病大怒：「龍王棺不在地下，難道還在天上？上面什麼都沒有，你要誰啊？」

李蓮花慢吞吞地咳嗽一聲：「你可曾去過巫山？」

方多病莫名其妙：「什麼？」

李蓮花耐心道：「鎮邊大將軍蕭政，他是巫山人氏。」

「放……」方多病驀地想起自己現在是儒雅俊美的方氏公子，便硬生生把那個「屁」字吞入肚中，「本公子去巫山的時候，你也在旁邊，你難道忘了？」

李蓮花「啊」了一聲，歉然道，「原來如此……我最近記性不大好。蕭政是巫山人氏，他的棺材是用黃楊木製作。黃楊木生長極慢，要用黃楊木做一具棺木，把一個大活……哦不，一個死人放進去，幾乎是不可能的。所以——」他露出微笑，「所以蕭將軍的棺材並非大家想像中雕刻精美、棺外套槨的巨大棺木，而是一個盒子。」

「盒子？」眾人異口同聲地問，「什麼盒子？」

李蓮花比畫了一個一尺多寬、兩尺多長的形狀：「巫山有一種習俗，名門望族去世之後，以懸棺葬之。」

方多病驀然想起，失聲道：「懸棺！」

李蓮花微笑，「不錯，這種小小如盒子的棺材，是一種特殊的懸棺，以黃楊製成，可保屍骨千年不壞。」他抬起頭，「既然是懸棺，自然不會在土裡。」

這就是為什麼他三番兩次說龍王棺不在地下。傅衡陽恨得牙癢癢，這人分明早就想到龍王棺乃是懸棺，卻偏偏不說，害得大家無頭蒼蠅一般在地下亂挖，真是可惡至極！

眾人一聽說龍王棺應該懸在空中，隨即轟然一聲，又分頭尋覓去了。

李蓮花施施然看著方多病：「你可也要去尋寶？」

方多病「呸」了一聲：「寶貝我家裡多得是，現在老子只想出去換件衣服，讓你把這身死人衣服早早領回去，誰管那死人棺材到底藏在哪裡。」

李蓮花在他耳邊悄悄道：「你若想和角大幫主夜宴，那『琵公子』絕對知道龍王棺在哪裡，我可以介紹你認識……」

方多病大驚：「老子還沒活夠，你少來觸我霉頭，女妖退散，晦氣、晦氣！」

展雲飛站在一旁，仰頭望了望頂上璀璨的晶石，耳聽眾人尋寶議論之聲，長長吐出一口氣，覺得自己頗為想念在蘄家花園裡所見的星光和花草。

江湖風波惡，慶幸的是，他雖孤身一人，卻從不寂寞。

從溶洞裡鑽出來之後，三人連夜趕路前往幕阜山，然而幕阜山下紀漢佛卻已尋到「天外魔星」，兩人大戰一場，據說紀漢佛砍了「天外魔星」的鼻子，再度將其關入地牢。這等精采大事方多病竟沒趕上，不由得大恨。

第十二章

食狩村

一 骷髏湖

晚霞如醉，天空濃藍，亂石如林，花如美人。菊花山山高數百丈，山頂冬季有雪，此時卻是初夏，景致豔麗，若是到了秋季，滿山金菊，煞是燦爛華美，世所罕見，可惜這裡前不著村後不著店，說出名字十個人有九個沒聽過，雖有美景，卻是無人欣賞。

陸劍池青衫佩劍，在菊花山上信步而行，他是武當白木道人的二弟子，苦修十餘年方才下山，如今行走江湖不過數月，因為師父的名聲，他在江湖上已小有名氣。明日他與崑崙派「乾坤如意手」金有道約戰八荒混元湖，以他的腳程，徐徐看過這片美景，明日午時到八荒混元湖不是問題，於是陸劍池走得很隨意，步履輕快。

山上草木青翠，菊花山頂上有個清澈澄淨的湖泊，湖邊緊鄰懸崖，若非幾塊大石擋住，或許這湖泊早已成了瀑布。陸劍池行至池邊，湖水清澈至極，水氣氤氳，頗見清涼，他伸手探入水中，湖水之涼遠在他意料之外，忍不住掬起一捧清水，便想飲用。

「咯啦」一聲微響，一顆石子自他身後滾過，陸劍池微微一驚，驀然回身，只見身後亂石叢中，有人探出頭來，見他目光凌厲，似乎是有些畏懼，又往內縮了縮頭。

「那個……這位大俠……」

陸劍池見那人灰袍布履，相貌文雅，似乎是個窮困潦倒的讀書人，心氣一緩，道：「在下陸劍池，敢問閣下何人？可也是同觀此片山水的有緣人？」

那人搖了搖頭，忽而又連連點頭：「正是正是，正是同觀山水的有緣人，這位大俠，那水最好別喝……」

陸劍池一怔，又看了那湖水一眼，湖水實在清涼動人，不由得問：「怎麼？這水中有什麼東西不成？」

那人自亂石叢中站了起來，陸劍池見其人衣裳破而皆補，灰袍舊而不髒，雖然衣冠並非楚楚，卻也是斯文之人，只聽對方道：「那個……那個水中有好多……骷髏……」

「骷髏？」陸劍池訝然，這裡杳無人煙，哪裡來的骷髏？他定睛往水中望去，只見清波之下，一片卵石，何處來的骷髏？

那人見他疑惑，又指指水中：「許許多多死人……成百上千的死人……」

陸劍池越發驚訝，走近湖邊，更加仔細去看那湖底，但見水清無魚，的的確確沒有什麼骷髏，驀地想起莫非他說的並非湖底——他目光掠過湖面，頓時大吃一驚，只見不大的一片湖面上，倒映著不計其數的骷髏頭像，成百上千雙黑黝黝的骷髏眼睛在水面飄蕩，隨著波光閃爍著詭異的光彩，猶如紛紛張口呼吶一般。

「這……哪裡來的倒影？」陸劍池抬頭四望，只見湖邊聳立的巨石上，隱隱約約有許多凹凸不平的花紋，眾多大大小小的窟窿遍布石上，正是這些窟窿倒映在水面，產生了千百骷髏頭倒影的奇景。

「原來如此，此種天生奇景，倒真讓人嚇了一跳。」他頓時釋然，「這位兄弟如何稱呼？這些倒影只是石壁陰影之幻景，並非真實，切莫害怕，乃是天然奇景，世所罕見。」

那灰袍人長長吐出一口氣，也不知是鬆了口氣，還是越發緊張：「我姓李……那個……」

陸劍池欣然道：「原來是『李那哥』李兄，幸會、幸會。」

那灰衣人嗆了一下，咳嗽了幾聲，「好說好說，那……」他頓了頓，不知突然想到些什麼，硬生生把到嘴邊的話改了，「那太陽快要下山了。」

陸劍池微笑道：「不錯，天色已晚，李兄似乎並非武林中人？暮色漸濃，為何在此佇足？」

灰衣人「李那哥」的目光仍在山壁和湖水之間打量，他慚愧道：「我本想拔幾棵薤菜下麵條，結果不小心迷路了……」

陸劍池道：「無妨，我帶你下山。」

「李那哥」欣然同意。兩人在天色全黑之前下了山，「李那哥」言道他剛剛搬來此地，房子就在山下不遠處的村莊裡，陸劍池正好也想找個地方打尖，於是二人同往那村莊而去。

菊花山下的村莊只有寥寥十數戶人家，山坳處坡緩草密，縱然是晚上也能看出長滿了野菊花，幾棵蒼勁大樹下搭著幾間房屋，村莊外並無田地。這個地方地處山巒深處，土質不宜耕作，故而村裡村外全是一派天然景象，十分怡人。

陸劍池和「李那哥」步入村莊，村裡日落而眠，極少有人走動，只有兩個皮膚黝黑的頑童蹲在家門口摸黑玩泥巴，驚奇地看了兩人一眼，躲回家中。

在泥巴土牆搭起的房屋旁邊，一幢兩層高的木樓顯得與眾不同。陸劍池凝目望去，只見此樓遍體刻有蓮花圖案，為風吹搖曳之形，心中一懍，這樓……

「李那哥」眼見他盯著自己的房子，忙道：「這屋子不是我的。」

陸劍池走到門前，輕撫木樓上的花紋：「這樓好大的名氣，吉祥紋蓮花樓，武林第一神醫李蓮花的住所，李兄，你與那李神醫同姓，莫非你就是……」

「李那哥」連連搖頭：「我對醫術一竅不通，萬萬不是什麼神醫，這屋子也不是我的。我是……呃……那個李神醫的親戚，是他同村的表房的鄰居。李神醫在附近山頭尋到了一種稀世奇藥，正在煉丹。你也知道李神醫的醫術天下聞名，聽說他白天為人、夜間為鬼，還認識些蛇妖、女鬼、木石精怪……」

陸劍池灑脫一笑：「傳言未免言過其實，原來李神醫在山中煉丹，所以你暫住此屋，這可是武林中人人只盼一見的奇樓。你和李蓮花是舊識？」

「李那哥」又連連搖頭，「我和李神醫也不大熟……只是住在這裡而已。」他指指木樓，「可要進去坐坐？」

陸劍池微笑道：「主人不在，還是免了，這裡何處可以打尖？」

「李那哥」四處張望：「我搬來這裡不過幾天，一向都在樓裡做飯，客棧……好像村東有一家，不過這村裡的人從來不去客棧吃飯，山裡也很少有外人來。」

陸劍池道：「無妨，李兄如果不介意，與在下一同前去如何？」

「李那哥」欣然答允。

二　無屍客棧

小村東面是一處池塘，池塘之畔有一幢黑色小屋，和泥巴土牆屋不同，此屋是以黑色磚塊造就，綠色琉璃虎頭瓦，紅木大門，門上刻著八卦圖。

天色雖暗，但在陸劍池眼中，那門上沉積數寸的塵土清晰可見。

「看來這裡關門已久。」陸劍池道，「不過這客棧倒是奇怪。」他行走江湖雖不甚久，卻從未見過門上雕八卦的客棧，何況黑色磚牆，綠色琉璃虎頭瓦，這客棧建得堅固豪華，竟落得關門謝客的地步？難道是因為客人太少？此地偏僻至極，人丁稀少，又有誰會在這裡投下許多金錢，建起這樣一座堅固豪華的客棧？

「這裡好像很久沒有人住了。」只聽「篤篤」兩聲，「李那哥」伸手叩門，大門微微一晃，卻是未鎖。

「門內有動靜。」陸劍池伸手輕推，大門緩緩打開，月光下，門內老鼠「吱吱」叫著四處亂竄。黑暗中，張張木質渾厚的桌椅仍舊擺在廳堂裡，桌椅的影子投在地上，依稀可以想像當年熱鬧的景象。

突然傳來幾聲清脆的竹板敲擊之聲，陸劍池一抬頭，只見客棧頂上懸掛著十數條三寸長的竹板，正隨著開門的微風輕輕相擊，竹板上雕刻著筆畫各異的同一個字——鬼。

夜風清涼，客棧大門洞開，風吹入門內，客棧桌椅上的積塵飄散，揚起一股塵霧，「李那哥」和陸劍池面面相覷，心中不免一股寒意悄悄湧了上來。

四下寂靜，客棧破舊的門簾略略一飄，隱約可見門後牆上的斑點印記。黑色的斑點印記，莫非是乾涸的血跡？

陸劍池按劍在手，潛運真力，緩緩往裡面踏了一步。

「李那哥」在他背後低聲道：「陸大俠……何不白天再來……」

陸劍池輕輕「噓」了一聲，凝神靜聽，偌大的客棧中一直有動靜，卻聽不出是不是人，好像有個沉重的東西在裡面某處移動，移動得很輕微，也可能是衣櫥、床鋪因年久而發出「咯啦」聲響。他握劍在手，步履輕健，如貓般掠過大堂，以劍柄輕輕挑開那幅在風中輕飄的門簾。

「李那哥」本不欲進門，見他如此，猶豫半晌，嘆了口氣，還是跟了進來。

兩人凝目望去，只見通向客棧後院的那條走廊牆壁上，濺著數十個暗色斑點，形似血跡，彷彿曾有什麼帶血的東西對著牆壁揮過。

陸劍池是刀劍大行家，心中忖道：這痕跡短而凌亂，並非刀劍所留，但濺上的速度極快，如果真是血跡，受傷之人恐怕難以活命。這古怪的客棧中，究竟發生什麼離奇的故事？

「李那哥」湊近那牆壁看了一眼：「這是什麼？」

陸劍池聞聲細看：「這是……」只見牆上斑點中黏著一小塊褐色的硬物，陸劍池看了半晌，不知所以。

「李那哥」喃喃道：「好像是一塊碎片。」

陸劍池點了點頭：「卻不知是何物？」

「李那哥」看了他一眼，似乎覺得他甚是奇怪，欲言又止，復嘆了口氣：「不管這是什麼斑點，總而言之……走廊上什麼都沒有。」

這走廊上的確是空空蕩蕩，除了牆上數十處斑點，什麼都沒有。

陸劍池當先而行，通過走廊後是一個甚大的庭院，陰影迎面而來，是院中兩棵甚大的枯樹，幾絲微弱的光線透過樹杈而下，映在人身上猶如巨大的蛛網。枯樹旁邊有一口水井，井上的吊桶完好無損。院中八扇大門，樓上四扇大門，一共十二個房間，樓上的第四扇門半開，彷彿已經這樣開了很久。

「奇怪……這個地方人煙稀少，為什麼會有這樣一處客棧？十二個房間、花木庭院都是青磚碧瓦，絕非偶然能成。」陸劍池不得其解。

「李那哥」順口道：「說不定幾年前這裡住著許多人，比現在熱鬧十倍。」

陸劍池搖了搖頭：「若真是如此，這許多人哪裡去了？而且既然是客棧，必定人來人往，這裡是大山深處，怎會有諸多行人？」

「李那哥」道：「說不定許多年前這裡有許多行人……」

陸劍池又搖搖頭，仍舊覺得這客棧處處透著詭異：「明日再尋些村民問問。」

他在院中繞行一圈，未見異常，緩步走到第一扇門前，劍柄一推，門緩緩打開，一股濃重的霉味撲鼻而來，門內窗戶半掩，紗幔垂地，桌椅板凳俱在，都積滿了厚厚的灰塵。

「李那哥」往房中一探，頓時一呆，陸劍池大步走入房中，看著房中奇異的景象，饒是他一身武功，也不禁寒毛直豎。

房內床榻前倒著一個板凳，屋梁上懸著一條灰色布條，布條上打著個死結。陸劍池伸手扯那布條，雖然經過多年，布條仍很結實。「李那哥」跟在他身後，仰頭看那屋梁，陸劍池一縱而上，輕輕一撥那布條，只見梁上一道印痕——這條灰色布條吊過重物。難道在這房中，竟真的吊死過一人？他躍身下來，怔怔出神，腦中千百疑惑，不知如何解答。

「李那哥」凝視那灰色布條，那布條雖然盡是灰塵，卻未生蟲，原本的顏色似乎是白色，約莫是一條白綾，但看邊緣剪刀痕跡，又似是從女子裙上剪下的。如果這房中確實吊死過一個人，那屍體何在？如果有人收殮了屍體，那為何不收掉這條白綾和地上的板凳呢？

他轉頭看去，桌上鎮紙尚壓著一張碎紙。陸劍池取出火摺子一晃，只見紙上寫著幾個字：夜……鬼出於四房，又窺妾窗……驚恐悚厲……僅……君……為盼……

「這似乎是一封遺書，或者是一頁隨記。」陸劍池眉頭深蹙，這客棧中的情狀大大出乎他的意料，「看來吊死的是一個女子，且她的夫君並未回來。」

「李那哥」頷首：「這客棧好像發生過什麼非常可怕的事，逼得她不得不上吊自殺。」

陸劍池沉吟道：「她提到了『鬼』，外面大堂上也吊著許多『鬼』字的竹牌，不知這客棧裡所說的『鬼』，究竟是怎樣的東西？」

「李那哥」瞪眼道：「鬼就是鬼，還能變成其他東西？」

陸劍池頓了頓：「話雖如此，但總是令人難以相信……」

「李那哥」嘆了口氣：「說不定看完十二個房間，就會知道是什麼。」

陸劍池點點頭，往第二個房間走去。

第二個房間一片空闊，比之第一間少了一張大床，地上床腳的痕跡還在，床卻不知去向。門邊的梳妝銅鏡下，放著一個銅質臉盆。房內擺設簡單整齊，雖然積塵卻不凌亂，唯有銅盆中沉積著一圈黑色的雜質。

「李那哥」看了一眼，喃喃道：「這……這難道又是血？」

陸劍池搖了搖頭：「時間已久，無法辨識了。」

房中再無他物，兩人離開第二個房間，進入第三個房間。第三個房間卻是四壁素然，可見當年並未住人，紙窗上破了一個洞，質地良好的窗紙往外翻出，風自高處的縫隙吹入，使得這間房灰塵積得比其他房間都厚，也更荒涼。

第四個房間位處庭院正中，房門半開半閉，兩人尚未走到門口，就看見房門處斑斑點點，又是那形似血跡的黑色汙痕。

陸劍池膽氣雖豪，此時也不禁有些毛骨悚然。

兩人推門看去，「李那哥」驚呼一聲，縮頭躲在他背後：「那是什麼東西？」

陸劍池愣了一下，只覺手心冷汗直冒，幾乎握不牢劍柄，過了許久，才勉強道：「那是一個人影……」

「李那哥」仍自躲在他背後：「人影怎會是白的？」

陸劍池道：「他本來靠在牆上，黑色汙點灑上牆壁，這人離開之後，牆上就留下一個人影。」

第四個房間桌翻椅倒，一片狼藉，猶如遭遇一場大戰，對門的牆壁上一個倚牆而坐的白色人影異常醒目，周圍是一片飛濺上去的黑色汙痕，籠罩了大半牆壁。

陸劍池踏入房中，地上滿是碎裂的木屑，覆蓋在兩件黑色斗篷之上，就如地上匍匐著兩隻怪獸，其中一件特別長，裂了許多口子。他心中一動，要將木頭弄成這般模樣，需要相當強烈的衝勁，若非此房的住客拳腳功夫了得，便是闖入的人勁道驚人。這屋子的住客不知是誰。

遊目四顧，只見「李那哥」彎腰自地上拾起一樣東西，陸劍池燃起火摺子，兩人在火光下仔細端詳，那是一個熏香爐，爐上有一道深深的痕跡，凹痕又直又窄，絕非裂痕。

「李那哥」問：「這是刀痕還是劍痕？」

陸劍池略一沉吟：「應是劍痕，能在銅爐上斬出這一劍，出手之人武功不弱，如果連此人也死在這裡，這客棧所隱藏的祕密，恐怕十分驚人。」

「李那哥」微微一笑：「如果是陸大俠出手，能在爐上斬出怎樣的一劍？」

陸劍池哈哈一笑，凝神定氣，「唰」的一聲，長劍出鞘，白光閃動，直往「李那哥」手中銅爐落下，「李那哥」嚇了一跳，「啊」的一聲銅爐脫手，陸劍池劍勢加快，「叮」的一聲斬在銅爐之上，隨後袖袍一揚，在銅爐落地前快逾閃電地抄了回來。只見銅爐上多出一道劍痕，與原先的劍痕平行，比之原先那道凹痕略微深了半分，長了三寸。

「看來此地主人的武功與我相差無幾。」陸劍池輕輕一嘆，他已盡全力，劍下銅爐韌性極強，若是石爐，他這一劍已將其劈為兩半。

「李那哥」搖了搖頭：「他的劍痕比你短，說明入劍的角度比你小，他揮劍砍下的時候，銅爐多半不是在半空中，有處借力，既然出劍的手法全然不同，結果自然也不一樣。」

陸劍池點了點頭，心中一懍——這位「李那哥」談及劍理，一派自然，只怕非尋常漂泊江湖的讀書人，李蓮花的親戚，難道竟是另一位隱世俠客？

「李那哥」一回頭，乍見陸劍池目光炯炯地盯著自己。他在自己身上左看右看，茫然地回望陸劍池：「看什麼？」

陸劍池斂去目中光華，微微一笑：「沒什麼。」

目光剛自「李那哥」臉上移開，驀地窗外有白影一閃，他乍然大喝：「什麼人？」

「李那哥」急急探頭，只見窗外白影飄忽，還有人尖聲道：「哩——」

陸劍池劍光爆起，如蓮花盛放，倏地破窗而出，擋住窗外白影去路。

「李那哥」連忙奔到窗口，門外庭院中的那道白影乍然遇襲，哀號的同時揮起一道白影招架，「噹」的一聲，劍擊玉石之聲響起，那白影大吼：「哩嘯——」尚未叫完，陸劍池劍勢再到，白影的聲音受制戛然而止。陸劍池這一劍挽起三個劍花，其中尚有十多個後招，但聽「叮叮噹噹」一陣脆響，那白影竟能與他連對十數下後招，一一拆解，毫不遜色。

陸劍池心中一奇，這「白衣妖怪」武功身手不俗，難道鬼也練過武功？而且這鬼手上的兵器分明是一枝玉笛。遲疑之際，那「白衣妖怪」終於緩過氣來，破口大罵：「該死的李小花！李瘋子！李妖怪！……」

陸劍池心中大奇，倏然收劍，問道：「你——」

那「白衣妖怪」身材瘦削如骷髏，錦衣玉帶，手中握著玉笛，滿面黑氣地指著站在窗口看熱鬧的「李那哥」，破口大罵：「千里迢迢叫我到這種鬼地方來，還安排了武當高手要我的命！你想謀財害命啊？」

窗口的「李那哥」歉然道：「那個……我以為是白衣吊死鬼……」

那「白衣妖怪」勃然大怒：「你說誰是吊死鬼？本公子英俊瀟灑、玉樹臨風，為江湖美男子前十，你竟敢說我是白衣吊死鬼！你才是王八大頭鬼！」

話說到這裡，陸劍池恍然大悟：「原來閣下是方氏的大少，『多愁公子』方多病！怪不得……」下一句及時嚥下，他心道怪不得瘦得如此稀奇古怪，方才真將他當成了妖怪。

眼見方多病怒目瞪著「李那哥」道：「你躲在這種鬼地方做什麼？這人是誰？你新招的……」

「李那哥」忙道：「誤會，誤會。這位是武當派高手，我們在路上遇見，志同道合，一見如故，所以一起來此，絕非事先安排暗算你的殺手。」

方多病聞言一怔，瞄了陸劍池一眼：「你是……」

陸劍池抱拳道：「在下陸劍池，武當白木道長是在下師尊。」

方多病點了點頭：「你是白木的徒弟？武當弟子果然名不虛傳。」

陸劍池知他是名門之後，言語客氣：「方少也是『李那哥』李兄的好友？」

方多病道：「『李那哥』？李……啊……正是正是，李蓮花不知道跑到哪裡去了，我本是要找那一代神醫李蓮花，結果蓮花沒有找到，樓裡只有他的……那個啥？」

他瞪了「李那哥」一眼，「李那哥」道：「李蓮花的同村的表房的鄰居。」

方多病連連點頭：「正是，我和這位李兄並不怎麼熟。」

「李那哥」連連點頭：「正是，正是。」

陸劍池道：「不知方少如何找到此地？」

方多病涼涼道，「這破村來來去去不過二十幾戶，每戶都找過一遍，待到半夜三更，自然就尋到這裡來了。」他瞪了「李那哥」一眼，「你們兩個，半夜三更在這裡找女鬼嗎？」

「李那哥」解釋道：「我們本是要來吃飯的，結果客棧關門，房內有許多奇奇怪怪的痕跡，好像有鬼。」

方多病道：「這裡本來沒鬼，有你這個大頭鬼在，自然就有鬼了，本公子一路進來，什麼也沒看見。」

「李那哥」正色道：「鬼這種東西，自然不是凡夫俗子隨隨便便就可以看見……」

方多病「哦」了一聲：「莫非你看見了？」

「李那哥」道：「這個……自然也沒有。」

陸劍池道：「方少剛剛進來可能不曾細看，這客棧留有許多古怪痕跡，好像曾經發生過慘事。」

方多病東張西望：「什麼慘事？」

陸劍池托起手中的銅爐：「這裡發生過一場武鬥，且似乎每個房間的人都突然不見。」

方多病道：「打架不管是輸是贏，自然打完就走，難不成打完還留下來吃飯？又不是李蓮花……」

「李那哥」道：「但這裡是客棧，如果不是客棧中所有人突然搬走，怎會將這些痕跡留下？可能是在某年某月某日，這客棧裡的所有人，不論男女老少，武林高手還是江湖百姓，一夕之間統統死了。」

方多病張大嘴巴：「這個……有誰能在短短時間內殺死這麼多人，屍體呢？你說人死了，屍體呢？」

「李那哥」道：「沒有屍體。」

陸劍池點了點頭：「或許等我們查看完所有房間，就能知曉發生了何事。」

方多病道：「呃……一定要看？」

「李那哥」看了他一眼，小心翼翼地問：「你也怕鬼？」

方多病嗆了一下：「咳咳……陸劍池當先開路，我們這就去搜查房間。」

陸劍池微微一笑，手持劍柄走在前面，此地雖然陰森可怖，說不出地詭異，但他堂堂武當弟子，自幼受道門薰陶，心清氣正，並不畏懼。

方多病和「李那哥」走在他背後，待陸劍池走出三五步，方多病悄悄撞了「李那哥」一下，低聲道：「死蓮花，好端端的天下第一神醫不做，裝什麼『李那哥』？」

「李那哥」低咳一聲：「那個……我名字還未說完，陸大俠就把我當作『李那哥』，我也沒有辦法。何況，他想像中的那位李神醫，我也不大熟。」

方多病瞪他一眼：「原來你是怕他發現你是個不通醫術的偽神醫。」

李蓮花嘆了口氣，目光掃了掃四周，悄聲道：「你信不信這世上有惡鬼？」

方多病搖頭：「不信。」

李蓮花喃喃道：「我本也不信，不過……不過看這客棧如此離奇古怪，所有本該留有屍體的地方，全都不見屍體，也許……」

方多病聞言一抖，全身寒毛直豎：「你說這裡本該留有屍體？」

「我只是直覺，」李蓮花搖搖頭，「這裡有死過人的氣味。」

「死過人的氣味？」方多病愣了愣，他和李蓮花相識這麼久，這人還從來沒有說過這種不著邊際的話。

李蓮花的目光不住往四周看去，「嗯……死過許多人的氣味……而且……」他的腳步微微一滯，從東邊走廊上的空隙往外看了一眼，「要凝神小心，這客棧裡好像還有什麼東西，跟著我們走。」

方多病臉色頓時變了：「有什麼東西？」

李蓮花仍是搖搖頭：「我不知道，一個腳步很輕、體積卻不小的東西，不知道『它』是個子很高，還是飄在半空，總之，比我們高出兩個頭。」

方多病乾笑一聲，心中一股寒氣冒了出來：「那會是人嗎？你越說越像鬼了。你怎會知道？」

李蓮花嘆了口氣，喃喃道：「如你和那位陸大俠一般勇氣可嘉、專心致志、毫不防備，自然留意不到房間以外的其他動靜，你聽到外面樹上的風聲沒有？」

方多病點頭：「自然。」

李蓮花瞪眼看他：「那現在我們在樹對面，這麼大的風聲，那棵樹不生樹葉，中間也沒有什麼阻隔，為何沒有風吹到走廊上？」

方多病張口結舌：「這個……」

李蓮花道：「什麼『這個那個』？」

方多病苦笑：「那自然是有東西擋住了風。」

李蓮花又嘆口氣：「那就對了，自外面那棵不生樹葉的樹到這裡，樹上、轉角、走廊的縫隙、窗戶，總之這一條直線上必定有什麼東西擋住了風，我不知道是什麼，但必定不是什麼好東西。」

兩人說話間，前面的陸劍池已走到二樓第一個房間門口，房門上掛著一把大鎖。陸劍池出指捏住大鎖，指上運勁，「喀吧」一聲脆響，腐朽的鎖芯斷裂，他伸手去推，竟然推不開，不禁心中奇怪。

方多病身形一晃溜到窗戶旁，伸出玉笛，「嘩啦」一聲，搗碎一扇窗戶，往裡一看：「裡面有床頂住了門，過來這邊看。」

陸劍池用劍柄一撞，門邊窗戶打開，三人一起往房中看去。

二樓第一間房中飄滿了破碎殘落的符咒，床鋪被推到門邊，頂住大門，所有的窗戶都以木板釘死，屋梁上懸掛著七八個八卦，屋裡有兩個佛龕，佛龕上供著許多尊佛像，有些佛像竟是三人未曾見過的。然而縱然房間受如此多神佛保佑，封閉得如此嚴密，房中依舊無人，不知原來的住客是如何自這房裡出去的，徒留一屋子無法解釋的祕密。

三人翻窗而入，陸劍池道：「住這裡的人好像在防備什麼東西進來。」

李蓮花自地上拾起一張殘破的符咒：「這裡也有許多『鬼』字。」

方多病燃起火摺子一看，那半張符咒上，大大小小寫了十幾個「鬼」字，奇形怪狀，不知是哪門哪派的道符。

陸劍池在房中轉了一圈，輕輕跺了跺腳，只聽腳下地板發出空洞的聲音：「下面恐怕有暗道。」

李蓮花和方多病將地上符咒掃去，地板上露出一個四方暗格，正好容一人進出。兩人合力提起暗格上的木板，底下一片黝黑。方多病將火摺子擲下去，頓時「轟」的一聲，火焰熊熊燃起，三人同時「啊」了一聲，連退三步。

三　鬼影幢幢

那地下暗格中，仍舊貼滿符咒，火摺子擲下後立即起火，然而駭人的不是起火的符咒，而是這地下暗格並非預想中的暗道，而是僅容一人躲藏的狹窄密室。密室中一具乾屍仰天而坐，手臂腳趾的皮肉都已乾枯地貼在骨頭上，卻未腐爛。乾屍無頭，頸上的傷口層層片片，似有什麼力大無窮的東西一把將他的頭拽了下來。

方多病張大嘴巴：「他……他……」

陸劍池亦是驚詫萬分：「怎會如此？」

李蓮花輕咳一聲：「有人把他的頭拽了下來，你看那撕裂的口子，好大的力氣。」

方多病牙齒打顫：「什麼人有這樣的力氣？誰可以穿過木板拽掉他的頭？」

「這具屍體似乎有些奇怪。」陸劍池凝視那無頭乾屍，乾屍衣裳整齊，雖然落滿灰塵，卻沒有多少血跡，斷頭之處撕裂的形狀清清楚楚，他沉吟道，「好像是……死後斷頭。」

李蓮花道：「死後斷頭……死後斷頭，胸口怎會如此一片一片像撕破的紙片一樣？」

陸劍池被他一言提醒，恍然大悟：「對了，他不是死後斷頭，是化為乾屍之後，才被人拽下頭顱，所以斷口猶如碎紙。不過，是誰把一具無頭乾屍藏在這裡？這具乾屍又是誰？」

李蓮花道：「說不定他和樓下那女子一樣，受不了這裡的惡鬼，所以藏在這裡自殺了事，而山上氣候乾燥，若是他服毒自殺，毒藥能令屍體不腐，變成乾屍也理所當然。」

方多病搖頭道：「胡說，胡說！你怎知他服毒自殺？自殺之法有千萬種，難道他不能上吊，不能跳河，不能刎頸，不能絕食餓死，也不能吞老鼠噁心死？」

李蓮花乾笑一聲：「這個……」

陸劍池在那乾屍身上一摸，沉吟道：「身上無傷，但就算一個人已經變成乾屍，要把他的頭從身上這般拽下來，也需要相當的腕力。是誰把他的頭拽下來，身體卻仍然留在密室裡？這人又是怎麼進來、怎麼出去的？」

「莫非……真的是鬼？」方多病喃喃道，「走吧，這裡陰風陣陣——嗯？」

話說到一半，方多病霍然轉身，看向身旁方才被他打破的窗戶。陸劍池跟著看去，此時的窗外一片漆黑，月輪已偏，枯樹影下，光線越發幽暗，什麼都沒有。方多病依稀覺得剛才眼角瞟到一樣東西在窗戶一晃，但究竟是什麼卻說不上來。

李蓮花走到窗戶邊，看著地上，本以為地上應當只有三人的腳印，結果走廊塵土雖厚，所留腳印卻是七零八落，新舊皆有，竟像是夜夜都有人在走廊上奔跑，根本辨認不出方才是否有人經過。

「快走，這裡太不吉利。」方多病催促道，「趕緊將房間看完，早早回去睡覺。」

三人自房間窗戶翻出，隔壁三間房均是桌翻椅倒，牆上地上四處濺滿黑色汙痕，若是血跡，必是經過一場慘絕人寰的大屠殺，但卻無屍體留下。

幾人下了樓，繞到一樓左邊的四間房，第一個房間堆滿空酒罈子，第二個房間地上也有床鋪桌椅的痕跡，卻不見床鋪桌椅，地上棄著一大堆布縵綾羅，似是原先的被褥和床幔。

夜黑星暗，似有若無的光線照在每一扇緊閉的房門上，那原本平靜的木色宛若無聲無息地扭曲、盤旋，人影映在牆上，比之往日平添七分詭異之氣。落足之聲越走越輕，越走越是恍惚，不禁懷疑究竟誰才是這間客棧裡的鬼——如他們這般夜行，和鬼又有什麼區別？

在異樣的寂靜之中，陸劍池推開第三間房的門扉，「嗒」的一聲，一件東西自門上落下，幾乎掉在陸劍池的鞋子上。

三人心中一跳，方多病「哎呀」一聲叫了起來：「手，斷手！」

掉在地上的東西，是一隻撕裂的斷手，和之前的黑色斑點和乾枯死屍不同，這隻斷手尚未腐爛，傷口處血肉模糊，是真的被活生生扯斷。

陸劍池心中一寒，驀然抬頭，只見門框上一片血汙，這隻手在門框上牢牢摳出了四個窟窿，若不是他這一推，這隻斷手還摳在門上。

李蓮花踏入房中，四處血跡斑斑，地上如同被什麼東西擦過，一片濃郁的血液擦痕，點點凌亂的血滴印記，片片撕裂的布塊，悚然駭人。

方多病一隻腳踩在門口，另一隻腳尚未打定主意要不要踩進去，見了房內的情景，駭然變色，這回他是真的變了顏色，絕非作偽：「這……這是……」

李蓮花半蹲下身，手按在地，緩緩翻過那隻斷手，斷手未腐，地上的血跡已乾。

方多病緩過氣來，失聲道：「這和我小時候老爹帶我去打獵看到的猛獸吃人的痕跡差不多，那野豹……」他驀地停住，沒說下去。

陸劍池忍不住問道：「野豹如何？」

方多病呆了半晌：「那野豹叼了個五六歲的小孩子，在樹下吃，大樹下……都是蹭來蹭去的血痕，我記得狐狸、野狼什麼的都在那塊地方徘徊，許許多多的烏鴉落在那附近，景象真是……真是……」

「或許這客棧裡的『鬼』，就是一頭吃人的野獸。」李蓮花對著地上的血痕看了許久，轉目再看房中僅剩的少許東西，不過兩個包裹、幾件衣裳，半晌緩緩道，「這絕非遊戲，這斷手的主人既然能在門框上摳出四道指印，顯然是武林中人，指上功夫不弱，連這種人都不及閃避，運勁的手掌竟被生生扯斷，可見那東西有多危險。」

陸劍池聽他如此說，再也按捺不住：「李兄見識不凡，為李蓮花之友，果然是非凡人物。」

對於他的由衷恭維，李蓮花似是聽而不聞，漫不經心地「啊」了一聲：「我想這客棧中死人之事可能延續了很長一段時間，不是同時死光死絕。」

陸劍池道：「不錯，方才那房間裡的乾屍，必定死去很久，而這隻斷手離體的時間只怕不超過五日。」

「這隻斷手說明那『鬼』還在殺人，而你我進來客棧許久，只怕……」李蓮花嘆了口氣，「早已落入鬼眼。如果它一直在殺人，你我自然不能倖免。」

方多病毛骨悚然：「它好像可以穿牆殺人，而且無聲無息，力大無窮，就算武功蓋世也奈何不了它，我們怎麼辦？」

「逃之夭夭，明天再來。」李蓮花道，「我怕鬼，我還怕死。」

他這句話說出口，換作平日方多病必定嗤之以鼻，此時卻是深得他心，欣然贊成。陸劍池也同意，於是當下三人自房間退出，原路返回，往客棧大門而去。

「你們有沒有聽過一個故事？」李蓮花忽道，「一個男人和另一個男人半夜去一家店喝酒，喝了半天，掌櫃忽然說起唐太宗前些日子賜死楊玉環，那兩個男人笑他，說那已經是幾百年前的事了。隔天，那個男人發現，昨夜他們去喝酒的地方根本是一座廢墟。」

方多病「呸」了一聲：「陳腔濫調，那又如何?不過半夜見鬼而已。」

李蓮花道：「那個男人非常害怕，急忙去找另一個男人，結果去到他家，到處找不到人，他只得回頭往昨天來的路上找。找啊找，突然看見一群人圍在昨夜他們走過的那條偏僻小徑上，他探頭去看，地上躺著一個腦袋被打穿一個洞的死人，正是昨天和他喝酒的朋友。路人說這人是昨天黃昏被強盜砸死的。」

陸劍池微微一哂，不以為意。方多病問道：「後來呢？」

李蓮花道：「後來那路人又說，前面還有一人死得更淒慘，頭被強盜用刀砍了。那男人趕到前面去看，只見那斷頭的死人，正是他自己。」

「你想說我們三個都是鬼嗎？」方多病「哎呀」一聲，怒目瞪著李蓮花，還沒有走出鬼屋，這傢伙就故意說鬼故事嚇人。

「沒有沒有，」李蓮花忙道，「我只是突然想到，隨便說說。」

陸劍池並不在意，仍舊持劍走在最前面，一腳踏入通向大堂的那條走廊。走廊上一片漆黑，黑暗中忽然有一雙眼睛睜開，眼瞳小而詭異，精光閃爍。陸劍池渾身寒毛豎起，大喝一聲一劍劈了上去，然而竟未劈中任何東西，反倒是一隻手自頭頂伸下，摸至他頸項！

「啪」的一聲震響，那隻手驀地收了回去。陸劍池死裡逃生，冷汗涔涔，一顆心幾乎要跳出喉嚨，背後之人將他扶住，一連後退七八步。

方多病叫道：「那是什麼？」

陸劍池一連換了好幾口氣，心神未定，聽方多病的聲音，知在自己身後的人是「李那哥」，他顫聲道：「你……你竟和牠對了一掌……」

扶住他的李蓮花微微一笑，在如此情狀下，陸劍池竟覺得這呆頭呆腦、滿臉茫然的讀書人給人一種從容的安慰，彷彿縱然見了千萬隻鬼，也不怎麼可怕。

卻聽李蓮花道，「啊……我只看到一隻手，那是什麼玩意兒？」他看著陸劍池，「你看到牠的臉了，是嗎？」

「臉？」陸劍池搖了搖頭，「我只看到一雙眼睛，沒有臉，走廊上是空的，什麼……什麼也沒有。」

李蓮花眼望那漆黑的走廊，略一沉吟：「眼睛？空的……難道這東西是倒掛在我們頭頂，攀緣在上面？」

陸劍池本來心神大亂，只覺方才之事根本無法理解，聽到這句「倒掛」，恍然大悟——方才他看見的是倒掛的一雙眼睛，那東西本來攀在頭頂，他揮劍往前砍去，自然什麼也沒有，而那隻手便從頭頂伸下來了。

方多病摸了摸臉：「前面黑黝黝的，本公子什麼也沒看見，只看見你們兩個晃了幾晃，突然間就退回來了。」

「走廊上有東西。」李蓮花道，「誰身上還有火摺子？」

陸劍池取出火摺子一晃，李蓮花自懷裡摸出塊汗巾，引燃了火，往走廊中央擲了過去。

三人只見黑暗的走廊上空空如也，竟是什麼都沒有。陸劍池與李蓮花面面相覷，兩人目光一起看向走廊頂部，其上留有透光通風的小窗，那窗戶不大不小，足可供人出入。

「要是從窗戶逃脫，向外可以爬樹爬牆，往內可以鑽進客房，總而言之，無處追查。」李蓮花嘆了口氣，「要是牠伏在屋頂上，等我們通過時突然鑽出，那也是麻煩，怎麼辦？」

陸劍池握劍在手，本想躍上房頂，但思及方才那隻冰冷柔軟的手掌，背脊一寒，手心皆是冷汗。他一身武藝，從小循規蹈矩，從未想過世上還有如此離奇詭異的東西，不知是人是鬼是獸。

方多病乾笑一聲：「難道你我三個大活人就在這裡等到天亮？」

李蓮花瞪眼道：「那自然是武藝高強的人先上去看看，你去。」

方多病連連搖頭：「我小時候練功偷懶，武藝差得很，這麼高的屋梁我一看就頭暈，哎呀，好暈啊好暈啊。」

李蓮花嘆氣道：「我雖然看著不暈，但是……」

他話還未說完，陸劍池「啊」的一聲驚呼，兩人一起閉嘴，往走廊看去，只見大堂中亮起一團火光，漸漸靠近。三人面面相覷，不知這回出現的又是什麼妖怪，但聽腳步聲沉重，來者應該不會武功。未過多時，一位老人持杖，高舉火把走近，沙啞地道：「你們是誰，在這鬼屋做什麼？」

「那個……」李蓮花道，「我們本是想來吃飯，誰知道這裡頭一片漆黑，遍地老鼠，早已關門多時。」

老人深深嘆了口氣：「本村誰也不想踏入這間鬼屋，這裡無端死了不少人，你們還是快些出來，遠來是客，幾位如果肚子餓，就到我家用些食水。」

李蓮花欣然同意。三人跟在老人身後，穿過走廊，那大堂中尚有兩名年輕人手持火把，看到三人出來，目光不住往三人身上打量。

「這邊請。」老人當先領路。

方多病留意到那老人右手缺了兩節手指，又對那兩個年輕人掃了兩眼，只覺這兩人身體瘦小、皮膚黝黑，看樣貌年紀約在二十三四，身材卻如十三四歲的小童，發育不良，心裡暗暗稱奇。

陸劍池走在老人身後，仍暗中留心屋頂那怪物的動靜，然而卻是無聲無息，宛若方才看到的一雙眼睛全是幻影，思及那雙眼睛，他忍不住看了「李那哥」一眼，只見他茫然地看著地上亂竄的老鼠，不知在想什麼。方才真是他接了那怪物一掌嗎？那怪物力大無窮，他接了一掌卻若無其事，他究竟是什麼人？

三人跟著老人離開客棧，進入村東一家較為高大的蓬屋。屋裡家徒四壁，沒有什麼像樣的家具，幾張椅子卻是上好的杉木製成，雕著吉利的圖形。老人請三人坐下，閒談了幾句，三人才知這老者是本村村長，姓石，祖輩都在這石壽村居住，今夜聽到客棧中有動靜，特地前去查看。

方多病忍不住問：「石老，既然石壽村幾百年來都是這般模樣，怎會開著偌大一家客棧？有人去住嗎？怪不得早早關門大吉。」

石老嘆了一聲，一捋白鬚：「多年以前，石壽村人口雖少，但後面山頭卻出產一冷泉，那泉水既涼且冷，味道甘甜，是做酒的上好材料。不知你等可聽說過『柔腸玉釀』？」

方多病點頭，李蓮花搖頭，陸劍池道：「『柔腸玉釀』是千金難買的好酒，盛名遠揚，原來竟是出於此地。」

石老頷首：「正是正是。十年前數不盡的外地人到我們村裡釀酒，砍伐樹林改種其他穀物水果，可這裡是高山，穀物水果大多種不活，白白毀了許多山林。」

李蓮花道：「那個……外面漫山遍野的菊花……」

石老臉現怒色：「我們山上本不生那種黃色菊花，是外地人從中原帶來的，結果樹木被伐，反是那些菊花生長旺盛，從此山上再長不出樹木。樹木消失，野獸也不見了，石壽村人向來以打獵為生，十年前卻餓死了兩人，統統都是外地人的錯。」

李蓮花和方多病面面相覷，方多病輕咳一聲：「這個……在下很是抱歉，雖非我等之過，卻也甚感慚愧，當年中原人那等野蠻行徑，為村裡帶來如此大的災禍，真是不該。」

石老搖了搖頭：「幸好那些人種植果樹穀物不成，大多離開了。有些人從泉眼帶水下山，誰也不知他們運到哪裡去，漸漸地不知道為什麼，也沒有人來泉眼運水了。我祖祖輩輩住在山中，從不出去，外面發生什麼事，我們也不清楚。」

陸劍池欣然道：「想必是『柔腸玉釀』的祕方失傳，故而誰也不知如何製作此酒了。幸虧如此，才保得石壽村平靜至今。」

方多病連連點頭，李蓮花也欣然道：「原來如此。」

此時有人端上幾碗熱騰騰的飯菜，有肉有菜，極是豐富，只是肉是紅燒肉，菜卻不知是什麼菜，形狀捲曲，十分青翠。

方多病走遍大江南北，吃過多少酒樓，卻沒見過這種古怪青菜：「這是什麼菜？生得如此稀奇。」

石老持筷吃了一口：「這是高山常見的野菜，中原也許難得一見，滋味卻很鮮美。」

方多病跟著吃了一口，的確口味獨特，爽脆可口，本就餓了，頓時胃口大開。陸劍池跟著吃了一口，亦覺不錯。

李蓮花持筷在幾盤菜之間猶豫，不知該先吃哪盤，石老指著那紅燒肉：「這是高山野驢的肉，幾位嘗嘗，在本地也是難得一見。」

李蓮花「啊」了一聲，持筷去夾，突又收回，「嗯……想那高山野驢難得一見，本在千里之外，迷路誤入此地，何等可憐，我怎忍心吃牠的肉？還是不吃為妙……阿彌陀佛……」他嘴裡念念有詞，「我近來信佛，接連去了幾間寺廟念經……」

方多病「咳咳」幾聲，嗆了一下，死蓮花簡直是胡說八道、妄言胡扯，最近他們去了間寺廟不錯，不過是偷人家寺廟裡養的兔子來下酒，他什麼時候拜佛念經了？

陸劍池本要吃肉，忽聽「李那哥」不吃，猶豫片刻，還是改吃青菜，既然他人心存仁厚，他若吃肉，豈非顯得殘忍？

方多病一心想嘗那「高山野驢」的肉，但一則李蓮花不吃，二則陸劍池也不吃，他一個人大嚼不免顯得有些……那個……只得悻悻停筷。

石老嘆了口氣，自己夾肉慢慢吃。接著送上主食和酒，主食是粗糙的麵條。此地果然遠離塵世，連白米也沒有一粒。酒卻是好酒，敢情這裡泉水特異，不管釀成何種酒水，都滋味絕美。

方多病大吃大讚，山裡人頗為熱情好客，石老不住勸酒，不久便有些醺醺然，未過多時，三人酒足飯飽，石老安排三人到不遠處的客房暫住，並命人明日帶他們下山。

四 驚魂

夜色已深，月已西垂，漸漸看不到光芒，三人在石老奉承下喝了許多酒，躺在客房中均有睡意。

方多病不過多時便打鼾睡去，陸劍池雖然睏倦，卻怎麼也睡不著，那客棧中無頭的乾屍、走廊上的眼睛、從頭頂伸下的手歷歷在目，方才若是「李那哥」慢了一步，那隻手是不是就會將自己的頭一把拽下，就如同牠撕裂那乾屍頭顱一般？石壽村的村民難道不知那客棧裡的異物？

躺了一會兒，他實在睡不著，睜開眼睛，只見李蓮花躺在床上，睡得酣然，半點沒有擔憂驚愕之情。陸劍池長長吐出一口氣，閉上眼睛，難道心中種種怪異感、強烈的不安都是自己江湖經驗不足所致？但要他像李蓮花、方多病那般安然睡去，實是萬萬不能。

光線越來越暗，彷彿房外起了濃霧，濃霧越盛，外面草木上所聚的露水越重，最後「嗒」的一聲落下。陸劍池默默聽著門外的響動，再遠處有蟲鳴鼠竄之聲，更遠之處，似乎有人走動，不知是早起的獵戶，還是其他的東西。

就在他神志越來越清明，超然物外，全副心神均在屋外之際，忽然一隻手掌自床沿伸了出來，輕輕按到他胸膛之上。剎那間，陸劍池駭得魂飛魄散，驀然睜開眼睛，心臟幾乎要從口中衝出，眼前所見讓他瞬間停止呼吸，張大嘴巴，呆若木雞，半點聲音也發不出來。

眼前什麼也沒有，只有一隻手自床底伸出來，按在他胸口，但……但正常人的手豈有這麼長，也絕不可能彎曲成這樣的形狀。陸劍池一生自認膽氣豪邁，此時卻驚恐萬分，和那碌碌市井小民沒有什麼區別，驚駭欲死。就在此時，一物自他床底翻出，陸劍池大叫一聲，竟昏了過去。

方多病驀地坐起，他原已睡著，卻被陸劍池一聲大叫驚醒，眼前依稀可見一個五花斑斕、似人非人的東西伏在陸劍池床上，見他坐起，倏地向他撲來，快逾閃電，卻又悄然無聲。方多病一時以為自己在做夢，大叫一聲，揮笛招架，只聽「啪」的一聲悶響，一股巨力當胸而來，令他頭昏眼花，窒息欲死。他自覺將死之際，眼角似乎瞥見一個白影飄蕩，心中居然還罵了一句：要死了還有人裝那白衣劍客……接著天昏地暗，澈底昏了過去。

淒涼黑暗的客房中，一人揭去一層外袍，露出袍下白衣如雪，靜靜看著那撲在方多病身上的東西。那東西手長腳長，雪白皮膚上生滿一塊一塊血肉模糊的斑點，若非渾身龜裂般的血斑，外表和一個身材高瘦的赤裸男人無異。牠的頭顱甚大，見白衣人靜立一旁，牠也回過頭來。只見牠除了眼睛略小，嘴巴寬大，五官尚稱端正，眼下正低低嚎叫，驀地往白衣人身上撲去。

白衣人身形略閃，避開一撲，那東西行動奇快，轉折自如，竟如蜘蛛行網一般靈活詭譎，一折之後，手掌往白衣人頭上抓來。白衣人足下輕點，頎長的身影輕捷超然，從那東西腋下掠過，反掌輕輕在其背後一拍，竟然往外直掠而去。那東西怪叫一聲，反身追去，儘管牠行動如電，卻是追之不及，一前一後，兩「人」一同奔入石老房中。

黑夜漸逝，晨曦初起，石老屋中忽然一聲驚天動地的轟然震響，枯枝石屑橫飛，劍氣破空而出，蓬屋傾頹崩塌，煙塵彌漫，隨後一片寂寥，彷佛一切都失去了生命，一切詭異莫測、奇幻妖邪的怪物都在那倏然的寂靜中，失去了行蹤。

不知過了多久，方多病緩緩睜開眼睛，只覺胸口氣滯，頭痛欲裂，渾身上下說不出地難受，好不容易坐起身，就見陸劍池臉色憔悴地坐在身邊，神情恍惚。

方多病咳嗽了幾聲，喑啞道：「發生了什麼事？李蓮花呢？」

陸劍池悚然一驚，怔怔地看著方多病：「李蓮花？」

方多病嗓子極乾，無心再幫李蓮花作戲，不耐地怒道：「自然是李蓮花，住在吉祥紋蓮花樓中的人不是李蓮花難道是鬼？他人呢？」

陸劍池茫然轉頭往一邊看去，只見李蓮花灰袍布衣，昏厥在旁，一動不動：「他就是李蓮花？」

看來死蓮花還沒被那怪物掐死，方多病鬆了口氣，「他當然是李蓮花，你真的信他是李蓮花同村的表房的鄰居？『同村的表房的鄰居』怎麼可能是親戚？世上也只有你這呆頭鵝才會相信他的鬼話！」方多病瞪眼罵道，「姓李的滿口胡說八道，你要是信了他半句，一定倒楣十年！」

陸劍池愣在一旁，除了那妖怪之外，這又是一件令他頗受打擊之事，住在吉祥紋蓮花樓裡的人自然是李蓮花，為何自己會相信根本不合情理的胡言亂語？難道自己真如此差勁，不但怕死怕鬼，甚至連高人在旁都認不出？再看向昏死一旁的李蓮花，可是這人如此唯唯諾諾，膽小怕死，又有哪裡像前輩高人？他心中一片混亂，江湖武林，與他在武當山上所想全然不同。

「死蓮花！」方多病自床上跳下，到李蓮花床邊踢了他一腳，「你要裝到什麼時候，還不起來？」

李蓮花仍躺在床上一動不動，聞言突然睜開眼睛，歉然道：「我怕那妖怪還沒走……」

方多病罵道：「青天白日，太陽都照到屁股了，妖怪早就跑了，哪裡還有什麼妖怪？昨夜那妖怪突然鑽出來的時候，你在哪裡，怎不見你衝出來救我？」

李蓮花正色道：「昨夜你昏過去之後，我大仁大勇，仗義相救，施展出一記驚天地泣鬼神的絕世劍招，於五丈之外將那妖怪的頭顱斬於劍下，救了你們兩條小命。」

方多病嗤之以鼻：「是是是，你老武功蓋世，那本公子就是天下第一！我要是信你，我就是一頭白痴的死瘟豬！」

李蓮花慢吞吞道：「既然是死瘟豬，哪裡還會白痴？不是早就死了嗎……」

方多病大怒：「李蓮花！」

李蓮花道，「什麼事？」隨即對陸劍池微笑，「昨夜那妖怪真是恐怖至極，我被嚇昏了，什麼也不知道，不知牠後來是如何走的？」

陸劍池頓時滿臉尷尬：「我……」

他昨夜真是被嚇昏過去，至今心神未定，幸好方多病接口，「昨夜牠打昏了陸大俠就向我撲來，我被牠一掌拍昏後也人事不知，不過昏倒前好像看到白色衣裳的影子。」他涼涼地補了一句，「說不定真有什麼白衣大俠突然冒出來救命，你可有看見白衣劍客的影子？」

李蓮花連連搖頭：「我昨晚看到一隻手從陸大俠床鋪底下伸出來就昏倒了，什麼也不知道。」

此時房門一開，石老帶著那兩位年輕人端著清水走進來，三人臉色都很蒼白，似也經歷極大的驚嚇：「三位好些了嗎？」

方多病奇道：「是你救了我們？」

石老沙啞道，「昨天晚上……真是嚇得我快去了半條命。昨天晚上突然有一頭怪物衝進我的屋子，然後一個穿著白衣、臉上戴著面紗的年輕人追了進來，我只聽見『轟隆』一聲，整間屋子就垮了，也不知道到底是怎麼回事。今天早晨到你們房裡一看，你們三個都昏死在床上，窗戶破了一個大洞，可能是那怪物和白衣人也來過你們房裡。」他咳嗽了幾聲，「我們石壽村常年有長臂怪人的傳說，據說附近山林中，生有一種行動奇快、力大無窮的怪物，牠的巢穴本在深山，最近也許是沒有野獸可吃，便經常到村裡活動。」

「你是說我們運氣太差，撞上了這種妖怪？」方多病「呸」了一聲，「老頭，既然有這種古怪故事，昨晚吃飯你為何不說？而且我十分懷疑，村裡那稀奇古怪、陰森恐怖的客棧裡死了多少人，身為石壽村村長，你怎能不知道？你其實知道那怪物在村裡橫行，也知道牠在客棧裡殺人，對嗎？可你卻故意不告訴我們。」

石老老淚縱橫：「村裡有這種怪物，實在是本村的醜事，這都是因為村裡供奉神明不力，蒼天降罪，怎麼可以對外人道……」

方多病本想再罵，但看如此一把年紀的老頭哭成這般模樣，有些於心不忍，便哼了一聲作罷。

陸劍池關心的卻是他提到的那名「白衣劍客」，脫口問道：「昨夜真有白衣劍客出手相救？他人在何處？」

「那年輕人和那頭怪物在屋子崩塌後就往樹林裡去了。」石老嘆了口氣，「真是天降奇人，不知是哪裡來的神仙，竟然能和怪物動手。那怪物全身長甲，刀槍不入，動作快若閃電，能和牠動手的，真非尋常人。」

方多病胸口仍然疼痛，他嘆了口氣，以那怪物的力道，若非內功超凡絕世的高手，難以抗衡其力，心中不免有些氣餒，暗想：我就是練上一輩子，也未必比得上那怪物的天生神力，武功練來何用？而昨夜他瞟到的一角白影，以及石老說的蒙面白衣人是誰？不是一流高手中的一流高手，怎能和那東西動手？

李蓮花慢慢自床上爬起來，嘆了口氣：「昨夜被嚇得半死，不過有白衣大俠追那妖怪去了，想必不要緊，我……我想到處走走，散散心。」

方多病連連點頭：「我也想到處走走。」他心裡想的卻是過幾個時辰等胸口傷勢好些，公子他便要逃之夭夭，從這鬼地方遠走高飛，死也不再回頭。

陸劍池此時毫無主見，隨之點了點頭。

石老手指東方：「下山的路在那裡，往東走十里路，進入牛頭山，穿過菜頭谷，就可見到阿茲河，沿著河水就能出去了。」

李蓮花欣然點頭，三人用過些清水糙麵，洗漱乾淨，便緩步離去。

石老看著三人的背影，長長嘆了口氣。那兩位年輕人目露凶光：「村長，這就讓他們走了？」

石老搖搖頭：「他們有人暗中保護，只怕是不成了，讓他們去吧，反正那……那事，他們也不知情，不過是三個什麼也不知道的外地人。」

兩個年輕人自喉嚨深處發出一聲低低的嚎叫，猶如獸嘶：「村裡好久沒有……」

石老冷冷道：「總會有的。」

五 無墓之地

李蓮花三人緩步往石壽村旁的山林走去。方多病只想尋個僻靜角落運氣調息，陸劍池卻仍不忘那白衣劍客，想了半晌，忍不住道：「江湖之中，似乎並沒有這樣一位白紗遮面、武功高強的年輕人，昨夜那白衣劍客究竟是誰，難道他一直跟在我們身後？」

方多病嗤之以鼻：「江湖中白衣大俠多如牛毛，只要穿著白衣，戴著面紗，人人都是白衣劍客，天知道他究竟是前輩高人還是九流混混？」

李蓮花東張西望，與其說他在欣賞風景，不如說是在尋找什麼寶貝，然而四面八方俱是綠油油、還沒開的菊花，雜草一簇簇，樹都沒幾棵。

沿著山路走了好遠，他喃喃自語：「奇怪……」

方多病隨口問道：「奇怪什麼，奇怪那白衣劍客哪裡去了？」

李蓮花往東南西北各看了一眼，慢吞吞道：「這山裡四面八方都是菊花、雜草、不生果子的老樹，村裡人既不種田，也不養豬，怪哉……」

「他們不是打獵嗎？」方多病皺眉，「你在想什麼？」

李蓮花道：「你我走出這麼遠，除了老鼠什麼也沒看見，難道他們打獵打的是老鼠？」

方多病一愣：「或許只是你我運氣太差，沒看見而已。」

李蓮花嘆了口氣：「會有什麼獵物是吃菊花的？況且這菊花枝幹既粗且硬，生有絨毛，牛啊羊啊，只怕都不吃。這裡又是高山，黃牛自然爬不上來，而如果有山羊群，必然會留下痕跡和氣味，我卻什麼也沒聞到。這裡的樹不生果子，自然也不會有猴子，更沒有野豬。」

陸劍池深深呼吸，的確風中只嗅到青草氣味：「這種地方多半沒有什麼獵物。」

李蓮花點了點頭：「那他們吃什麼？」

方多病和陸劍池面面相覷，陸劍池道：「他們不是吃那種野菜，粗劣的麵條，還有什麼高山野驢嗎？」

李蓮花嘆了口氣：「我早說過，那高山能生野驢之處遠在千里之外，就算牠長了翅膀會飛，自千里之外飛來，也必在半路餓死。」

方多病失聲道：「你說石老騙了我們？若那不是野驢肉，是什麼肉？」

李蓮花瞪眼道：「我不知道，總而言之，我既沒看見村裡養什麼牛羊肥豬，也沒看見山林裡有什麼野豬野驢。滿地菊花，野菜寥寥無幾，這裡如此貧瘠，卻住著幾十個大活人，豈非奇怪？」

陸劍池茫然道：「或許他們外出購買糧食，所以能在這裡生活。」

李蓮花慢吞吞道：「但村長卻說，他們從不出去。而且有件事也很奇怪……」

方多病問道：「什麼？」

李蓮花道：「他們對『中原人』有偌大仇恨，為什麼對你我這麼好，難道你我生得不像中原人？」

方多病一愣，李蓮花喃喃道：「無事獻殷勤……正如你所說，石老明知村裡有妖怪，卻故意不說；半夜三更，你我在客棧行動何等隱密，他如何得知？數碟菜肴，有菜有肉有酒，難道這裡的村民家家戶戶半夜三更都做菜待客不成？」

聞言陸劍池睜大眼睛，這就是他一直感覺怪異和不安的源頭，只是他想不出來，聽李蓮花一說，心裡頓時安然：「正是，這石老十分奇怪。」

方多病皺眉：「本公子對那老頭也很疑心，不過這和那碗肉有什麼關係？」

李蓮花嘆了口氣：「還記得客棧裡那隻斷手嗎？」

陸劍池和方多病皆點點頭，李蓮花道：「那客棧裡本該有許多屍體，卻不見蹤影，只有隻斷手，還算新鮮，不是嗎？」

方多病毛骨悚然：「你想說什麼？」

李蓮花喃喃道：「我想說……我想說，在這裡我唯一看到能吃的肉，若不是老鼠，就是死人……」

此言一出，方多病張大嘴巴，陸劍池只覺一陣噁心，幾欲嘔吐，失聲道：「什麼——」

李蓮花很遺憾地看著他們：「如果你們吃了那碗肉，說不定就知道人肉是什麼滋味了。」

方多病道：「呸呸呸！大白天的胡說八道，你怎知那是死人肉？」

陸劍池呆了半晌，緩緩道：「除非找到放在鍋裡煮的屍體……我……我實在是難以相信。」

李蓮花嘆了口氣：「你得了一頭死豬，難道除了放進鍋裡煮的那些肉之外，連一點渣都沒有剩？」

方多病牙齒打顫：「你你你……你難道要去找吃剩下的骨頭和煮剩下的……死人……」

李蓮花正色道：「不是，吃死人的事過會兒再說。」

方多病一愣：「那你要找什麼？」

「房子。」李蓮花道，「這村裡應當還有許多房子。」

陸劍池奇道：「房子，什麼房子？」

李蓮花眺望四周，看遍地野菊：「若多年前真有許多中原人到此開山種樹、種植穀物釀酒，自然要蓋房子，只有來往販酒的商人才會住在客棧裡。而要將一片山林弄成現在這副模樣，必定不是幾個月內就能做到的事，需要許多人力，所以我想……村裡應該還有許多中原人蓋的房子。」

方多病東張西望，陸劍池極目遠眺，只見雜草菊花，連樹都寥寥無幾，哪裡有什麼房子？「沒有什麼中原人蓋的房子，又是那老頭在胡扯！」方多病喃喃道，「該死！本公子竟然讓個老頭騙這麼久！」

陸劍池滿心疑惑，這裡雖然沒有房子，但山林的確都被夷為平地，生滿了本不該生在高山上的菊花。

李蓮花凝視菊花叢：「這些菊花，想必是當年中原人種在自己房前屋後的……」他大步往菊花叢最茂盛之處走去，彎腰撩開花叢，對著地面細細查看。不多時，他以足輕輕在地上一抹，菊花叢下的土壤被擦去一層細沙和浮泥，露出黑色的炭土。

「縱火……」陸劍池喃喃道，「他們放火燒光了中原人在這裡蓋的房子，包括那些不結果實的果樹和穀物，所以山頭變成一片荒地。」

李蓮花足下用勁，擦去炭土之後，底下露出幾塊青磚，正是當年房屋所留。

「石壽村並不開化，搭建房屋不會使用青磚。高山之上，樹木生長緩慢，要等此地再長成山林，不知要等到何年何月，致使土地被菊花所占。」李蓮花嘆了口氣，「看來過去的確有許多中原人在此開荒，不過『種植果樹穀物不成，大多離開了』，」他頓了頓，喃喃道，「或是釀酒祕方失傳云云，我實在不怎麼相信。」

他突然說出這句話，陸劍池和方多病都是一愣，齊道：「為什麼？」

李蓮花喃喃道：「想我堂堂中原人士，何等精於計算，既然有人能想到上山開荒就地取材釀酒致富，又怎會因為種不出果樹穀物就前功盡棄，甚至任由祕方失傳？必定當作寶貝……而就算釀造『柔腸玉釀』的祕方失傳，這石壽村冰泉泉水運下山去，用以釀造其他美酒，還不是一樣賺錢？所謂奇貨可居，既然發現此地，豈有輕易放棄之理？」

他沿著菊花的走向，走到三十步開外，那地上依稀也露出青磚的痕跡，房屋乃是並排而造，數目看來遠不止一間兩間。李蓮花在青磚旁站定，輕輕嘆了口氣：「何況以那客棧中各種古怪痕跡看來，包括這被火燒去的房子，分明是經歷了慘絕人寰的屠殺，之後中原人的房屋被拆毀焚燒……所以……」他抬起頭來，看向方多病。

方多病為之毛骨悚然，失聲道：「你想說……什麼……」

李蓮花幽幽道，「我想說，當年只怕不是什麼『種植果樹穀物不成，大多離開了』，而是石壽村村民對中原人開荒種樹造田、掠奪冰泉的行徑極度不滿，展開了一場滅口滅門的大屠殺，所以『柔腸玉釀』的祕方就此失傳。」他奇異的目光瞟了遠處的村莊一眼，「就像兩頭老虎打架，一隻咬死了另一隻。」

「可是客棧裡那砍入銅爐的一劍和摳在門上的那隻手，分明表示死者中有武林中人，而且武功不弱。」陸劍池臉色蒼白，「石壽村村民如此之少，又不會武功，怎能殺得死這許多人？又怎能保證一個不漏或者一定能殺死對方？」

李蓮花道：「因為石壽村村民有一種非常可怖又邪惡的辦法……」

「什麼辦法？」方多病剛問出口隨即醒悟，「你是說那隻五花斑點妖怪嗎？難道村長能操縱那隻妖怪，叫牠殺人？」

李蓮花搖頭：「不是，石老如果能操縱那東西，他的房子就不會被拆，至少在白衣劍客劍氣斬向屋梁的時候，那東西就該阻止。可那東西逃走之際，把他蓬屋的另一面牆撞塌了，房子才會整個倒塌，所以那東西並不受誰操縱。」

他順口說來，方多病心裡大奇——他怎麼知道白衣劍客是如何弄塌村長的蓬屋？又怎知道整個屋子倒塌的經過？「你怎知……」方多病一句話還沒說完，李蓮花又道：「斑點妖怪的事以後再說。菊花山是附近最高的山頭，上去瞧瞧。」

陸劍池此時對李蓮花信服至極，聞言點頭，三人便大步往菊花山山頭奔去。

菊花山山頭依然景致豔麗，那些本不屬此地的菊花生長得十分茂盛，偶爾可見昨夜石老請客的野菜，但數目稀少。地上大多是生有絨毛、半木半草的菊叢，高山甚寒，豔陽高照，有些菊花提早開放，花朵比幾人平常所見大了許多，顏色也白了許多。

三人奔到山頂，陸劍池心中一動：「李神醫，昨日你守在這湖畔，想必並非偶然，你可是早就發現此地的隱密？」

李蓮花連連搖頭：「昨天我本要拔野菜煮麵條，結果一直爬到山頂也沒看見什麼眼熟的野菜，只見許多老鷹在天上飛，看著看著我就睡著了。」

三人在那湖畔東張西望了一陣，四下皆是菊花，除了遠處的石壽村寥寥幾處房屋，放眼盡是荒蕪又豔麗的景色。方多病、陸劍池兩人茫然地看著李蓮花，不知他在山上看些什麼，而李蓮花則目不轉睛地看了半天。

「果然沒有……」他自言自語。

方多病也朝著他看的方向亂看一通，跟著搖頭晃腦：「果然什麼都沒有……」

陸劍池奇道：「沒有什麼？」

方多病對天翻了個大白眼：「什麼都沒有就是什麼都沒有，你可有看出什麼東西來？」

陸劍池搖頭，方多病瞪眼道：「那便是了，你什麼也沒看出來，我什麼也沒看出來，死蓮花也說『果然沒有』，那就是什麼都沒有了。」

陸劍池哭笑不得，眼望李蓮花：「李神醫……」

「停、停、停——」李蓮花連連搖頭，「我不是李神醫，你可以叫我李兄、李大哥、李賢弟、兄台、這位朋友，或者客氣點叫足下、閣下、先生，或者不客氣點叫李仔、阿李、阿蓮、阿花都可以，萬萬不要叫我神醫。」

陸劍池汗顏，暗忖：我怎可叫他阿李、阿蓮、阿花？成何體統……這位前輩高人果然脾性與常人不同。

方多病咳嗽一聲，一本正經地問：「死蓮花，你到底爬上山來看什麼？」

李蓮花道：「你們有沒有覺得石壽村少了點什麼？」

「什麼？」方多病皺眉，「錢？」

李蓮花道：「那個……錢……也是少的，不過……」

方多病怒道：「這麼十幾二十戶人家的一個破村，什麼都少，美人也少，美酒也少，要什麼山珍海味更是沒有，要什麼沒什麼，誰知道你說的是哪一樣？」

陸劍池驀地沉聲道：「墓地！」

墓地？方多病一懍，凝目望去，只見石壽村方圓數座山丘滿是野菊，的確沒有墓地。

「如果石壽村村民世世代代都住在此地，經年累月下來墳塚必定不少，這村裡卻沒有半塊墓地，連個墓碑都沒有，豈非奇怪？」李蓮花道，「沒有墳墓，理由有兩個，要麼從來沒有人死，要麼不往土裡埋死人。」

方多病道：「怎麼可能沒有人死？人都是要死的。」

陸劍池點頭：「何況那客棧裡許多屍體不見，假設是收殮了，那麼就算石壽村有奇異的下葬習俗，中原人卻必定要入土為安。」

李蓮花道：「這麼多死人哪裡去了？」

方多病和陸劍池面面相覷，半晌後，方多病遲疑道：「難道你想說……你想說他們……吃掉了？」

李蓮花不答，陸劍池突然道：「傳聞在西北大山之中……因為土地貧瘠、食物稀少，有些村莊中人祖祖輩輩不出大山，而父母死後，就為子孫所食。」

方多病渾身發寒：「真的？」

李蓮花輕輕嘆了口氣：「你看見那湖面的倒影了嗎？」

方多病道：「早就看見了，許許多多好像骷髏的倒影，古怪至極。」

李蓮花繞到湖水臨崖的一面，輕敲那阻攔流水的岩石，岩石上凹凹凸凸，許多凹槽，手上用勁一敲，只聽「啪」的一聲脆響，那岩石裂開三分。

李蓮花目不轉睛地看著那三分裂口，方多病倒抽一口氣，只見那裂開的岩石下露出一塊顱骨。難道這偌大的岩石之中竟然藏著骷髏？這怎麼可能？李蓮花以手指輕敲那「岩石」，「岩石」發出空洞的聲音，他低聲道：「這是一層陶土。」

陶土……這就表示有人把骷髏頭埋在黏土之中，拿去焚燒，為什麼？那些失蹤的屍體，究竟是被吃掉了，還是燒掉了？或者是天葬，抑或是水葬？方多病腦中霎時浮現各式各樣的古怪情景，不知不覺長嘆一聲，仰首看天，天空果然有許多老鷹在盤旋：「聽說老鷹落下的地方一定有屍骨，要不要去看看？」

陸劍池還因那陶土中的骷髏而怔忡不已，聞言抬頭：「走吧。」

三人跟隨老鷹的身影追下山頭，進入石壽村下一處幽谷，只見潺潺流水之畔聚集著不少鷹隼，或大或小，見有人靠近，「呼啦」一聲漫天飛起，不住盤旋。

方多病嫌惡地揮了揮袖子，平生第一次覺得老鷹也如蒼蠅般惹人討厭。

陸劍池走到水邊，倒抽了一口氣，淺淺的水底布滿各式各樣的骨節，無論原先骨頭是粗是細，盡皆被截為一段一段，約一兩寸長短。整個溪流底下全是白骨，映著清澈見底的溪水和不住亂飛的蒼蠅蚊蟲，說不出地詭異古怪。

「這是人骨嗎？」陸劍池臉色蒼白。

這若是人骨，只怕不下百人。李蓮花探手入水，拾起一塊骨頭，凝視半晌：「這不就是指骨嗎？」

方多病毛骨悚然：「你怎能伸手去摸……」卻還是湊過來看，只見那是一截兩節長短的手指骨，以那長短和關節看來，的確是人手。

李蓮花抬頭向方才老鷹盤踞的地方望去，輕輕嘆了口氣。陸劍池心中一動，躍過溪流，那老鷹盤踞之地果然遺留了幾塊血肉未腐盡的碎骨，散發著惡臭。

「肉裡有那種野菜。」方多病也躍過去，低聲道，「而且都是煮熟的……」

陸劍池背後寒毛豎起。

李蓮花靜靜地立在溪對岸，既沒有過去，也未看那堆碎骨，他揚起頭看向漫天盤旋的老鷹，又是輕輕嘆了口氣。

「死蓮花！你昨天爬上山的時候就看見了是嗎？」方多病突然大罵起來，「今天你故意讓我們來看這些東西，你是故意的！你故意惡整老子！你讓老子來看這……這些……」

陸劍池看著那煮熟的殘肉，不知為何一股滄桑淒涼之意充盈心頭，回頭看向流水無情，白骨節節沉底，眼圈微酸，心中竟是酸楚難受至極。

李蓮花的視線回到方多病身上，微微一笑，笑意淡泊也平靜：「人都是要死的……」

「人怎麼能死得這樣……被糟蹋……」方多病大聲道，「人死了就該受他兒子孫子供奉，為他燒香、燒紙錢，怎麼能這樣？他們怎麼可以吃掉……吃掉自己的老爹老娘？」

「每個地方有每個地方的規矩，若死者心甘情願，你何不看成是一種偉大至極的父母之愛？吃人之事古已有之，可怕的不是吃死人，而是將吃人視作理所應當，殺人取肉，那便與野獸無異。」李蓮花緩緩道，「石壽村少有人跡，貧瘠至極，他們吃慣人肉，假如當年屠殺中原人後，他們將屍體也當作食物吃盡，那自你我三人踏入石壽村起，便已成為他們眼中的獵物，所以你我踏進客棧，他們當然知曉。」

「那村長故意對我們這麼好，特地拿出美酒招待，是想灌醉我們，然後把我們安排在有五花斑點妖怪的房間送死，他們好等著吃肉？」方多病嫌惡地道，「你可是這個意思？」

李蓮花點了點頭：「這只是原因之一，更重要的是你我誤闖客棧，他要殺人滅口。」

陸劍池動容道：「那客棧中人應當是死於斑點怪物之手，你既然說石老不能操縱那怪物，客棧死人之事就非石老所為，為何他還要殺人滅口？」

李蓮花道：「這個……是因為他以為我們看清楚了那斑點妖怪的樣子。而他後來之所以放棄殺人滅口，一則是因為他以為我們有『神仙一樣的白衣劍客』暗中保護，二則是他明白了我們並沒有看清楚那斑點妖怪的模樣。」

六 斑點妖怪

「斑點妖怪的模樣？」方多病皺眉，「我看見了，那東西渾身長滿血　樣的斑點，四肢很長，可以隨意扭轉，像人又不是人，行動如飛，力氣極大。」

李蓮花瞪眼道：「你看到了他的臉嗎？」

方多病張大嘴巴：「我……我應該是看到了，只是不記得了。」

李蓮花看向陸劍池，陸劍池臉色蒼白，搖了搖頭，雖然他和那東西打過兩次照面，但因過度緊張，皆沒有看清楚那東西的臉。

「所以，那老村長以為我們最多只是猜到客棧裡發生過慘案，而不知道其中實情。」李蓮花的眼神很是遺憾，慢吞吞道，「石老真正要掩蓋的不是石壽村屠殺中原人這檔事，這事對他而言，說不定是一項重大功績，他想要掩蓋的……是斑點妖怪的真相。」

「斑點妖怪……還有真相？」方多病奇道，「難道不是深山老林裡誕生的怪物？」

李蓮花瞪眼道：「自然不是。」

陸劍池茫然道：「那會是什麼？」

方多病斜眼看向李蓮花：「難道真是鬼，還是僵屍？或者修煉多年的蜘蛛變成精？」

李蓮花喃喃道：「你要說是僵屍……那也……勉強說得過去……」

陸劍池背脊發涼，思及自己兩次和那東西幾乎面對面：「僵屍？」他從不知自己如此怕鬼，竟然渾身寒毛直豎。

「胡說八道！本公子在江湖上出生入死，墳墓抄過不知多少，連皇陵都進去過，如果世上真有僵屍，本公子早已死幾十次了。」方多病嗤之以鼻，「那東西分明是活物，是長得很像人的怪物，說不定是什麼猿猴、猩猩之類的異種。」

李蓮花咳嗽一聲：「原來你在墳墓中出生入死幾十次，失敬、失敬……」

方多病也咳嗽一聲：「沒有幾十次，幾次總是有的。」

李蓮花繼續道，「姑且不提那東西究竟是死是活或是半死不活，首先，那東西在客棧裡跟蹤你我很久，第一次在走廊上，牠找上陸大俠；第二次在客房裡，牠又找上陸大俠……」他看著陸劍池，「你身上難道有什麼吸引牠的寶貝？」

「寶貝？」陸劍池一揮衣袖，「在下身無長物，只有一把青鋼劍。」

李蓮花凝視著他的臉：「但牠確實是跟蹤你而來……」

陸劍池張大嘴巴，連連搖頭：「這怎麼可能？我長年不下武當山，行走江湖不過數月，武當山上決計沒有這種怪物。」

李蓮花向右輕輕一指，方多病和陸劍池驀然回首，只見遙遙樹叢中有個影子目不轉睛地看著三人，那雙小眼睛炯炯生光，正是客棧中的斑點妖怪，不知何時牠竟跟在三人身後。牠行動無聲，方多病與陸劍池都未察覺。李蓮花對牠輕輕揮了揮手，那東西不為所動。

方多病眼見光天化日之下，朗朗乾坤，就算是妖魔鬼怪出來，妖力必定也大打折扣，便大著膽子也舉起手對牠揮了揮，那東西依然不動。

陸劍池慢慢舉起手，輕輕對著那東西揮了揮，那東西驀地自樹梢上站起身，本來樹梢柔軟，牠低伏在上頭，樹梢被壓彎了，牠一下突然站起，那樹梢反彈，斑點妖怪往後栽倒，「砰」的一聲摔在地上。

陸劍池目瞪口呆，李蓮花微微一笑，方多病又是好笑又是駭然：「牠……牠要幹什麼？哪有……哪有如此笨的妖怪？」

李蓮花站在陸劍池身側，忽然反掌擒拿，一把扣住陸劍池的手腕脈門，緩步往那斑點妖怪摔下之處走去。陸劍池猝不及防，頓時半身麻痺，身不由己跟著他走。方多病追在二人身後叫道：「喂，喂，幹什麼？那妖怪力大無窮……」

李蓮花扣著陸劍池的手腕，走出十餘步，直到那「斑點妖怪」摔下之處。陸劍池不由自主地往後躲，但見那斑點妖怪摔在樹下，估計摔得不輕，牠尚未爬起身，陽光耀目，那渾身血斑在日光下看來越發恐怖。

那東西驀地轉過頭，陸劍池渾身一顫，李蓮花牢牢將他扣住，不讓他退卻分毫，這等強迫之下，陸劍池才勉強看了那東西的臉一眼，突然一怔，大叫一聲，臉色慘白：「你……你……」

李蓮花放開他的手，方多病好奇地跟在陸劍池身後：「怎麼了？」

那東西目不轉睛地看著陸劍池，驀地一聲咆哮，快如閃電地衝上來，一掌往陸劍池胸口掏去。這掌要是擊中，陸劍池必定開膛破肚而死。

李蓮花、方多病雙雙出手，劈空掌出，合二人之力擋下牠這一擊。

那東西一擊不成，轉身往樹林竄去，剎那間無影無蹤。

「死蓮花，你別說你帶著我們滿山亂轉，除了騙我們去看那死人骨頭，就是要引出這隻妖怪！」方多病胸口傷處又隱隱作痛，呻吟一聲，「那……那是人臉嗎？」

原來方才那東西一轉頭，方多病看了牠一眼，將那張臉看得清清楚楚。

李蓮花微微一笑，望向陸劍池：「那是誰？」

陸劍池臉色蒼白至極，身子一晃，幾乎癱倒。方多病連忙將他扶住，心道這位武當大俠膽子甚小，昨夜被五花斑點妖怪嚇得昏倒，今天看見又要昏倒，想他師兄楊秋岳盜賣掌門金劍、做寡婦姘頭也面不改色，何等奸賊氣魄！陸劍池真是遜色許多，真不知武當白木老道怎麼教的。

他正胡思亂想之際，忽聽陸劍池顫聲道：「金有道……是金有道……他怎會……怎會變成了斑點……斑點妖怪……」

方多病大吃一驚，牙齒忍不住打顫，全身發寒，失聲道：「你說那斑點妖怪是『乾坤如意手』崑崙金有道？」

陸劍池點了點頭：「他……他和我約戰八荒混元湖，但……但怎會在這裡變成了斑點妖怪？難怪……難怪他的手、他的手……」

「難怪他的手如此之長，且宛如無骨一般轉折自如。」李蓮花惋惜道，「聽說『乾坤如意手』金有道少年時，雙手骨骼不幸斷為數截，後經名醫施救，不但雙手痊癒，且自此轉折自如，因而練就他馳名江湖的『乾坤如意手』。」

陸劍池點頭：「不過他……他掉光了頭髮，不穿衣服，連眉毛也不見了。」

「好端端的『乾坤如意手』怎會變成斑點妖怪？」方多病詫異道，「他幾乎變成野獸，除了依稀認得陸劍池之外，什麼都不知道。」

李蓮花喃喃道：「我想……這是一種病。」

陸劍池茫然道：「一種病？」

「就是石壽村村民用以屠殺那些『中原人』的方法，也是山頂上那塊陶土骷髏石的由來。」李蓮花道。

他經歷過許多離奇古怪的凶案，每當真相大白之際，他的心情都很愉快，但這次他的臉上卻沒有笑意，畢竟所發生的事太過殘忍可怖，令人實在笑不出來。

「我想許多年前，或許是十年二十年前，有人發現石壽村的冰泉能釀美酒，於是返回中原後，邀請許多人前來山中開荒種果樹、穀物釀酒。」李蓮花嘆息，「前來開荒時，或許中原人和村人訂下協議，待美酒大賣後，雙方平分利潤，所以剛開始，石壽村村民並未反對，任由他們在村中修建房屋，建造客棧。但開荒之後，高山果樹不能結果，穀物更是無法生長，樹林毀去，野獸消失，菊花如野草般蔓延，石壽村村民的日子反而越來越難過，於是他們和中原人之間的衝突日益加劇，直至無可收拾。」他一邊說，一邊緩步往回走。方多病和陸劍池不自覺跟在他身旁，邊走邊聽。

「釀酒不成，中原人反而把冰泉源源不斷地運出去，終於導致石壽村村民起了殺機。」李蓮花望著漫山遍野的野菊，緩緩道，「而殺機導致了一個陰謀……陰謀導致了……非常慘烈的後果。」

他迎著日光緩步徐行，方多病和陸劍池一派沉默，誰也不想說話，靜靜地聽著。

「我想……陰謀是從那鬧鬼客棧的第四個房間開始的。」李蓮花緩緩道，「還記得嗎？那房間裡有兩件黑色斗篷，我想沒有人出門會帶兩件一模一樣的斗篷，所以那房間住的應有兩個人。而兩件相同的黑色斗篷，不管穿的人是誰，必然身分相當，而既然身分相當，多半屬於同一門派或組織。在這種地方，我姑且猜測他們是中原人請來的保鏢。」

陸劍池點了點頭：「那門內之人劍術了得，在銅爐上斬下的一劍甚見功力，擔任保鏢是綽綽有餘。」

李蓮花慢慢往前走：「如果石壽村村民要將入侵家園的中原人屠殺殆盡，武功高強的保鏢必然得要先除去。還記得第一個房間裡，那上吊女子留下的遺書嗎？她說『鬼出於四房』，所以這樁恐怖至極的陰謀，是從那兩名保鏢的房間開始的。而石壽村村民顯然不會武功，他們住在高山，從未見過世面，食物缺乏，身體瘦弱，無法與習武多年的武林中人抗衡，所以要除去保鏢，必須採取非常的辦法。」

陸劍池想了半晌，茫然搖頭：「什麼辦法？」

方多病心道：殺人可以下毒，可以栽贓嫁禍，甚至造謠都可殺人，以你這般既呆且笨，自然想不出來。

只聽李蓮花繼續道：「第四間房裡住著兩個人，房中留下一個血影，桌椅碎裂，可見是力氣極大之人在房中動手，導致桌椅碎裂，而村民顯然沒有這種能耐。」

陸劍池點了點頭：「要將木塊震得片片碎裂，必是內家高手。」

李蓮花道：「不錯，唯有兩人旗鼓相當，掌力震盪衝擊，才會造成如此後果。而原來房中有兩人，如果是外人入侵，那麼既然房內一人就能與他旗鼓相當，兩人一起出手，絕無大敗虧輸的道理，無論如何，也不至於血濺滿屋。」

「所以？」方多病瞪眼。

李蓮花道：「所以……是屋裡兩人相互動手，一人殺了另一人。」

陸劍池駭然道：「怎會如此？」

李蓮花輕輕嘆了口氣：「姑且不提原因……我們知道那房中的一人殺了另一人，提走了殺人的劍。緊鄰四房的第三個房間窗戶上有一個破口，窗紙外翻，雖不能斷定是被人從外面撕開，但的確很像是有人從外面窺探房內，而從紙破的高度來看，撕窗紙的人身材很高，和四房裡那件長得出奇的斗篷相符。而二房裡的臉盆中有血沉積，或許是那人殺人之後在盆裡洗了手。之後房間一一受到掃蕩，第一個房間的女子上吊而死，二樓的房間血濺三尺，最後所有屍體消失不見，事發經過大致如此。」

他微微一頓，續又緩緩道：「且不論為什麼那人要殺死同伴，血洗客棧，你們有沒有發現他的行動很奇怪，並不是每一個房間都住著人，但他每一個房間都進去了。更奇怪的是，那上吊的女子並沒有寫下他的姓名，而是把他寫成『鬼』。她寫下『……夜……鬼出於四房，又窺妾窗……驚恐悚厲』，顯然那個人到處張望，沒有什麼明確的目標，且相貌非常奇怪，怪到同樣來自中原的女子把他當成『鬼』，說到這裡……」李蓮花看了陸劍池一眼，「你有沒有想到什麼？」

陸劍池臉色蒼白：「金有道……」

李蓮花嘆了口氣：「不錯，金有道。」

方多病莫名其妙：「什麼金有道？」

李蓮花道：「假使一個人變得如金有道那般神志不清、渾身長滿斑點，見人就殺也不奇怪，而他的個子又高得出奇，不穿衣服的情況下，被人當作鬼也是順理成章。一個柔弱女子見到如此恐怖的殺人怪物，又逃無可逃，鬼已在她門外，除了上吊自盡，她還能如何？」

方多病駭然失色，陸劍池的臉色越發慘白，的確如李蓮花所言，便能一一解釋在客棧中看到的一切恐怖痕跡。

「但……但好端端的人怎麼會突然變成金有道那般模樣？」

李蓮花道：「暫且先不論為何他會變成那般模樣，客棧中還有些事也很奇怪，比如說，屠殺過後，那上吊女子的丈夫為何沒有回來？那些屍體何處去了？為什麼客棧沒有像中原人所住的房屋那般被焚毀？還有，為何石壽村村民要將頭顱包裹在黏土中焚燒？」

說話間，石壽村已近在眼前，那客棧在白日看來依舊華麗，然而在方多病和陸劍池的眼裡卻充滿寒意。三人走到村口，幾個村民自窗戶探出頭來，目不轉睛地看著他們。

李蓮花徑直往客棧走去，推開大門，踏入大堂，他舉目仰望：「還有這些寫著『鬼』字的竹牌，那間貼滿符咒的奇怪房間，那具死去很久的無頭乾屍，斑點妖怪的謎團，絕非只是偶然將客棧中的住客屠殺殆盡如此而已。這些『鬼』字，必定是中原人的保鏢血洗客棧後才掛上去的，所以凶手血洗客棧後，必然還有人活著。」

方多病道：「難道這寫下許多『鬼』字的人，就是二樓那間貼滿符咒房間的住客？」

李蓮花搖了搖頭：「那個房間沒有住人。」

「那房間裡分明有人貼了許多符咒，桌椅板凳床榻被褥樣樣俱全，怎麼可能沒住人？」

方多病失聲道，「要是沒人住，貼那些東西幹什麼？」

李蓮花站在大堂中望著那條血跡斑斑的走廊：「記得嗎？那扇門被人從外面鎖住，窗戶釘死，門後又以床榻擋路，根本打不開，比起阻止人進去，更像是……鎖住房裡的人，不讓他出來。」

方多病瞠目結舌，陸劍池心頭大震，只聽李蓮花緩緩道：「符咒……一般不是用來驅鬼鎮邪的嗎？貼在屋裡的符咒，鎮的豈不是屋裡的邪？」

「你說那些符鎮的是屋裡的鬼，那鎮的豈不是……豈不是地板下那具無頭的……」方多病張口結舌。

李蓮花奇異地看了他一眼，慢吞吞地接了一句：「乾屍。」

陸劍池越聽越是清醒，也越聽越是糊塗：「那具無頭乾屍和血洗客棧有什麼關係？」

李蓮花一步一步穿過走廊，踏入庭院，抬頭凝視二樓那間貼滿符咒的房間，慢慢道：「那個房間……就在四房上面，這並非巧合，不是嗎？」

「死蓮花！你究竟想說什麼？」方多病呆呆地看了那房間許久，驀地大發脾氣，「想說就說，本公子就算看那房間十年也想不出所以然，你知道些什麼就直說，省得老子費腦筋！快說！」

李蓮花歉然看了他一眼，「我猜……」他手指著那二樓發現乾屍的房間，「我猜他們把某種東西透過那個房間放進四房……」

陸劍池問道：「他們？」

李蓮花點頭：「村民把某種東西透過那個房間放進四房，然後兩名保鏢中的一個受那東西影響，突然發瘋，理智全失，將當日客棧中住宿的人全數殺死。」

方多病皺眉：「某種東西？什麼東西？」

李蓮花道：「我不知道是什麼，但很可能是一種病，一種會讓人失去理智、渾身長滿血斑，變得猶如野獸，富有攻擊性的病。」

陸劍池恍然大悟：「若是一種病，金有道變成那般模樣也情有可原，他必是路過此地，不幸感染上那種恐怖的疾病。」

李蓮花點點頭，又搖搖頭，「事情絕非如此簡單，我想他們把能致病的東西悄悄放進四房，也許只是希望中原人自相殘殺，那是他們毀壞村民家園的代價，但後續的發展卻大大超出預期。」他嘆了口氣，「那得了怪病的武林高手從客棧裡闖出去，在周圍大肆殺戮，剩餘的中原人或逃亡或被村民屠戮殆盡。之後石壽村村民故意放火，焚燒中原人的房屋和果樹，將一切痕跡掩蓋得一乾二淨。如此後果也算大幸，但顯然一切並未結束，若是就此完結，這間客棧一樣會被焚燒推倒，而二樓房間裡決計不會留下符咒和乾屍。」

「後來發生了什麼事？」陸劍池忍不住問。

方多病卻道：「那怪病一定流傳了下來，否則金有道不可能變成斑點妖怪。」

李蓮花點了點頭：「我猜那感染怪病的武林高手又回到客棧，也許是因為他修為不俗，得病後一時不死，所以村民無法將客棧拆毀焚燒，客棧就此保留下來。」

方多病斜眼看向那間房：「就算他回到客棧，總不會自己寫下許多『鬼』字，還弄了個乾屍放在二樓的房間裡，貼上許多符咒玩鬼驅鬼的把戲吧？」

「之後……我猜那人在客棧裡死了，」李蓮花緩緩道，「但村民不知道他究竟死了沒有，或許有人曾經進來窺探，但不知何故又感染了那種怪病。客棧裡死人之事並非一朝一夕，既然連續多年，變成『斑點妖怪』的人必定不止一個。石老說『供奉神明不力，蒼天降罪』，或許不全然是不著邊際的話，他們也許覺得觸怒了鬼怪，害怕那『斑點妖怪』總有一天輪到自己，所以才有了二樓房間裡那具乾屍。」

「那具乾屍是什麼玩意兒？」方多病伸手自旁邊枯樹上折下一截樹枝，遠遠往二樓那房間擲去，「難道是石壽村的神明？」

「不，那是『鬼』……」李蓮花慢慢往四房走去，「只要知道他們把什麼東西透過二樓放進四房中，就能明白他們為什麼要把乾屍封在二樓的房間裡。」

「你確定真的有東西？」方多病倒抽一口氣，「那怪病會傳染，你真的要再進去？」

七　陶土骷髏

李蓮花向前走出十六步，再度踏入第四個房間。

陸劍池默默跟在他身後，所謂鬼神之事，都有道理可言，江湖中事原來並非他想像的那樣簡單，也非他想像的那樣神祕，若不是遇上李蓮花，經歷過石壽村一事，他或許心中會永遠留下世上有鬼的烙印，從此變成膽小如鼠的庸人。身前的灰衣書生既無令人敬仰的武功造詣，也沒有見識到他傳聞中驚豔於天下的醫術，更沒有什麼超凡脫俗的談吐和出塵出世的風度，然而言行中表現出的智慧與勇氣，令人折服。

四房之中，依舊是遍地血痕，李蓮花抬起頭來直視木製的屋頂，在房中踏了幾步，指著頭頂的木板：「哪位暗器使得好些，把它撬開。」

陸劍池搖搖頭，他是武當名門弟子，從不學暗器之術。

方多病哼了一聲：「本公子光明正大，暗器功夫也不怎麼好。」

嘴上如此說，他卻一揮衣袖，一塊碎銀高掠半空，撞上木板，只聽「啰吧」一聲響，一團黑乎乎的東西從天應聲而降，塵土飛揚，三人紛紛掩鼻，奪門而出，遠遠避開。

過了好一陣子，李蓮花小心翼翼地自門邊探頭進來，方多病隨後探頭，陸劍池也忍不住伸長脖子去看，只見滿地皆是碎陶，碎陶片中有一團黑乎乎的東西，一時看不出是什麼。

過了半晌，方多病「哎呀」一聲：「人頭！」

那團黑色的東西，是已然變色腐敗的藥草，藥草上還有鳥獸的毛髮，包裹著一個褐色乾枯的光溜溜人頭。這一團稀奇古怪的東西上還插了一把骨刀，似乎本來裝在陶罐裡，陶罐卻已摔碎。

「這……這是什麼妖法邪術？」方多病駭然，「這就是能令人變成斑點妖怪的東西？」

李蓮花輕咳一聲：「大概是了。」

陸劍池抬頭看向天花板的窟窿：「那上面就是藏著乾屍的密室，這顆頭，莫非就是那乾屍的頭？」

「嗯……」李蓮花目不轉睛地看著天花板，「旁邊的木板還有一些滲水的暗色痕跡，這顆泡著古怪藥草的人頭盛在陶罐裡，放在天花板上，人頭所泡出來的水自上面滴下……」

方多病自懷裡取出兩三條絲巾堵住耳鼻，哼哼道：「妖法邪術，果然是妖法邪術。」

「不是妖法邪術。」李蓮花指著那顆人頭，「這人也是光頭，沒有眉毛，這也是一個『斑點妖怪』。」

「難道怪病是藉由人頭傳染？」陸劍池凝目望去，那人頭果然沒有半根頭髮，也沒有眉毛，牙齒外露，雖然人頭變黑看不出什麼斑點，但世上絕少有人是這等樣貌。

李蓮花連連點頭：「所以山頂上那個湖旁邊，有一塊陶土裹人頭築成的巨石，我猜……只要將人頭裹在黏土中燒掉，便沒有危害。」

方多病奇道：「那剩下的呢？為何不把整個人裹在黏土中燒掉？這樣還留個全屍。」

李蓮花慢吞吞地看了他一眼，半晌道：「你的記性不太好……」

方多病怒道：「什麼……」

陸劍池忙道：「李兄的意思是，你忘了石壽村的村民會吃人……」

方多病一愣，悻悻道：「說不定這種怪病就是他們祖祖輩輩吃人吃出來的。」

李蓮花道：「也許吧。客棧裡不少中原人的桌椅板凳床鋪出現在石壽村村民家中，而許多屍體不見，顯然，他們把屍體搬走，當作食物。為防斑點怪病危害，便把頭顱砍下，裹在黏土中焚燒，然後把身體吃了。因為當年得了怪病的武林高手殺了太多人，他們無暇將人頭一個一個包裹焚燒，就把許多人的頭顱一起放在黏土坑裡焚燒，結果燒成一塊巨大的骷髏陶土，當作勝利的標誌，放在湖邊。」

「我明白了，滅門事件後，雖然他們把人頭封在陶土中燒掉，僅吃身體，卻仍然有人染上怪病，他們以為是這具乾屍不滿意人頭和軀幹分離，所以急急忙忙把他的身體找來，放在距離他頭顱最近的地方。」方多病恍然道，「可他們又害怕他繼續變成鬼爬出來害人，所以在屋裡寫滿了古怪的符咒鎮壓。」

李蓮花終於微微一笑：「但這種方法不管用，進入客棧的人仍然會受斑點怪病的威脅。這就是石壽村的隱密，石老為了掩蓋斑點怪病仍在流傳的事實，不惜殺死進入客棧的所有人，不管得病也好，沒得病也好，他都要殺人滅口。」

「但我不明白，金有道如何得病，為何你我在客棧裡進進出出，卻不曾得病？」陸劍池茫然不解。

「那就是運氣了。」李蓮花微笑，「還記得客棧走廊上有一小片斑斑點點的血跡嗎？」

「如何？」陸劍池點頭，他當時看那血跡看了許久。

李蓮花道：「那牆上黏著一小塊褐色的碎片，那是一塊頭骨，應是有人的頭顱在走廊上受到重擊。我不知道那人究竟是自碎天靈蓋，還是被人用硬物砸破頭，總之必定是腦漿迸裂。如果他便是斑點妖怪，而人頭能傳染怪病，那收拾屍體的人必然沾到腦漿，多半就會生病。但你我來的時候那痕跡早已乾了，就像這人頭一樣，沒有什麼腦漿，也沒有屍水，不過就是骷髏而已。」

「金有道呢？」陸劍池越聽越心定，心既定，頭腦也漸漸靈活起來，「他為何得病？」

李蓮花緩緩道：「他嗎?他和另外一人住在二樓第三個房間裡，我猜他必定是見這客棧離奇詭異，發了豪俠脾氣，非要住在這客棧裡不可。然後——」

「然後？」方多病追問。

「然後發生了什麼，就要請石老告訴我們了。」李蓮花轉過身，望著庭院旁的走廊。陸劍池跟著轉過身。方多病手掌一翻，玉笛握在手中，冷冷地看著走廊：「老頭，出來吧，鬼鬼祟祟躲在走廊上會得怪病哦！」

一群人突然從走廊擁了出來，饒是三人早已知道背後有人跟蹤，忽然看到這麼多人，還是有些意外。只見一群皮膚黝黑、個子瘦小的村民，手裡提著尺餘長的小小弓箭對準三人，那小箭彎彎曲曲，不知是以什麼東西製成，箭頭黑黝黝的，決計不是什麼好東西。那滿面皺紋的石老在村民簇擁下，拄著拐杖慢慢走到前面，他手中提著一個小小的陶罐，眾人皆對這陶罐恐懼至極，連他身側的村民都後退了幾步，目光充滿敬畏之色。石老高高舉起陶罐，村民一起對那陶罐拜了下去，猶如拜祭神明。

「石老，別來無恙？」李蓮花踏步上前，對著石老微笑。他相貌文雅，如此含蓄一笑，雖然穿的並非白衣，衣袂亦不飄飄，風度卻是翩翩。

方多病在心裡讚了一聲，死蓮花就是會裝模作樣。

石老目光轉動，看了四房裡掉下的人頭一眼，拐杖重重一頓：「你們竟敢驚動『人頭神』！人頭神必定讓你們不得好死！阿米托拉斯壽也嗚呀哩……」他將拐杖一頓一頓，大聲念起咒語。

周圍的村民跳動著，繞著他一起念咒：「……阿米托拉斯壽也嗚呀哩……咿唔求納納也，烏拉哩……」念咒的同時，身體轉動，但手握弓箭的人不論轉到何處，都不忘以箭尖對準三人。

方多病又是駭然，又是好笑：「這演的是哪一齣？」

李蓮花伸出手指在耳邊晃了晃，輕聲道：「聽。」

陸劍池凝神靜聽，除咒語聲外，還有鳥雀振翅之聲凌空而來。

三人抬起頭，只見鷹隼漫天盤旋，這咒聲居然能召喚鷹隼。

此處雖然荒蠻，獵物沒有，老鷹卻有不少，村民與老鷹長年相處，有召喚老鷹之法並不奇怪。

李蓮花凝視老鷹半晌：「只怕他想召喚的不只是這些鷹，而是──」

他話未說完，屋頂驟然傳來「呼啦」一聲，一個東西翻上屋頂，目光炯炯地看著眾人，正是金有道。

方多病苦笑，金有道受老鷹的動靜吸引，跟蹤而來，此人正常的時候已不好惹，如今力氣大增，神志混亂，更加難以對付。

眼見金有道現身，石老改變咒音，烏拉烏拉不住手舞足蹈，村民改變舞蹈，揮舞弓箭，齊聲吶喊。金有道充耳不聞，一雙小眼睛牢牢盯著陸劍池。

方多病心裡叫苦連天，這人到了這種地步，仍念念不忘與陸劍池的比武之約，就算村民不在那裡鬼吼鬼叫，這人一樣會找上門來，不知陸劍池那傻小子有沒有和金有道動手的本事，要是沒有，哪裡逃走最快？

陸劍池沉默不語，手按劍柄，金有道四肢伏地趴在屋頂上，似乎正在伺機進攻。

方多病東張西望，四處尋找逃走的捷徑，李蓮花在他耳邊悄聲道：「你去砸爛那老頭手裡的陶罐。」

方多病「哎呀」一聲，怒道：「那罐裡明明有古怪東西，說不定裝了什麼斑點妖怪的腦漿，我才不去送死！」

李蓮花悄聲道：「那罐裡如果真有腦漿，他怎敢握在手裡手舞足蹈，又唱又跳？我和你打賭他又在騙人。」

方多病心中一動：「你的意思是，他憑藉這一小罐東西震懾他的村民，而罐子裡的東西卻是假的？」

李蓮花越發小聲道：「未必真是假的，但他現在拿出來的多半是假的，否則那東西何等恐怖，一個不小心豈非連自己都賠進去？你去砸爛他的陶罐，大家一看那東西是假的，自然就不聽他的話了。萬一那東西是真的，這老頭惡貫滿盈，也算自作自受。」

方多病探手入懷，握住一塊金錠，咬牙切齒：「死蓮花，你讓本公子大大破財，要拿你的蓮花樓來賠！」

李蓮花欣然道：「那樓下雨漏水，冬天漏風，木板咯吱咯吱作響，窗戶破了兩扇，過幾天我又要大修，你若肯要，再好不過。」

方多病嗆了一句：「放屁！」

此時金有道發出一聲怪嘯，自屋頂撲下。陸劍池拔劍出鞘，只見人影疾轉，「砰」的一聲巨響，陸劍池被金有道一撲之勢震退三步。

隨即「噹」的一聲脆響，方多病藉機金錠出手，石老手中的陶罐應聲碎裂。

眾人的目光從金有道身上轉回，見陶罐落地，濺出少許無色清水，石壽村村民一陣怪叫，紛紛倒退，有些人竟奪門而出。

石老滿臉錯愕，愣在當場，過了一會兒，石壽村村民慢慢站定，望著石老的目中皆露出不解之色，再過片刻，方才逃出去的幾人又自走廊探頭進來，望著石老，目光中滿是驚奇和疑惑。

陸劍池長劍揮舞，堪堪抵擋金有道撲襲之勢，他趁隙看了一眼身旁局勢，卻見石壽村村民一聲低吼，許多人圍了上去，對著石老不住指指點點。他心中大奇，心神一分，金有道手臂暴長，直往他肩頭抓去。陸劍池長劍在外，無法及時回擋，一時打不定主意是否要棄劍，怔忡之間，一陣劇痛襲來——金有道五指已插入他肩頭半寸，鮮血泉湧而出。

金有道出手如風，右手合攏，便要將他脖子扭斷。方多病一聲叫苦，玉笛揮出，架開金有道右手一扭。陸劍池趁機收劍，將金有道逼開三步，然右肩劇痛，恐怕已無力揮劍，卻又不能讓方多病一人禦敵，只得咬牙忍痛，浴血再戰。

這武當傻小子真是傻得可以，方多病心中大罵這呆頭鵝臨陣猶豫，傷得毫無價值，如今還拖拖拉拉地做他的絆腳石。

再過三招，陸劍池長劍脫手，左肩再度受傷，臉色蒼白，兀自不知是否應當退下。「陸劍池，」方多病咬牙切齒地道，「你沒有看見你背後那位高人在幹什麼嗎？」「他……」陸劍池百忙中回頭一看，只見李蓮花趁亂遠遠逃開，一隻腳已踏上庭院另一頭的門檻，頓時一臉迷茫。

方多病怒道：「行走江湖這麼久，你小子還不知道打不過要跑嗎？一隻病貓在這裡給老子礙手礙腳，你想送死老子還沒空給你放鞭炮！還不快走！」嘴上說個不停，手中玉笛也是連連揮舞，勉力擋住金有道的手爪。

陸劍池大聲道：「我豈可留下方少一人！要死大家一起……」

方多病氣得幾乎吐血，破口大罵：「誰要和你一起死？還不快逃！」

陸劍池眼見李蓮花已逃得無影無蹤，心中滿是疑惑——李蓮花武功如何他不清楚，但他曾經接過金有道一掌，並非手無縛雞之力，為何丟下朋友，轉身就逃，這豈不是臨陣脫逃？但方多病竟然也叫他走，這和師父的教導全然不合……他糊裡糊塗地往李蓮花逃走的方向而去，衝出庭院，卻不見李蓮花人影，他心中越發奇怪：「李兄，李兄？」短短時間，他能躲到哪裡？

方多病把陸劍池趕走後，越發感覺金有道攻勢沉重，他本來練功就不認真，此刻滿頭大汗，已是險象環生，心裡叫苦連天。金有道行動如此迅速，他就算要逃，只怕跑得還沒有金有道快，該如何是好？難道方大公子竟然要因為該死的李蓮花和傻到極點的陸大呆，把一條寶貴至極的小命葬送在這裡，這怎麼可以？

他眼角餘光看到石壽村村民將石老圍在中間，不知搞些什麼鬼，也無心去想到底發生什麼事，只道阿彌陀佛觀音菩薩如來佛祖文殊普賢太上老君齊天大聖天蓬元帥什麼都好，蒼天顯靈，讓他逃過此劫吧！他日後必定潛心向佛，決計不再與李蓮花那死小子偷吃寺廟裡的小兔子……

白影飄拂，煩躁的空氣中掠過一陣清淡的涼風。

方多病驀然回首，只見背後一人卓然而立，白衣如雪，輕紗罩面，那衣裳如冰如玉，鞋子上有淡雅繡紋，非但人卓然而立，連衣袂穿著也一樣卓然出塵。方多病一時呆住，半晌才想道：原來白日真的會見鬼……

金有道一聲怪叫，轉身向白衣人撲去。白衣人衣袖輕擺，一柄長劍自袖中而出，露劍身半截，只一擺一抬，劍尖所指，已逼得金有道不得不落向別處，伺機再來。

方多病趁機退出戰局，站在一旁不住喘氣，心中又想：原來世上真有這種白衣飄飄的大俠，他分明早在一旁偷看，卻偏偏等到老子快死的那一刻才出手救人，想要老子感激，老子卻偏偏不感激。

看了片刻，方多病突然想起，這似乎不是他第二次遇見這位白衣大俠，除了昨夜看見他一片衣角，去年冬天，他和李蓮花在熙陵外樹林裡遇到古辛風襲擊，李蓮花逃進樹林，也是在快死的時候，有一白衣人踏「婆娑步」擊敗古辛風，救了他們兩條小命，難道眼前這個衣袂飄飄、十分惹人討厭的白衣人，就是那人？

方多病心中一懍，去年那人足踏「婆娑步」，那是「相夷太劍」李相夷的成名輕功，若眼前這人真是去年的白衣人，他和名震天下、傳聞已在十年前落海而亡的李相夷李大俠是什麼關係？思及此處，他不得不打起十二分精神，全神貫注地觀看白衣人和金有道一戰。

金有道非常謹慎，不知是失去神志後多了野獸的直覺，還是身為武林高手的敏銳猶在，對付白衣人他非常小心，只見他目光炯炯地盯了白衣人許久，方才輕輕移動了一下位置。

白衣人站定不動，持劍之手穩定至極，那長劍一炫如秋水，泠泠映著方多病的左眉，如此長時間劍刃不動不移，半分不差，這是什麼樣的劍上功力！方多病為之咋舌。要說他是李相夷的弟子，李相夷就算活到今天也不過二十八，怕是養不出這樣的弟子，又或許人家十八歲縱橫江湖時便已收了十幾歲的徒弟，算到如今自然也就這麼大了。但若真的曾經收徒，以李相夷天大的名氣，怎會無人知曉？假使這人是李相夷本人，李相夷早在十年前墜海死了，那事千真萬確，證人眾多，絕不可能作假。何況要真是李相夷，早一劍把金有道宰了，根本不會僵持如此之久。若要說這人是李相夷的師兄師弟之流，年齡上倒是比較可能，但聽說「相夷太劍」是李相夷自創，所以似乎也說不通——莫非這是李相夷的鬼魂？

方多病正在胡思亂想，忽然金有道伏低身子，如離弦之箭般往白衣人雙腿衝去。白衣人露在袖外的半截長劍一振，方多病只覺眼前一亮一暗，一瞬間光華大盛，泉湧般乍開乍斂，令人忍不住想再看一次。那是劍招嗎？是劍光或者只是幻象？

他不禁迷茫起來，一顆心彷彿懸空跌落，只見那柄炫如秋水的長劍不知如何轉了一個弧度，對著金有道當頭斬下！

「啪」的一聲輕響，他眨了眨眼睛，以為必定會看到腦漿迸裂、血流滿地的情景，但白衣人這一劍斬下，金有道僅頭頂流血，軟倒在地，不見什麼腦漿迸裂。

方多病又眨了眨眼睛，才知這人竟用鋒銳如斯的劍刃把金有道砸昏了！這……這又是什麼神奇的功夫？就在方多病瞠目結舌之際，那白衣人似是轉頭看了他一眼，持劍飄然而去。

方多病又呆了半晌，目光方才落到金有道身上，金有道頭頂被那一劍斬出一道又直又長的劍痕，卻只是皮肉輕傷，實是被真力震盪腦部，方才昏厥。但那白衣人的內力著實不怎樣，若是內力深厚的高手，要以劍刃砸人腦袋，決計不會砸出劍傷和血痕，如此說來，這人既不是李相夷，也不是李相夷的鬼魂，那究竟是誰？

方多病一回頭，卻見兩人在後門探頭探腦，正是李蓮花和陸劍池。

「你打昏了金有道？」李蓮花遙遙地悄聲問。

方多病本能地點了點頭，隨即又猛然搖頭：「不不不，剛才那人你看見了沒有？那個白衣人，使劍的。」

李蓮花搖頭：「我到院子外的草垛裡躲起來了，等這裡沒了聲音，我才回來。」

陸劍池卻是點點頭，聲音仍有些發顫：「好劍法，我看見了，驚才絕豔的劍！」

方多病的聲音也在發顫：「這人雖然內功練得不好，但單憑那一手劍招也可縱橫江湖了，那人究竟是誰？」

陸劍池搖搖頭：「我從未見過，那也不是武林各大門派常見的劍術，多半乃是自創。」

方多病的聲音漸漸低沉：「我懷疑……那人和李相夷有關，只是不知如何有關。」

陸劍池大驚：「『相夷太劍』？若是『相夷太劍』自有一劍退敵的本事，不過……」

方多病嘆氣道：「這事也只有等你回武當山找你師父商量，看究竟如何處理，我們後生晚輩，想出主意也不算數。」

李蓮花連連點頭，欣然道：「如今新四顧門如日中天，李相夷若是死而復生，自是好極，必定普天同慶、日月生輝、人間萬福、四海太平。」

方多病「呸」了一聲：「死而復生，妖鬼難辨，有什麼好的？什麼普大同慶……」三人嘴上說話，眼睛卻都看著石壽村村民包圍石老。這些人並不理睬什麼倏忽來去的白衣劍客，未過多時，就見眾人圍成的圈子裡漸漸流出鮮血。

方多病越說越小聲，臉色越來越駭然，等眾人慢慢退開，圈子裡的石老遍體鱗傷，滿地鮮血，頭顱已然不見。石老竟不知被誰砍去頭顱，死在當場。

陸劍池目瞪口呆，方多病瞠目結舌，李蓮花滿臉茫然，三人面面相覷，渾然不知為何事情會演變至此。

相顧茫然之際，有一石壽村村民朝昏死在地的金有道狂奔而來，自腰間拔出一把彎刀，對準金有道的脖子用力砍下。方多病揮笛架開：「幹什麼？」

「烏古咿呀路也……」那人咿咿呀呀，三人再度面面相覷，不想石老言詞流暢，談吐尚稱文雅，石壽村村民居然不通中原語言。

另一位年邁的禿頭老者嘆息一聲，緩步上前：「我來說明吧，這是石壽村的規矩。」

李蓮花三人靜聽那老人解釋，原來石壽村村民久居大山之中，自成一族，很少和外界交流，族中學會中原語言者不多。而族長掌管全族生死拜祭大事，享有全族最好的待遇，手握大權。族裡推選族長的唯一方法，就是誰敢保管「人頭神」的腦髓，誰就是族長。方才屍橫當場的石老其實不是本族人，只因他敢掌管「人頭神」的腦髓，所以村民向他臣服。「人頭神」的腦髓附有惡靈，十分恐怖，一旦附上人身，活人就會變成厲鬼，是本族的守護靈，也是族人蒙受的詛咒，世世代代相傳。

十幾年前，中原人入侵石壽村，「人頭神」幫助他們殺死中原人，但「人頭神」的詛咒並沒有回到石老掌管的陶罐裡去，這幾年來不斷有人變成「人頭神」。族人早就懷疑石老是不是褻瀆神靈，沒有按照規矩拜祭，所以石老被迫在「人頭神」出沒的地方掛上鬼牌和符咒，將「人頭神」的屍身放在他頭顱附近。

今天幸虧方多病一擊打碎陶罐，族人才發現那腦髓早已失落，陶罐裡裝的不過是清水。

「如果石老掌管『人頭神』的屍身和腦髓，他是一族之長，要在客棧裡放人頭自然容易得很，但在那之後，他掌管的腦髓哪裡去了？為什麼客棧裡會不斷出現『人頭神』？」方多病沉吟，「這個死老頭到底想隱瞞什麼？」

「腦髓遺失，族長就要受斬首之刑，他必定是在掩飾腦髓遺失之事。」那白髮老人道，「族人都懷疑族長把『人頭神』的腦髓遺失在客棧裡，但誰也找不到，且許多踏進客棧的人都無緣無故變成了『人頭神』，惡靈的詛咒真的很可怕。」

「那個……」李蓮花插口道，「在那裡。」

三人同時一愣，齊齊向李蓮花看去，之後又齊齊看向他所指的方向，疑惑、不信、訝異、詭祕，各種感覺充斥心底。

李蓮花所指的方向，是庭院中的那一口水井。

「井……井裡？」方多病張大嘴巴，「你怎知在井裡？」

李蓮花微微一笑，「我一直在想……就算許多年前石老把人頭放在客棧裡，導致有人得病，或者是有人在客棧裡砸爛了『斑點妖怪』的腦袋，導致更多人得病，那也是十幾年前的事了，為什麼金有道會得病？」他指了指二樓第三個房間，「他和同路的友人住在三房，結果他得了怪病殺了他的朋友，而他朋友的屍身又被石壽村村民吃了。既然吃了，說明他的同路友人並沒有得病，否則也不會有人吃他，所以，會不會得病變成斑點妖怪和房間無關？既然發生在客棧裡，起因又與房間無關，那只能與水源有關了。進入客棧的人，有些用了客棧裡的水，有些卻沒有。」

那白髮老人十分激動，雙手顫抖：「天……這很有道理，它就在水井之中！」他轉身對方才要砍金有道腦袋的人說了一番話，那人奔回村民之間，比手畫腳，咿咿嗚嗚不斷說話，料想正在轉達李蓮花方才的說詞。

四人一起往井邊走去，陽光恰好直射井底，清澈的井水中，一個碎裂的陶罐清晰可見，除了碎裂的陶罐，井底的枯枝和沉泥中，隱隱約約還有兩截短短的白骨。且陶罐底下尚有一塊黑黝黝的凸起，不知是何物。

陸劍池忽道：「石老手上少了兩根指頭……」

李蓮花慢慢道，「不錯……不過裡面還有樣東西……應該是劍柄。」他指著井底那個黑黝黝的凸起，「有人揮劍搶了石老的陶罐，擲入水井之中。石老既死，我們永遠也不會知道這人是誰……也許就是當年染病的中原保鏢，也許不是。」

「碎在井裡的陶罐，這麼多年了為什麼還能讓人得怪病？」方多病盯著那井底，「這水看起來很清。」

李蓮花探手入井口：「這水寒氣很盛，比山頂的湖水更勝三分，我想不管什麼東西墜入這井中，必定很不容易變質……」

方多病恍然：「這是一口寒泉井，甚至是冰泉井。」

李蓮花點頭：「這不就是石壽村最出名的東西嗎？」

陸劍池長長呼出一口氣，至此石壽村「斑點妖怪」之謎已解，但壓在心頭的滯悶沉重之感未去。莽莽荒山、燦爛開放的野菊花、景色宜人的恬靜村莊、質樸單純的村民，其中隱藏的竟是這樣駭人聽聞的祕密，縱然謎團已解，卻不令人欣慰愉快。

「武當山的陸大俠，雖然你劍法練得很好，但對這江湖來說，你還差得遠了。」方多病重重拍了下他的肩膀。

身邊石壽村的村民已圍聚過來，議論一番後，忽然拾起井邊的石塊往井裡擲去。白髮老人表示他們要填了這口井，李蓮花連連點頭，但金有道卻不能留下來讓村民砍頭取腦髓。

正不知如何是好之際，陸劍池開口道要將金有道帶上武當山給白木道長醫治。李蓮花欣然同意。方多病點頭之餘，暗暗擔心，若是陸劍池看管不力，整座武當山同門都變成斑點妖怪，個個死不瞑目要來江湖懲奸除惡，豈非生靈塗炭、日月無光？不妙，日後路過武當山必要繞道，見武當弟子最好避退三舍，走為上計。

正盤算間，忽見李蓮花皺眉沉思，方多病眨了眨眼睛，李蓮花連連點頭。方多病心中大笑，抱拳對陸劍池道：「既然此間事了，在下和李樓主尚有要事，這就告辭了。」

陸劍池奇道：「什麼事如此著急？」

李蓮花已經倒退遙遙走出三四丈：「呃……我和一文山莊的二錢老闆約好了，三日後在四嶺比武……」

陸劍池拱手道別，心中仍是不解，一文山莊的二錢老闆，江湖上從未聽說有這號人物。

方多病溜得也不比李蓮花慢，兩人一溜煙奔回蓮花樓，他瞪眼道：「不妙不妙，武當道士日後和斑點妖怪糾纏不清，惹不起、惹不起，快逃快逃！」

李蓮花嘆氣道：「我寫信叫你帶來的山羊呢？」

方多病怒道：「是你自己迷路，無端端把那破樓搬到這種鬼地方，然後又捨不得那幾頭牛在山上吃苦，把牛放跑，還問我要什麼山羊？」

李蓮花喃喃道：「沒有山羊，那你來幹什麼？」

方多病勃然大怒：「本公子救了你的命，難道還比不上兩三頭山羊？」

李蓮花嘆了口氣：「你又不能幫我把房子從這鬼地方拉出去……」

方多病怒道：「誰說我不能？」

李蓮花欣然道：「你若能，那再好不過了。」

第十三章

饕餮銜首金簪

一 鏡中女人的手

靜夜啼鴉，月照西廂。

一隻蛾在月光下飛舞，飛進了彩華樓的走廊，地上有個閃閃發亮的東西吸引了牠，牠很快撲了下來。

走廊上反射月光的是一枝金簪，金簪上花紋繁複，雖不過一寸有餘，卻雕有饕餮之形，饕餮口中尚叼著一顆極小的明珠。

蛾在金簪上停了一下，撲打著翅膀又要飛起，卻飛不起來，牠不住地撲打翅膀，最終漸漸無力地安靜下來，只偶爾觸角一動，過了良久，再微微一動。

牠被黏在地面上。

黏住牠的，是金簪下一灘半凝的血。

而配戴金簪的，是一具被挖了眼睛、砍去雙手、鮮血淋漓的屍體。

「我實在想不通，為什麼本公子和別人出門吃飯，總是能遇見美女，而和你出門吃飯，總會遇到死人？」青天白日下，彩華樓中，一位骨瘦如柴、衣裳華麗的白衣公子瞪眼看著另一位衣裳樸素、袖角打著補丁的灰衣書生，「你身上帶瘟神是嗎？還是在拜觀音的時候心裡想著如來，拜如來的時候心裡想著關公，拜關公的時候心裡想著土地公……」

灰衣書生嘆了口氣，喃喃道：「我只不過拜菩薩的時候想著你而已……」

白衣公子嗆了一下，只聽灰衣書生繼續慢慢道，「何況我們也沒有『出門』吃飯，這裡明明是你家的產業。」灰衣書生瞪了白衣公子一眼，「你當我不知道，你每次請客吃飯，上的都是自家的館子。」

這骨瘦如柴的白衣公子，自是江湖方氏的大少爺「多愁公子」方多病，而這灰衣書生自是江湖中鼎鼎有名的神醫，號稱能令人起死回生的吉祥紋蓮花樓樓主李蓮花。

昨夜方多病約李蓮花比賽喝酒，誰輸了誰就在百里之內尋個美人陪酒，結果酒還未喝，還未有人醉，彩華樓便憑空生出個死人。

「大少爺，這人真的不是本樓的女子。你看我彩華樓上上下下百來號人，底細都在我手裡，這人人都在，絕沒有缺了哪個。所以走廊上那玩意兒，絕對不是樓裡的人，肯定是有人從外面弄來，扔在咱們樓裡，想壞了彩華樓的名聲！」彩華樓的掌櫃胡有槐苦著臉對方多病點頭哈腰，「這萬萬不是樓裡的錯，這是意外，還請大少爺在老爺面前解釋解釋。」

「我怎麼知道不是你樓裡的人將哪位客官謀財害命，殺死在彩華樓走廊上？」方多病惡狠狠地瞪了他一眼，「最好如你所說，否則本公子告訴老爹，說你管理無方，保證你吃不完兜著走。」

胡有槐心中叫苦連天，臉上強裝笑容，連連稱是。

「出去吧，這個……有我。」方多病揮了揮衣袖，胡有槐如蒙大赦，急匆匆走了出去。方大少忖道：就連這等狗屁，十幾年前都能在江湖上混出個什麼「狂雷手」的名號，真是怪哉……

李蓮花看著地上死狀奇慘的屍體呆呆出神，方多病不耐地道：「看看看，看了半天，看出什麼門道了嗎？」

「這是個女人……」李蓮花喃喃道，「不過我真沒見過死得這麼慘的女人……」

方多病長長嘆了口氣：「這女人一定被折磨了很久，雙目失明，雙手被斷，雖然我不想承認，但她原本被藏匿的地方，很可能就是彩華樓。受這樣的折磨，跑不遠的。」

伏在地上的女子穿著一條裙子，除了染血之外，裙子很乾淨，上身卻未穿衣，半身赤裸，身材高䠷，她雙手齊腕而斷，雙目被挖，後腦流血，胸前雙乳也被人切去，手臂之上傷痕累累，不知受了多少傷。但雙手、雙乳和眼睛的傷處早已癒合，可見此女慘受折磨絕非一天兩天，恐怕有經年之久。

李蓮花折斷一截樹枝，伸入女子口中微微一撬，只見她的舌頭也被剪去，牙齒卻仍雪白，若非雙目被挖，這女子容顏清秀，並不難看，但究竟是誰，將一位妙齡女子折磨到如此地步？這下手之人心腸狠毒，實是令人髮指！

「一定有人妥善處理過她的傷……」李蓮花喃喃道，「但如果為她治療的是個好人，為何她還要逃走？可見……」

「說不定為她治療的不是菩薩，而是要命閻羅。」方多病道，「這下手的不管是誰，真是惡毒殘忍至極！死蓮花，你定要把這惡魔揪出來，然後把這些零零碎碎統統移到他身上去試試滋味。」

李蓮花道：「胡有槐已將彩華樓裡裡外外都查過一遍，若非他是惡魔的同黨，就是這女人藏身的地方非常隱蔽，閒雜人難以發現。我看那胡有槐相貌堂堂，年方五十，前途無量，不像是個喜歡割人肉、挖人眼睛的人。」

方多病翻了個大白眼：「這誰知道？你和他很熟？」

李蓮花連連搖頭：「不熟，不熟，只是憑看相而言……」

方多病嗤之以鼻：「既然是你看的相，那定是錯得不能再錯了。」

兩人一邊閒扯，一邊細看屍體。李蓮花以手帕輕輕拾起血泊中的那隻蛾，方多病卻拾起了那枚小小的金簪。

「這是什麼玩意兒？饕餮？」

李蓮花將蛾輕輕放入草叢，回過身來，一起細看那金簪：「這個……饕餮，真是罕見的圖案，只有青銅鑄具喜歡用這種惡獸的紋樣，用在金簪上寓意必定奇怪至極。還有這粒珠子，你見過饕餮口裡含珍珠的嗎？」

方多病涼涼地瞟了李蓮花一眼，「不幸本公子小時候書雖讀得不多，但也知道饕餮口中含的是人頭……」話說到一半，他微微一震，「這珠子是代替人頭？」

「我想……大概是……」李蓮花皺眉看著方多病手中的金簪，「這東西實在古怪，我看你還是找個地方把它收了，萬一其中有什麼殺人割肉挖眼睛的鬼，晚上爬出來，豈非恐怖至極？」

「這東西雖然稀奇古怪，卻價值不菲，絕對不是彩華樓之物，我看要麼是凶手的，要麼是這個死人的。」方多病將金簪高高拎起，似乎絲毫不怕鬼，「這種古怪的東西，在金器行裡想必很有名，是既有故事，又容易找的。」

李蓮花欽佩地看著他，讚道：「你真是聰明，那個……我對金器不熟……」

方多病笑得越發狂妄：「哈哈哈，這件事包在我身上。我方大少對什麼都不熟，就是對金器最熟，哈哈哈……」

李蓮花嘆了口氣，喃喃道：「要你請客的時候，你卻未必肯說和它很熟。」

之後彩華樓封樓歇業，方多病和李蓮花被安排在彩華樓最好的房間休息，方多病不久就和城中各家金器鋪掌櫃、老闆約好明日午時在翠瑩居見面。

夜裡，明月當空，皎潔異常。

方多病剛剛吃過晚飯，品嘗了他平生最滿意的一隻大蝦。那蝦通體透明，比尋常所見幾乎大了五倍，彩華樓的廚子將之剝殼挑去背線，冰鎮後佐以小蔥、蒜蓉、辣椒末、橙肉和少許不知名的醬汁下酒，生吃。那滋味真是深得他的脾胃，若不是憑空出了件命案，他定會對彩華樓印象極佳。

李蓮花正在洗澡，水聲不住傳來。方多病真是想不通，同樣是男人，為什麼李蓮花洗個澡要洗這麼久？記得幾年前他還闖進過他澡房一次，想看清楚李蓮花是不是女扮男裝，可惜李蓮花是貨真價實的男人——非但是個男人，還是那種渾身上下傷疤累累，很男人的男人。

「春風拂柳小桃園，誰家紅裝在花中間……」方多病哼著不知哪裡聽來的小調，躺在床上，翹著二郎腿。

李蓮花的房間原本安排在隔壁，可憐死蓮花怕鬼成性，定要和他同住，幸好彩華樓的廂房既寬敞又華麗，加擺一張小床不成問題，否則——哼哼！

「嗒」的一聲輕響，方多病驀然坐起，看向左邊——是左邊傳來的聲音。

他的左邊沒有什麼，梳妝臺一個，牆上掛有銅鏡一面，梳妝臺下黃銅臉盆一個，椅子一張，沒有什麼會發出「嗒」的聲響的東西。方多病詫異地看著那梳妝臺，臺上空空如也，今夜住的不是女客，女子梳妝的器具，掌櫃都收了起來，更沒有什麼好看的。他看了半天，不得甚解，躺下身去繼續哼那小調：「那個紅菱脣啊手纖纖……」

「嗒」的又一聲輕響，方多病整個人跳了起來，這不是什麼風吹草動的聲音，更不是什麼機簧暗器轉動的聲音，這聲音兩次發出的方位不變，但強弱有別，就如同一個人，用手輕輕摸了摸梳妝臺上的東西一樣。

方多病瞪著那梳妝臺，依然什麼也沒有，連鬼影都沒一個！他正打算衝進澡房把李蓮花揪出來一起查看，豈知目光一抬，霎時，他目瞪口呆，臉色青紫，一口氣卡在咽喉幾乎昏死過去：「鬼啊——」

掛在梳妝臺上的那面銅鏡裡，有一隻手，在鏡中輕輕摸索，那手的動作猶如手的主人看不見這世上任何東西，也聽不見這世上任何聲音，正在努力穿過那面薄薄的銅鏡，自鏡中來到人間一般。

鏡中的世界，豈非就是無聲？

方多病慘叫的同時，澡房裡也傳出「噹啷」一聲震響，好像摔碎了什麼東西，李蓮花略微打開澡房的門，戰戰兢兢地探出半個頭，「那個……鬼在哪裡……啊——」他猛然看見那隻鏡中的手，瞠目結舌，呆了半晌，「那真不是你的手在動？」

方多病僵硬地站在鏡前，渾身冷汗涔涔，竟還能擠出一個極其難看的笑臉：「你幾時看見我的手有這麼小？這是隻女人的手。」他抬起手來對鏡子揮了揮，鏡中也有影像晃動，但看得最清晰的，還是鏡中那隻白生生、纖美柔軟的鬼手，不斷地摸索、移動。

約莫過了一炷香時間，那隻手漸漸隱去。

銅鏡清晰地映照著房中的一切，那詭異無比的一幕彷彿從來沒有發生過，如煙一樣輕輕消散。

第二天午時。

「饕餮銜首金簪……惡名鼎鼎的珠寶之一。」嘯雲莊的何老闆拈起那枝金簪，「各位請看，這是真品，饕餮的兩隻角有一隻缺了一角，口中珍珠乃是光澤明亮的夜明寶珠，不過時日久遠，這顆珍珠已經黃了。」

望海樓的畢老闆道：「聽說每次這枝金簪出現，都會出現離奇可怖的慘案，次次都事關人命，最慘的一次聽說有三十三人同時斃命，所以珠寶行內很少有人敢收藏此物。」

一旁玩月臺和數星堂的費老闆和花老闆不住點頭。

方多病乾笑一聲：「這饕餮金簪出現時，死的可都是不穿衣服的女人？」

何老闆奇道：「不穿衣服的女人？當然不是，聽說第一個因為這枝金簪而死的是打造這枝金簪的金匠。傳聞這金簪本是九龍之形，取意龍生九子，結果簪子造成之後，金匠過於勞累猝死，簪子落入熔爐，熔去八龍，只餘一隻饕餮。」

「過於勞累而死，也不算什麼慘案。」方多病道，「猝死乃是世上最美妙的死法。不過各位見多識廣、博學多才，可曾聽說因為這枝金簪而死的人中，有不穿衣服、被挖去眼睛、舌頭的年輕女人嗎？」

眾人駭然相視，何老闆當下臉色慘白：「原……原來此次金簪出現，竟是要挖人眼睛、割人舌頭……方公子，在下這就告辭，在下從未見過這枝金簪，金簪之事還請方公子另請高明，另請高明……」

當下幾位老闆紛紛告辭，猶如逃狐之兔，又如避貓之鼠，甚至和那離弦之箭也有三兩分相似。

方多病用筷子將那枝金簪遠遠夾起，嫌惡地將之放回八卦鎮邪木匣內。過了片刻，他瞪著那枝金簪，長長嘆了口氣。

待他回到彩華樓，李蓮花卻不見了。方多病樓上樓下到處找了一遍，又差遣胡有槐派人上下再找了三遍，就是沒看見李蓮花的影子。方多病心中大奇，要說被鬼抓去，現在可是青天白日，何況那見鬼的金簪在自己身上，為何鬼會找上他？要說不是被鬼抓去，那死蓮花去哪裡了？

一直等到吃飯時間，方多病吩咐彩華樓的廚子做了一桌山珍海味，再開了一罈美酒，點著爐子在旁邊溫酒，自己拿著扇子搧啊搧的，果然未過一炷香時間，就見李蓮花一身灰衣，慢吞吞地自走廊現身，滿臉喜悅地在酒桌邊坐下。

「你這人真的很奇怪。」方多病嘆了口氣，「我記得我在醉星樓煮過一碗素麵，你那狗鼻子居然聞得到追上來，但我在聞天閣吃百蛇大宴，發請帖請你，你卻不來，後來等我請客請完了，蛇都吃光了，醉也醉得差不多了，你卻非要我請你喝茶。還有一次我在牛頭鎮吃臭豆腐……」

李蓮花連忙道：「吃飯時間只宜吃飯，不談俗事。」

方多病瞪眼道：「我說了要請客嗎？你到哪裡去了？半天不見人影。」

李蓮花持筷文質彬彬地夾了一塊雞脖子：「我去……到處看看，彩華樓內許多花花草草，的確美麗至極。」

方多病「呸」了一聲：「我去見了各家金鋪的老闆，聽說那枝簪子上附著許許多多惡鬼，少說也有幾十條人命。」

李蓮花嚇了一跳：「有這麼多……」

方多病悻悻然地道：「就是有這麼多。如何？你在樓裡看那具死人屍體，看出什麼名堂沒有？」

「名堂……名堂就是彩華樓裡沒人認得她，她卻死在廚房外面……」李蓮花喃喃道，「挖去眼睛，割掉舌頭，顯然都是困住她的一種方法。如果這世上真的有鬼，為何非要困住她一個人？」

方多病抓起一隻雞腿，咬了一口：「她明明死在走廊上，哪有死在廚房外面？」

李蓮花道：「那條走廊是從廚房通向花園，我猜她是從廚房跑出來，沿著走廊往外跑，不知如何傷了後腦，就死了。」

方多病道：「殺她的人多半不會武功，那後腦一擊差勁至極，若不是她倒在地上流血不止，半夜三更沒人救她，十有八九也不會死。」

李蓮花嘆了口氣：「嗯……但你又怎知不是因為她看不見，摔了一跤，把自己跌死了？」

方多病為之語塞，愣了愣：「說得也是，不過廚房裡怎會憑空多出一個活人？」

「廚房我方才看過了。」李蓮花一本正經道，「廚房裡灶臺僅兩個，架子不少，櫥子太小，水缸太大，米袋太髒，菜籃太矮……」

方多病忍不住道：「什麼水缸太大、菜籃太矮……」

李蓮花瞇起眼睛，「你那個死人既高又白，裙子如此乾淨，那些碗櫃、水缸、米袋、菜籃什麼的怎麼裝得下——」他突然一怔，喃喃順口接著道，「你那個死人……」

「『我』那個死人？」方多病勃然大怒，「本公子除了和你吃飯之外，從來沒撞見過什麼死人！分明是你命裡帶衰，瘟神罩頂，是『你』那個死人還差不多！」

李蓮花卻抬起頭，呆呆地看著方多病好一會兒，突然露出個羞澀的表情，小心翼翼地道：「等一下，我突然想到一樣……那個……重要的東西……昨日你那個死人……哦不，那位淒涼可憐小娘子的遺體，你差遣胡有槐藏到哪裡去了？」

方多病被他羞澀的表情嚇得起了一身雞皮疙瘩，怪叫一聲：「你想幹什麼?那個……那個萬萬不可！我斷不會讓胡有槐告訴你那死人在哪裡！」

李蓮花看了他一眼，一本正經道：「萬萬不是你想的那般，總而言之，我要盡快找到那個……小娘子的遺體，確認一件事。」

方多病渾身雞皮疙瘩直冒，一口咬定那具女屍早已被胡有槐送進棺材鋪，如今已是板上釘釘，埋入地下，墓碑都豎好了，請李蓮花不必妄想。

李蓮花無奈，只得作罷，改口道，「呃……廚房我剛才看過，絕無可能藏下那遺體，那遺體又……那個沒穿衣服，四周卻不見衣服的蹤影，所以唯一的可能，就是她從廚房東邊那條小路過來，穿過廚房，跑進走廊，然後跌倒，流血而死。」他往廚房東邊指了指，悄聲道，「那裡。」

方多病順著手指方向一看，頓時寒毛直豎——李蓮花指的，正是彩華樓最好的客房，天字第一至第九號客房。而他和李蓮花昨晚正是入住天字五號房，位居正中。

昨……昨夜鏡子裡那隻女人的手……莫非正是那具女屍的冤魂在招人為她申冤？

定了定神，方多病看著滿桌美酒佳肴卻胃口全無，滿腦子思索今夜要到何處去睡方才安全。

李蓮花說完「那具遺體」，倒似神清氣爽，欣然舉起筷子吃飯，吃了兩口嫩雞，又為自己倒了杯溫酒，先是對嫩雞大加讚賞，從雞頭的兩三根短毛到雞爪的鱗片無一不美，後又對酒水不吝詞色，從酒缸到酒缸上封的那塊泥皮都稱讚妙不可言。

二 天字四號房

這夜酒宴的結果自然是方多病大怒而去，李蓮花醉倒酒席，總而言之，兩人誰也沒去住彩華樓天字第五號房。

隔天一早，李蓮花頭昏腦脹地醒來，居然還回房洗了把臉，洗漱洗漱，換了身衣裳才出來，所以他面對一夜未歸的方多病，姿態分外怡然，只恨身上不能生出二兩仙氣，以彰顯他與方多病層次之高下、膽量之大小。

不過方多病上上下下打量著李蓮花穿的衣裳，越看臉色越是奇異，最後萬分古怪地問道：「死蓮花，這是……這是你的衣服？」

李蓮花連連點頭，這是他剛從房裡換出來的衣裳，童叟無欺，絕對不假。

方多病滿臉古怪，指著他的衣角：「你……你什麼時候穿起這種衣服了？」

李蓮花低頭一看，只見身上一襲灰衣，衣上繡著幾條金絲銀線，也不知是什麼花紋，頓時一呆。

方多病得意揚揚地道，「你向誰借了套衣服穿在身上，冒充昨晚回到見鬼的客房？可惜本公子目光如炬，明察秋毫，嘿嘿嘿嘿……」他拆穿了李蓮花的西洋鏡，等著看他尷尬，卻見李蓮花一副見了鬼的表情，不住拉扯身上的衣裳，頓時奇了，「你做什麼？」

「天地良心，這衣裳真是我在屋裡換的……」李蓮花渾身不自在，酒醉醒來，昏昏沉沉地匆匆換了件外衫，也沒仔細看，但這萬萬不是他的衣服。

方多病嚇了一跳，失聲道：「你從我們屋裡穿了一件別人的衣服出來？」

若是如此，前夜那屋裡豈非有第三個人在？

李蓮花匆忙把那外衣脫了，也不在乎穿著白色中衣站在廳堂裡，吁了口氣，拍著腦袋想來想去，輕咳一聲，慢吞吞道：「我可能是……誤入天字四號房。」

天字四號房在天字五號房隔壁，門面一模一樣，只是天字四號房內似乎並無住客，又怎會憑空生出一件灰色鑲金銀絲的長袍？莫不是之前的客人遺落的？若是遺落的，彩華樓又怎會不加收拾，就放在那裡？方多病十分奇怪，摸了摸下巴：「天字四號房？去看看。」

彩華樓的天字四號房和天字五號房的確一模一樣，而且樓裡不掛門牌，極易認錯。兩人回到天字樓，光天化日下，膽量也大了不少，方多病推開四號房房門，只見那房裡的桌椅板凳和方位布置果然和五號房一模一樣。床上被褥並不整齊，桌上蠟燭已經燃到盡頭，蠟油凝了一桌，西邊的衣櫃半開著，裡頭空空如也，可見原先只掛了一件衣裳，和隔壁倒是一模一樣。

看這屋裡的情狀，想必原本有人住，只是這房客一時不歸，竟連門也不鎖，才讓李蓮花糊裡糊塗闖進去。李蓮花小心翼翼地把他剛脫下來的灰色長袍掛回衣櫥內，又見衣櫥內有包袱一個，那包袱呈長條之形，看起來就像一柄短劍，外面用紅線密密綁住，不知道是什麼玩意兒。

方多病「咦」了一聲，把那包袱拿起來：「據說『西北閻王』呂陽琴所用短劍名為『縛惡』，劍鞘外慣用紅線纏繞，傳聞縛惡劍殺人放火無惡不作，披荊斬棘，吹毛斷髮，連他貼身婢女都死於劍下。那呂陽琴不但短劍聞名，最有名的是他得了一份能去九瓊仙境的藏寶圖……呃……」他正興致盎然、口沫橫飛地講著關於呂陽琴的種種傳說，卻突然噎住，李蓮花惋惜地看著他——包袱打開，裡面的東西烏溜光亮，上薄下厚，左右對稱，竟是一個烏木牌位。

那牌位上刻著「先室劉氏景兒之靈位」幾個大字，以及生卒年月，牌位所刻銀鉤鐵畫，靈俊飛動，然筆畫深處卻依稀有一層濃郁的褐色，像是乾涸的血跡。方多病拿著別人的牌位，毛骨悚然，連忙把那東西放回去，老老實實地纏上紅線，合十拜了幾拜，阿彌陀佛和觀世音菩薩各念了幾十遍，唯恐念之不均，佛祖菩薩與他這凡夫俗子計較，便不保佑了。

「等一下。」李蓮花看了看那牌位，又往旁邊一指，「這位客官若是愛妻如此，隨身帶著她的牌位，又怎會和其他女子同住？而……而那……那位女子倒也心胸寬大，竟能和這牌位共處一室……」

方多病一怔，往旁邊一看，一件女子繡花對襟落在床下，粉紫緞子，銀線繡花，顯然是女子衣裳。

而這房裡，除了這一件對襟，再不見任何女子衣物，既沒有頭梳，也沒有繡鞋，更不用說胭脂花粉，唯見衣櫥中灰色長袍一件，牌位一座，門口灰色男鞋一雙，以及桌上一對燃盡的紅燭。

天字四號房中，透著一股說不出的古怪。李蓮花和方多病面面相覷，兩人的視線一起集中在那繡花對襟上，不約而同道：「難道——」

李蓮花頓了頓，方多病已失聲道：「難道那具女屍的衣服——就在這裡？難道她竟是從這裡跑出去的？」想起前夜鏡中的那隻女手，方多病已不僅是害怕，而是陣陣發寒，冷汗順著背脊流下。他自然不信世上真的有鬼，但這活生生的例子擺在眼前——那慘死的女子就住在天字四號房，而天字四號房前夜無人出入，那鏡中的女手若不是鬼手，又會是什麼呢？

李蓮花四下張望，敲了敲桌上已乾硬的燭淚：「這蠟燭已冷很久，絕不是昨夜點的，至少是前夜便已燃盡。」他在屋裡踱了幾步，轉了兩圈，繞過桌子，慢慢走到一幅畫前。

天字五號房中也有幅畫，四號房掛的乃是梅花，五號房掛的卻是蘭花。這幅畫懸掛的位置，對應著隔壁五號房的銅鏡。

在梅花圖旁邊牆壁上有一道極細的口子，深入牆內。李蓮花對著那細縫看了好一陣子，居然還拔了根頭髮伸進去試試，這道裂口深入牆內約二寸多深，幾乎要穿牆而過，邊緣十分齊整，相當古怪。他收起那根頭髮，輕輕捲起梅花圖，梅花圖後面竟不是牆壁，而是一面半透明的琉璃鏡。

方多病大為驚奇，湊過去對著琉璃鏡一看——那鏡子正對著隔壁的大床，雖然不甚清晰，卻依稀可辨，這要是隔壁住了對小夫妻，做了點什麼私密的事，牆這邊的客人可就大飽眼福了。

這分明是專門用於偷窺的設計，在牆中鑲嵌一面琉璃鏡，再蓋上一幅畫，因為鏡後光線幽暗，牆那側的人看不到鏡子後的東西，且窗戶正對床鋪，即使滅了燭火，也有月光投映，牆這側的人便可透過琉璃鏡偷窺隔壁的大床。這面琉璃質地算不上好，嵌在銅鏡框內，若不留心查看也難以發覺銅鏡框中之物並非銅質，而是雜色琉璃。

方多病大怒：「胡有槐這老色鬼！平日裡冠冕堂皇，彩華樓是什麼地方，竟用這等卑鄙手段招攬生意！」

李蓮花敲了敲琉璃鏡，摸了摸那質地，嘖嘖稱奇：「真是奇思妙想，天縱奇才……」

方多病怒道：「這也算奇才？」

李蓮花正色道：「等你討了老婆就懂了。」

方多病一愣，臉都綠了：「老子怎麼不懂？」

李蓮花正色道：「我知你並非不懂，不過害羞而已。」方多病的臉色由綠轉黑，還來不及想出什麼話罵人，就見李蓮花施施然轉過身去，用手在琉璃鏡上敲了幾下。

那琉璃鏡十分結實，的確是死死嵌在牆內，並無其他機關。

李蓮花沉吟道：「前晚你我看到那隻手的時候，這鏡子後面是亮的。」正因為鏡子後面太亮，才讓方多病看見鏡子裡有一隻手。

李蓮花繼續道：「……若住進來的是胡有槐自己，這鏡子的妙處想必爛熟於心，是萬萬不會舉著燈火來看的。」

方多病鬆了口氣，「所以前天晚上鏡子裡那隻手不是女鬼，而是有個人發現牆上奇怪的鏡子，舉燈過來查看，從我們那邊模糊地看過來，就只看到一隻手。」知道不是女鬼，方大少頓時精神大振，「但住在這屋裡的女人大前天晚上就死了，酒樓裡傳得沸沸揚揚，如果前天晚上這屋裡還有人住，這人怎麼還有心情看牆上的洞？除非——將那女子挖眼斷手的惡魔，就是前晚住在這裡的人！他根本不在乎那女人的死活，生怕暴露自己，所以即使那女人逃出去死在外面，也不關心。」

李蓮花漫不經心地「嗯」了一聲，放下那幅梅圖，方多病仍在咬牙切齒：「這惡魔必定一早藉機逃了，否則我定要親手將他擒獲！對女人下手算什麼英雄好漢……」

李蓮花又轉過去敲了敲那塊流了一桌的燭淚，突然「咦」了一聲：「這裡面有東西。」

方多病低頭一看，那塊紅色燭淚中隱約凝著一塊黑色的東西，他伸手在燭淚上輕輕一拍，「咯」的一聲微響，燭淚應聲裂開，露出其中的黑色小物。

那是一枝不長的黑色髮簪，方多病將之輕輕拿起，似乎是犀角所製，款式簡單，並無花巧。

「這東西落下時，燭淚還未凝固，所以才會深陷其中，可見這東西很可能是大前天夜裡出現在屋裡的。」李蓮花也皺眉看著那犀角髮簪，方多病將之拿出後，桌上赫然出現一個淺淺的小洞，可見髮簪並非掉落在桌上，而是斜斜射入桌面，釘在其上。顯然那位被砍了雙手的女子絕不可能自行將髮簪射入桌面，那麼將這犀角簪子射入桌面的是誰？

是已經逃走的房客嗎？

方多病和李蓮花相視一眼。舉燈查看琉璃鏡的手、慘遭凌虐的女子、不見蹤影的天字四號房客人、衣櫥中愛妻的牌位，以及這枚射入桌面的犀角髮簪——大前天深夜，在天字四號房中，必然發生過一場神祕的變故。

單單天字四號房的房客攜帶著一名慘遭凌虐的女子，以及愛妻的牌位，就充滿了詭祕感，而此時此人究竟身在何處？

「死蓮花。」方多病看了這屋裡種種詭異之處後皺眉，「雖然那女子的外衣掉在這裡，但……她當真是住在這裡嗎？這屋裡除了這件衣服，根本沒有其他女用之物。會不會……會不會……呃……」他悄聲道，「這件衣服是那……女鬼……在此顯靈時遺落的？」

「那個……那個……其實……」李蓮花看著那枝犀角髮簪，嘴裡喃喃自語，也不知在說什麼。

沿著犀角髮簪射入桌面的角度望去，除了木桌，就只有一張大床，也別無他物。床上空空如也，一床紅色錦被蓋在床褥上，而在紅色錦被上方一點點，有一條極為細碎的小小血線，灑在灰白色的牆壁上。李蓮花睜大眼睛細看，床上錦被雖為紅色，但再無其他血跡，床下沒有鞋子，窗戶大開，床側垂幔亂成一團，他轉過身，身前除了桌子衣櫥，再無他物。

「咚咚咚——」的腳步聲傳來。

「少爺——少爺——」門外有人驚慌失措地呼喚，一個人連滾帶爬地衝進天字四號房，淒厲道，「少爺，在……在外面井裡，又……又發現一個死人！又……又有一個死死死……死人啊！」

方多病破口大罵：「死死死，這裡住了個瘟神是不是？一天到頭，哪來那麼多死人？」一面說，他一面如旋風般衝下樓，直撲院外古井。

李蓮花卻拉住那個嚇得七魂散了六魄的店小二，溫言問道：「小二莫怕，敢問住在這間房裡的，究竟是什麼人？」他指了指身邊的房門。

店小二瞟了一眼，驚慌失措地道：「就……就是古井裡的那個死人……」

李蓮花耐心地扯著店小二，溫和地指著他方才所指的那扇門，正色道：「你看錯了，我問的是這一間。」

店小二一愣，發現自己的確看錯了房門，李蓮花指的是天字三號房。他想了好一會兒，才模模糊糊想起：「這間房裡住的是位姑娘，叫什麼名字，小的就不知道了。」彩華樓天字號房裡住的多半都是熟客，但偶爾也有幾個不是衝著那琉璃鏡而來的客官，偏生三號房、四號房都是。

李蓮花點了點頭，拍了拍他的肩頭，指了指天字三號房，正色道：「你家少爺夜觀天象，心有所感，算得三號房的姑娘將賴掉房錢溜走。你若有空，不如莫去看那死人，去看看那房裡的姑娘會否付錢。」

店小二看了他半晌，呆呆地去開三號房的鎖。

打開房門，店小二尖叫一聲，兩眼翻白，竟直接在大門口昏死過去。

李蓮花嚇了一跳，趕到門口一看，只見一具女屍橫倒在地，頭髮披散，兩眼瞪得渾圓，脖子向上凸起，應是被人活生生捏斷頸骨，她全身扭得像條麻花，五指猙獰，雙手俱做虎爪之形，身上穿的白色中衣凌亂，胸口有一片白布碎裂，可見臨死前她曾拚死反抗，奈何不敵凶手巨力，被勒身亡。

又是一具屍體！

如今在彩華樓中，已出現三具屍體。

底下院子裡，方多病站在水井旁指手畫腳。

李蓮花不由得嘆了口氣，叫喚道：「這裡還有一具女屍。」

方多病愕然抬頭：「什麼？」

李蓮花正色道：「在你隔壁的隔壁，地上躺著一具女屍，我看那……那個遺體的模樣，還很新鮮。」

方多病頓時全身泛起雞皮疙瘩，失聲道：「什什……麼？」

李蓮花十分同情地看著他：「這幾天，你家酒樓裡出的不是一條人命，而是三條人命。」

三　金簪

方多病猶如一陣狂風，從院子水井旁又殺上天字三號房，看見那被勒死的女屍，終於忍不住變了臉色，厲聲道：「這到底是怎麼回事？光天化日，朗朗乾坤，我彩華樓裡莫非出了殺人狂不成？怎會有人無緣無故連殺這麼多人？到底是……到底是為了什麼？」

李蓮花將他拉住，悄聲道：「你出去問了關於饕餮銜首金簪的來歷，有沒有問清楚，上一次這金簪鬧出人命後，流落到了何處？」

方多病又驚又氣，餘怒未消，不耐煩地道：「問了，忘了。你別淨問些不相干的事，反正金簪總是突然出現……」

李蓮花連連搖頭：「非也，非也，即使是說故事，也斷不可能不說清楚壞人的下場，這金簪的去處，故事裡一定有。」

方多病對他怒目而視，過了好一會兒，才道：「聽說好像是被它剋死的王爺還是皇帝拿去當作陪葬。怎麼？」

李蓮花上下看了他一陣，突然露齒一笑：「你對九瓊仙境了解多少？」

「自然不少。」方多病得意道，「在極南蠻荒之地，有個深山小國，名為大希。大希國礦脈豐富，盛產黃金珠寶，國君富甲一方。江湖傳說他們代代君王的墓地都修建在一個神祕的地方，那裡聚天地之靈氣，盛產稀世藥材，皇陵就修建在高山之上，富麗堂皇，內藏隨葬珍寶無數，遠望寶光閃耀，金碧輝煌，稱為九瓊仙境。但傳說歸傳說，至今也無人見過大希國的皇陵重地。」說起江湖逸事、武林傳說，方多病自是如數家珍。

「大希國和我朝可有通婚？」李蓮花微微一笑，看著方多病不假思索，侃侃而談，他的神色頗為愉悅。

「有。」方多病大笑起來，一掌拍在李蓮花肩上，「這種問題要考你方少爺，真是大錯特錯。大希國和我朝三十年前曾互通婚姻，由大希國向我朝進貢黃金，而我朝指派一名公主下嫁大希國國君。那時候，我爺爺已經有我爹了。」他對李蓮花眨眨眼，得意不已。

李蓮花遺憾地道：「若非公主下嫁之時，你爺爺已經有了你爹，說不定那位公主便會嫁給你爺爺，而日後生出來的既然不是你爹，自然也不會有你了。」

方多病怒道：「死蓮花！你說什麼？」

李蓮花正色道：「我沒說。」

方多病大怒：「你明明說了！」

李蓮花越發正色道，「是你聽錯了。」隨即微微一頓，變得一本正經，「你可知道，當年公主下嫁，有些什麼嫁妝？」

方多病一怔，想了半晌，恍然道：「對，我想起來了，最後被那金簪刺死的就是大希國國君和他的八個老婆，這枝饕餮銜首金簪是大成公主下嫁大希國的嫁妝之一。」

「所以——」李蓮花期待地看著方多病，眨了眨眼睛。

方多病瞪回去：「所以什麼？」

李蓮花頓時語塞，十分失望地嘆了口氣，「所以金簪是大希國國君的陪葬之物，而大希國的皇陵九瓊仙境是人間寶庫，而現在——饕餮銜首金簪在這裡。」他指了指那第一具遺體倒下的地方，「說明有人找到了九瓊仙境，並從那裡得到了東西。」

方多病聞言漸漸又變了臉色。「九瓊仙境？」他失聲道，「若是得到那裡的財寶，豈非富可敵國？」

李蓮花道：「若是當真得到，自是富可敵國。」

方多病的目光在地上那具新的屍體與天字四號房房門之間掃來掃去，終於忍不住道：「這些人……都是為那九瓊仙境而死？有人得了那裡的財寶，所以引來其他人追獵？」

「可能……也許大概是這樣。」李蓮花正色道，「至少戴著金簪的人，一定和九瓊仙境脫不了干係。」

方多病茫然道：「但那前往九瓊仙境的藏寶圖不是在呂陽琴手上嗎？呂陽琴得了藏寶圖那麼多年，既沒聽說他找到寶藏，也沒聽說他丟了藏寶圖，怎麼突然就有人找到了？」

李蓮花慢吞吞道：「呂陽琴就算找到寶藏或是丟了藏寶圖，為何要告訴你？莫非你和他很熟？況且聽說那九瓊仙境就在大希山巒之上，五顏六色，瑞氣千條，日出有紫氣東來，夜裡有月華灌頂，相當顯眼。若有人喜歡爬山，大希國內天既不冷，山又不高，爬個十年八年說不定就找到了。」

方多病張口結舌，心裡只覺九瓊仙境若能如此輕易讓人找到，未免太令人失望，但一時也想不出什麼道理反駁。

「可這些人都死了，寶藏呢？」方多病東張西望，「寶藏在哪裡？」

「既然這些人都死了，就必然有個凶手，而寶藏顯而易見，是凶手拿走了。」李蓮花一臉嚴肅，好似自己講的是什麼真言妙理。

方多病一張黑臉：「那凶手呢？」

李蓮花搖了搖頭，突然又露出小心翼翼的神色，看了看方多病：「我要見大前夜那個悲慘可憐的小娘子。」

方多病一張臉黑上加黑：「不准！」

李蓮花正色道：「你讓我見上一見，我便告訴你寶藏在哪裡。」

方多病眼睛一亮：「你知道寶藏在哪裡？」

李蓮花連連點頭：「當然，顯而易見。」

方多病招了個人過來，問了幾句，轉頭對李蓮花道，「那具……屍體還在後堂，等著義莊的人來收。」他興致來了，神采奕奕地看著李蓮花，「屍體你過會兒再看，先告訴我寶藏在哪裡。」

李蓮花正色道：「在凶手那裡。」

方多病勃然大怒，李蓮花摸了摸鼻子，轉了個身：「我去看看井裡另一位的遺體……」

方多病只來得及咆哮兩聲：「死蓮花！連老子你也敢騙——」

李蓮花早已逃下樓去，查看那具塞在水井中的遺體。

顯而易見，這具遺體是個男人，還是個體格魁梧、四肢修長的偉岸漢子。他之所以會被胡有槐在巡查時發現，便是因為他骨骼粗大，皮肉紅腫，卡在水井口，頭頂距離井口不到二尺。這人穿著一身極簡單樸素的褐色衣裳，全身溼淋淋的，肩頭有一個血洞，似乎曾被利器刺穿。但他的致命之處在於咽喉被人捏碎，與利器無關。

他身上沒有任何東西，居然連一枚銅錢都沒有。

李蓮花抬頭望了望天字樓，所有人都抬頭看向天字樓——這人塞在水井之中，莫非是從天字樓上摔下來，否則怎會如此？

從天字樓上掉下來，正好跌進井口，然後卡在裡面。

真有如此剛好？

李蓮花眨眨眼，東張西望了一陣，這處後院是天字樓的小花園，院內只有水井一座，供打掃之用，地上鋪的是一層鵝卵石，四下並無異樣。

他拉了拉身邊小二的衣裳：「後堂在哪裡？」

店小二道：「後堂在酒窖旁邊，那院子裡只有柴房和酒窖，相當偏僻。」

李蓮花越發滿意，點了點頭，背著手走了。

方多病在二樓大發雷霆，胡有槐顯然是掐指算過時辰，恰好有事不在，方大少身邊盡是垂頭喪氣的店小二唯唯諾諾。

方多病越看越是不耐：「胡有槐呢？」

「掌櫃的去報官了。」

就在這個時候，門外一陣喧譁，胡有槐領著一位身著官服、圓腰的胖子走了進來。那胖子兩眼朝天，左右各有一位粉衣女子為他搧風，一進來就甕聲甕氣地問：「這是哪裡啊？」

「稟知縣大人，這裡是彩華樓，您早上用的酒菜就是從這裡出去的，不記得了嗎？」胡有槐小聲提醒。

方多病從二樓下來，狐疑地上下打量這位「知縣大人」，這就是本地知縣？真是腰較水缸寬一尺，油比母豬多三斤。他心裡罵完，又喜孜孜地覺得自己文采風流、讀書有術，竟作下如此佳句。

「哦，是你這裡啊。」知縣站著喘氣，胡有槐招呼人為他抬來一張椅子，肥如母豬的知縣顫巍巍地坐下，那椅子「咯吱」一聲，所有人的心為之一懸，所幸彩華樓物具堅固，不至於四分五裂。

「我聽說你這裡死了人，死人呢？」知縣又抬高兩眼，望著天說話。

「死人……就在此處。」胡有槐指了指水井，「前日小民還發現一具斷手目盲的女屍，但不知和那水井中的……有沒有關聯，一切待大人明察。」

「一男一女，死於此地，就是與情有關了。」知縣尖著嗓子說，「本縣看來，定是痴情男女相約殉情，選中了你這亭樂之地，唉，真是可憐啊！」

「這……」胡有槐點頭哈腰，「是是是……」

「本縣是民之青天，這殉情男女真是可憐，明日本縣厚葬。還有什麼事嗎？」知縣大人撐著椅子扶手便要起身，「若是無事，本縣就——」

他還沒說出「回衙門」三個字，身邊便有人冷笑：「真是青天，一男一女死於此地便是殉情，那樓上還有另一位女子的屍首，難道也是殉情不成？」

冷笑的自然是方多病。

「二樓還有？」知縣又坐了下來，「又是何人啊？」

「還待大人明察。」方多病涼涼道，「草民也不知是何人。」

「她是如何死的？」知縣又問。

「被人捏碎頸骨死的。」方多病冷冷道，「就如水井裡殉情的那位，要捏碎自己咽喉，等死透了再把自己塞進井裡，這般殉情，倒是不易。」

知縣兩眼半睜半閉：「如你這般說來，就不是殉情了。既然二樓的女子和水井中的男子都死於咽喉之傷，那便是他們互相鬥毆，失手將對方殺死。這般意外，本縣也是十分惋惜。」

方多病為之氣結，這兩人難道會互相掐著脖子，把對方掐死之後，一個跑去跳井，一個回自己房裡躺著嗎？他和這胖子知縣言語不通，東張西望一番，卻不見李蓮花的影子，不免大怒。

「既然這三人乃是互相鬥毆，意外而死，本縣就——」知縣大人「回衙門」三字尚未說出口，又有人微笑道：「知縣大人，請留步。」

知縣一雙細眼一直翻眼望天，這下好不容易往下瞄了一下，只見一個灰衣人拖著偌大的布包，施施然從後院走來，灰衣人容色文雅，知縣也不是很生氣，尖聲細氣地問：「什麼事啊？」

「大人，彩華樓內有寶。」李蓮花用力將身後拖著的那袋東西扯到院內眾人面前。

「哦？什麼寶？」知縣聽到「有寶」，一雙細眼略微睜開，酒也醒了，「從實招來。」

李蓮花一邊努力將那袋東西擺正，一邊道：「大人可曾聽說過九瓊仙境？」

「聽說過。」知縣又瞇起眼睛，「那是傳說之物，和彩華樓的寶何干？」

「因為九瓊仙境的祕密，那藏寶圖的答案，就在彩華樓內。」李蓮花施施然回答。

「可有證據？」知縣不動聲色，但那雙細眼瞇得更細了。

「有。」李蓮花慢慢打開他辛苦拖來的那袋東西——人人都知道是什麼，方多病臉色都變了，不知為何李蓮花要把那東西拖來，就是大前天夜裡的那具被斷手挖眼的女屍啊！看見屍體，知縣還算冷靜，並不驚慌：「這具女屍，如何能證明九瓊仙境之所在？」

李蓮花微笑道：「這具屍體，就是證明彩華樓有寶的最佳證據。」

眾人皺眉，方多病莫名其妙地看著他，只見李蓮花伸手向他，一個字：「刀。」

刀？方多病手邊無刀，順手從陪同知縣大人來查案的衙役腰上拔了一柄，揮手擲了過去。刀光掠過半空，那衙役大吃一驚，嚇得臉色慘白。李蓮花伸手接刀卻是渾若無事，一刀向那女屍的裙子劃去。

「刺啦」一聲，裙子從中裂開，方多病嚇了一跳，卻見李蓮花將手中刀一拋，周圍的人一片驚呼。

方多病定睛一看，忍不住「咦」了一聲——地上那具穿著裙子、綰著髮髻且被斷去雙手、挖出眼睛又挖去雙乳的「女子」居然不是女子。

他是個男人。

四 呂陽琴

「這人並不是什麼和情人相約殉情的小娘子，」李蓮花施施然道，「只不過他刮了鬍子、塗了胭脂，又被人挖去眼睛、割了胸口、斷了手，以致我等專注在他的傷口上，而忘了細看他的喉結，這是個男人，還是個生前容貌俊俏、扮起女人也挺像的男人。」

「他是誰？」方多病忍不住問，那竟然是個男人，他竟然沒看出來，真是奇恥大辱。

李蓮花對他露齒一笑：「你想知道？」

「當然。」方多病皺眉，「難道你知道他是誰？」

「我當然知道。」李蓮花正色道，「他是呂陽琴。」

方多病目瞪口呆：「什麼？」

李蓮花指著地上那具慘不忍睹的屍體：「我說，他便是呂陽琴。」

「聽說那九瓊仙境的藏寶圖就是在一個叫呂陽琴的人手裡，但你又怎知，地上這具屍首就是呂陽琴呢？」知縣大人尖聲細氣地問。

「因為這枝金簪。」李蓮花指了指呂陽琴頭上不知何時又物歸原位的饕餮銜首金簪，

「這枝金簪出自九瓊仙境，世上除了呂陽琴，還有誰更能合情合理地拿到九瓊仙境裡的東

西？」

「但世上並非只有一種合情合理。」知縣居然說出一句略有道理的話。

「不錯。」李蓮花微微一笑，「如果還有一件和九瓊仙境相關，又與呂陽琴相關的證物，就更能證明地上這具屍體便是呂陽琴。」他目光流動，在周圍所有人的臉上掃過一遍。

方多病瞪眼問道：「有那樣的東西？」他和李蓮花一起看了這幾具屍體，怎麼沒發現有這樣的東西？

「有。」李蓮花道，「那東西大大有名，叫做縛惡劍。」

「縛惡劍？」方多病大為詫異，「你在哪裡看到縛惡劍？老……我怎麼沒看到？」

李蓮花歪頭想了想，欣然道：「我猜那東西眼下在胡有槐房裡，你和他比較熟，要不你去他房裡找找？」

此言一出，眾人譁然，連一直穩如泰山的肥豬知縣也微微一震，胡有槐更是變了臉色，但臉色變最多的還是方多病，只見他雙眼圓睜：「什麼？」

李蓮花對著胡有槐招了招手，胡有槐臉色鐵青，哼了一聲：「枉費胡某奉公子為座上賓，沒想到竟是冤枉好人、信口開河之輩……」

李蓮花也不生氣，上下看了胡有槐幾眼，忽然道：「你可知很久很久以前，有一種東西，叫做人彘？」

胡有槐臉面抽搐了一下，眾店小二兩眼茫然。

方多病忍不住道，「西漢呂后因劉邦寵信戚夫人，而將戚夫人剁去四肢、挖出眼睛、灌銅入耳、割去舌頭，扔在廁所中，稱作人彘。」他看了看地上的屍體，恍然大悟，「這——」

「這也是人彘，不過比起戚夫人，他還有腳。」李蓮花道，「若非恨之入骨，一般人做不出這種事。」

眾人聽說這等慘事，皆噤若寒蟬，遍體生涼。

李蓮花又看了胡有槐一眼，突然道：「你可知呂陽琴幾年前殺了他的貼身婢女？」

胡有槐張口結舌，莫名其妙，一口氣活活忍住，差點沒把自己憋死：「胡某退出江湖多年……」

李蓮花欣然打斷他：「不錯，你退出江湖好多年了，所以不知道呂陽琴用縛惡劍親手殺了他的婢女景兒。因為景兒既是他的婢女，又是他的禁臠，可景兒移情別戀，愛上了『瀘州大俠』劉恆。這黑道中人拐帶白道女俠，便是作奸犯科；白道大俠拐帶黑道妖女，便是棄暗投明。總而言之，景兒棄暗投明的那日被呂陽琴發現，一劍殺了她。」他突然說起江湖逸事，沒聽過的聽得津津有味，早聽過的面面相覷，不知是什麼意思。

胡有槐倒是沒聽過，一直到故事說完方才醒悟，冷笑道：「這和胡某有何關係？為何你說縛惡劍在我房裡？」

「大大有關。」李蓮花正色道，「你若知道這段故事，便不會把那牌位留在屋裡。你若不把牌位留在屋裡，我如何能猜出天字四號房內住的是誰？」他拍了拍身邊一位店小二，吩咐他去把四號房裡的牌位拿來。

那店小二似是怕被冤魂索命，來去如風。李蓮花解開紅線，露出裡面的牌位「先室劉氏景兒之靈位」。

「景兒自小賣身呂陽琴為婢，沒有姓氏。她若嫁了劉恆，自要姓劉，這若是景兒的牌位，那在水井之中的大俠，便是劉恆。」他又指了指地上的屍體，「可想而知，呂陽琴殺了景兒，劉恆恨他入骨，於是不知用了什麼法子，抓到呂陽琴，廢了呂陽琴的武功，奪了他的劍，又用他裹劍的紅線來包裹劉景兒的牌位，再將他弄成人彘，綁到此處。」李蓮花想了想，「此地是西北往南的必經之地，或許劉恆留下呂陽琴的腳，就是要呂陽琴帶他找到九瓊仙境。」

有道理，前提是，地上這具屍體真的是呂陽琴。

「大前天夜裡，」李蓮花道，「劉恆將呂陽琴男扮女裝，綁到此處，住進天字四號房，那枝金簪約莫便是劉恆從呂陽琴那裡得來，故意插在他頭上。只是不知劉恆知不知那金簪背後的淵源。這事本來天衣無縫，沒有人發現呂陽琴變成了這副模樣，『西北閻王』的手下追兵也沒有找到這裡，可即使是大俠，下手過於毒辣，也是會遭天譴的。」他指了指樓上，「彩華樓的天字房內有機關，裝著專供窺視之用的琉璃鏡。那天夜裡……住在天字三號房內的女客，偶然發現畫軸後方的琉璃鏡，她看見了隔壁的劉恆和呂陽琴，或許她以為呂陽琴是個可憐女子，而劉恆是個手段殘酷的魔頭，總而言之，她破門而入，向劉恆發出暗器。」

方多病想起天字四號房桌上那枚犀角髮簪，點了點頭，那若是作為暗器，便能解釋為何插入桌面。

「於是她和劉恆動起手來。」李蓮花又指了指樓上，「而天字四號房的牆壁上有一道極細的口子，曾有東西貫牆而入，插入二寸之深。彩華樓乃方氏家業，樓宇以青磚搭建，除卻利器，何物能貫牆二寸之深？而此種利器若是長劍，二寸不足以穩住劍身，必會掉落，牆上裂口卻無翻翹痕跡；且裂口狹而深，並非刀刃形狀，因此應是短劍匕首。世上能稱為利器的短劍匕首不過區區三柄：一者菩提慧劍，在峨眉派受香火供奉久矣；二者『小桃紅』，在百川院中；三者，便是縛惡劍。」

眾人恍然，如此說來，李蓮花猜測地上那「女屍」乃是呂陽琴並非信口胡言。

只聽他又道：「而劉恆若擒住了呂陽琴，呂陽琴的縛惡劍就落到劉恆手上，如此一來，那女客自然不是對手。但三號房的女客身上沒有劍傷，只有掌傷，我猜女客和劉恆動手之際，呂陽琴將縛惡劍踢到牆上，導致劉恆無劍在手，和那女客硬拚掌力。」

「然後？」方多病摸了摸鼻子，他很想說李蓮花胡扯，但除此之外，他又想不出什麼新鮮花樣，心下甚是惱怒。

李蓮花瞪了他一眼，慢吞吞道：「然後我們便活見鬼了。」

「啊？」方多病又摸摸鼻子，「你是說那個……鏡子裡的手？」他驀地想起，「不對啊！我們在鏡子裡看到女鬼是前天夜裡，你說劉恆和隔壁的女客動手，是大前天夜裡，時間不對！況且前日你我都沒有聽到任何人出入，而劉恆分明大前天夜裡已經死了。」劉恆若是沒死，怎能容許呂陽琴這般逃出來？

「劉恆和隔壁女客動手後，」李蓮花一本正經地道，「那女客中了一掌，暈倒房內，劉恆被震出窗口，摔進了水井之中。」

方多病猛抓自己的頭髮，越聽越糊塗，按這種說法，事情和胡有槐確實沒什麼關係，為何李蓮花卻說縛惡劍在胡有槐手中？這越聽越像是肥豬知縣斷的「互毆」、「意外」而死。

眾人質疑的目光紛紛射來，李蓮花不以為忤，繼續道：「然而劉恆和那女客兩敗俱傷，卻都沒有死。」

方多病失聲道：「但劉恆死在水井之中！」他若摔下沒有死，現在又怎會在水井之中？

李蓮花施施然站著，又悠悠環視眾人一圈，最後目光落在知縣身上，正經八百地問：「敢問知縣大人出門住店、喝酒吃飯、看鏡子摸姑娘，可都是帶著荷包付銀子的？」

知縣尖聲道：「那是當然。」

李蓮花轉過身：「連知縣大人吃飯都要付銀子，這住在天字四號房裡的兩個大活人，不但渾身上下沒有一個銅板，連他們的房間內都沒有一個包裹一兩銀子，敢問他們如何住店、如何吃飯？」

「所以？」知縣居然接話了。

李蓮花很是捧場，微笑道：「所以劉恆身上的東西，是被人拿走了。劉恆的屍身還在井內，大家可以過去看看，他全身紅腫，皮膚鼓脹，所以卡在井口，可是他的頭髮、衣服卻是溼的，是什麼道理？」

「可見他皮膚受傷時，人還活著，還活了不短的一段時間，傷處遇水紅腫，才整個人腫了起來。」知縣若無其事地道。

李蓮花微笑，「大人果然明察秋毫。」他很愉快地看著其他人既釋然又疑惑的臉，「從劉恆的屍身可以看出，他曾一度墜入井中。他全身的擦傷都是與井口摩擦而來，全身溼透，是因為他掉進井底的水裡。」

原來如此，眾人恍然，所以劉恆當時沒有死，也就是說，殺死劉恆的另有其人。

「而三號房的女客也是如此，她與劉恆對掌，暈了過去，等她醒來已是夜晚。她爬起身，去找牆上的那柄劍，於是點了火摺子去看。」李蓮花微笑道，「然後順便翻了畫軸，看了一下畫軸後面的琉璃鏡，於是我和方大少在房間裡以為見鬼了。」

方多病鬆了口氣：「所以那真不是女鬼……」

李蓮花點頭，喃喃道：「然而她醒得不是時候，她晚醒了一天……」

方多病道：「什麼叫晚醒一天？」

李蓮花瞪眼道：「我說得一清二楚，她是在晚上過去的，又在晚上醒來，可見昏了十二個時辰，便是一天。」

方多病怒道：「胡說八道，以你這般含混不清，能有幾個人聽懂你說『等她醒來已是夜晚』代表她暈了十二個時辰？你又怎知她不是暈了半個時辰？」

「她若暈了半個時辰，我倆就是活見鬼了。」李蓮花正色道，「她若只暈八個時辰，只怕不會變成二樓的另一具屍體，所以她非暈上十二個時辰不可。」

方多病怒道：「什麼叫『非暈上十二個時辰不可』？」

李蓮花不再理他，欣然看著知縣，好似只有知縣是他知音：「我和方公子住在天字五號房的那夜，雖然在琉璃鏡中看到人手的影子，卻沒有聽到人出入。所以假使隔壁有人，她若不是女鬼可以出入無聲，便是在我等入住之前已在房中，卻在我等離開之後方才出來。唯有如此，才聽不到她出入之聲。」

方多病這才聽懂為何那女客非要暈上十二個時辰不可，她若沒有暈這麼久，便不會一直留在天字四號房中，早就自行離開了。

「所以劉恆和三號房的女客在對掌之後，各自受傷，卻沒有死。」李蓮花道，「但他們為何最後都死了呢？這便要從那天夜裡說起。那夜劉恆與人動手，然後一起沒了動靜，呂陽琴口不能言、目不能視，也許他還能聽，但顯然沒有自保能力，所以他從天字四號房逃了出來，沿著小路，穿過廚房，跑到花園裡，結果摔了一跤，後腦著地，因為是深夜，無人發現，他便自己跌死了。」他微微一笑，「而這便成了一切的開端。」

「開端？呂陽琴把自己跌死了，這才是開端？」方多病奇道，「難道不是意外？」

「呂陽琴把自己跌死自然是意外，就算他不跌死自己，變成這樣，活著也沒有什麼意思。」李蓮花道，「但你莫忘了，他死的時候，血泊裡躺著饕餮銜首金簪。」

方多病慢慢皺起眉頭：「你是說，有人從這裡發現了——」

「發現了他和九瓊仙境的祕寶有關。」李蓮花道，「我們發現呂陽琴的屍體後，方大少差遣胡有槐去搜查死者可是彩華樓的人，你還記得胡有槐怎麼說的嗎？他說『大少爺，這人真的不是本樓的女子，你看我彩華樓上上下下百來號人，底細都在我手裡，這人人都在，絕沒有缺了哪個，所以走廊上那玩意兒，絕對不是樓裡的人，肯定是有人從外面弄來，扔在咱們樓裡，想壞了彩華樓的名聲』。可見他那時候已經去查過了，才說不是樓裡的人。」他笑了笑，「可是，他那天又親自準備了天字五號房給我們住。一個已經檢查過全樓的掌櫃，一個在天字五號房整理東西的掌櫃，就算他沒有發現四號房裡多了一個女人，至少也會發現水井裡有一個傷者。」他又補充道，「別忘了，劉恆還沒死，只要沒撞傻，他就會呼救。所以其實在我們發現呂陽琴的那天早上，胡有槐就已發現了劉恆，從他那裡聽說了九瓊仙境的線索。」

方多病聽到此處恍然大悟：「然後呢？」

「然後一切明瞭，劉恆為了求救，告訴胡有槐關於呂陽琴的真相，而胡有槐將他從井裡撈上來，捏碎了他的頸骨，再將他塞回井裡。不料劉恆受傷後傷處腫脹，堵在井壁之間。」李蓮花道，「接著胡有槐趕到天字四號房，匆匆將縛惡劍帶走。為免耽擱太久，他沒能澈底搜查四號房，我猜他那時並沒有找到劉恆所說的關於九瓊仙境的線索。」

「那他為什麼不等有空的時候再去？」方多病瞪眼。

李蓮花嘆了口氣：「等他有空的時候，我倆已經住進五號房，你說胡有槐有天大的膽子，敢在你方大少臥榻旁邊抄家劫財嗎？」

方多病不禁聽得有些受用，咳嗽兩聲：「這就是為什麼鬧鬼那天晚上他沒有來？」

李蓮花想了想：「我猜他那天晚上沒來，一是怕被我們發現，二是他以為暈在地上的那位女客已經死了。」

方多病道：「結果那女人半夜詐屍，又爬了起來。」

「對，那女人清醒過來，也在屋裡翻找，這可能是她沒有即刻離開四號房的原因。」李蓮花道，「她在屋裡找到了一樣東西。」他比畫了一下，「能抓在手裡的東西。但她既然暈了十二個時辰，傷勢多半很重，或許是害怕驚動旁人，所以那天晚上她一直留在四號房中。」

方多病看著他的手勢，驀地想起二樓女屍那屈成虎爪的手指，她臨死之際一定死死抓著什麼東西不放。

難道九瓊仙境所謂的「寶藏」，是一個一二尺大小的盒子？那能裝得下多少金銀珠寶？方多病不禁大為掃興，他從小到大的壓歲錢，裝在盒子裡也能裝個一二十盒，九瓊仙境也太小氣了點。

「然後隔天，因為我倆撞鬼，不再回天字五號房，胡有槐就回到四號房去找東西。」李蓮花道，「他發現女客沒有死，不但沒死，還找到了他夢寐以求的東西，所以又捏碎了女客的咽喉，奪走了那個『東西』，然後把屍體匆匆藏進三號房，想等日後處理。」他悠然看著知縣，「胡有槐以為知縣大人昏庸，必會將大事化小、小事化無，故而千方百計請大人來此斷案。殊不知大人明察秋毫，豈能看不穿這其中奧妙？只要派人在胡有槐房中一搜，看有沒有縛惡劍或是其他來歷不明的金銀珠寶，便知草民所言，有幾分真、幾分假了。」

肥豬知縣牢牢盯著李蓮花，李蓮花如沐春風，含笑以對。

知縣狠狠地多盯了李蓮花幾眼：「來人啊！給我搜！」

不過片刻，便從胡有槐房中尋到縛惡劍和一些金銀細軟，胡有槐竟連碎銀和銅板都不放過，不愧是生意人。此外，還有一個光可鑑人的木頭盒子，奇硬無比，刀劍難傷，水火難侵，饒是胡有槐使盡各種方法，這木頭盒子就是打不開。

或許九瓊仙境的祕密便是不許世上俗人伸手染指，所以數百年來，從沒有人找到過。

五　掠夢

「你說胡有槐自己又不使劍，花那麼多力氣冒那麼大風險，偷一把劍回來幹什麼？」

方多病自從把胡有槐捆起來，吩咐人快馬加鞭送回方家給他親爹「伺候」以後，便時不時感慨。

李蓮花嘆了口氣，喃喃道：「他又不如你這般懶……」

方多病瞪眼道：「你說什麼？」

李蓮花正色道：「胡有槐去奪劍，是因為他勤勞。」

方多病目瞪口呆地看著他，李蓮花悠悠道：「他會為了把寶劍，改行去練劍；而就算給你一百把寶刀，殺了你的頭，你也不會去練刀。」

方多病突然嚴肅起來：「這倒未必，聽說在九瓊仙境，有一把刀，名為『掠夢』，刀影如虹、刀身如冰，施展起來光彩繚繞，美妙至極……」

李蓮花打了個呵欠，昏昏欲睡。

曾有一刀名為「掠夢」。

刀出飛虹貫日，影落百里千秋，一動山河千秋夢，漫江春色一吻紅。

那把刀後來斷了，被加入一塊冰晶，淬成另一把劍——

叫做「吻頸」。

第十四章

懸豬記

一 懸梁

王八十從來沒有走運過，自他從娘胎落地，老娘就被他剋死，三歲時老爹為了替他湊一件冬衣的錢，大冬天上山挖筍，結果從懸崖摔下一命嗚呼。自八歲起，他就被八十歲的曾奶奶賣到紅豔閣當小廝，作價八十個銅板，於是叫做王八十。他在紅豔閣辛辛苦苦地幹活，一個月不過賺四十個銅錢，到三十八歲那年好不容易存夠錢娶了媳婦，成婚沒三天媳婦嫌他太矮，出門丟人，跟隔壁的張大壯跑了，於是至今王八十還是一個人住。

雖然沒人疼沒人愛，但王八十很少怨天，有時候他對著鎮東那條小河照照，也覺得就憑水裡那人長得歪瓜裂棗、身高四尺的模樣，真是無論誰都疼不起來，能在紅豔閣有份工作，已是老天眷顧。

如他這般老實本分、安分守己的人，原本應該平平安安、簡簡單單地過一輩子，死了往亂葬崗上一躺，就此完結，王八十從來沒想過自己還有撞鬼的一天。

「昨天晚上，我從紅豔閣倒完夜壺回來，這裡一片黑漆漆的，什麼都看不見，當然我出門時也沒有點燈。我正要開門，發現門沒有關，就這麼開著一條縫……我心想該不是有賊上門吧，我屋裡那床十八文的被子千萬莫要被偷去，所以在這裡抄了個傢伙，往窗戶探去。結果這一探，哎喲我的媽呀！我屋裡有個東西在飄，鬼一樣雪白雪白的，一棍子打過去，那東西忽閃忽閃的，竟是件衣服，我一抬頭，就看到……」

角陽村的村民一向對紅豔閣敬而遠之，因為那裡是家妓院，而且粗房破瓦，裡頭的姑娘又老又醜，是個九流妓院。但今天一早，紅豔閣後門熱鬧非凡，萬頭攢動，猶如趕集，人人都要到王八十住的柴房裡看上一眼，有的人還提著自家板凳，以防個頭太矮，少看了一眼，豈不吃虧？

「哎喲……」一位灰衣書生正往紅豔閣旁的萬福豆花莊走去，被人撞了個踉蹌，回頭看眾人紛紛往妓院而去，不免有些好奇，猶豫片刻，也跟著去看熱鬧。

「哦……」眾人擠在王八十的柴房外，齊齊發出驚嘆之聲。

一頭碩大的母豬，身穿白色綾羅，衣裳飄飄，被吊在王八十房中梁下，麻繩繞頸而過，竟真是吊死的。

「母豬竟會上吊，真是世上奇事，說不定牠是看中了王八十，施了仙法，得知你多年沒吃豬肉，所以舉身上吊，以供肉食。」在角陽村開了多年私塾的聞老書生搖頭晃腦，「真是深情厚誼，聞所未聞。」

「女人的衣服，嘻嘻，豬穿女人的衣服……」地上一名七八歲的小男孩嘻嘻笑著，「牠如果會化身，衣服怎麼不變成豬毛？」

王八十連連搖頭，「不不，這不是豬仙，我說這一定是女鬼。你們看這衣服，這衣服裡還有東西，真是女人穿過的，你看這東西……可是尋常人會有的？」他搬了張凳子爬上去，從母豬身上那件白衣懷裡摸出一物，「這東西，喏。」

眾人探頭去看，只見王八十又黑又粗的老手上拿著一片金葉子，足有三兩重的真金葉子，就算是村裡有名的李員外也拿不出手。母豬自然不會花錢，衣服自然更不會花錢，那這三兩黃金是誰的？

王八十指指梁上搖晃的母豬：「這必是怨女死得冤枉，將自己生前死法轉移到這頭母豬身上，希望有人替她申冤……」

聞老書生立刻道：「胡說，胡說，懸梁就是自殺，何來冤情？」

王八十愣了愣：「哦……」

王八十臉上竟有些失望，往眾人看了一眼，只見大家對那懸梁上吊的豬嘖嘖稱奇，可看了一陣也覺無趣，有些人已打算離開，他心裡有些著急。

忽然，梁上木頭發出一聲異響，眾人抬頭一看，白綾飄揚，那頭吊頸的豬仰天跌下，

「砰」的一聲重重摔在地上，豬身上一物受震飛起，直往人群而去。

「啊——」眾人紛紛避讓，一人急忙縮頭，那物卻偏偏朝他胸口疾飛，眾人不禁大叫一聲「哎呀」，那物在整齊劃一的「哎呀」聲中正中胸口，那人「撲通」坐倒在地，雙手牢牢抓住一物，滿臉茫然，渾不知此物如何飛來。

眾人急忙圍上去細看，只見那人手中抓著一把矛頭，矛頭上沾滿暗色血跡，顯然是剛從母豬血肉之中飛出來的。

王八十蹲下查看那摔在地上的母豬，叫了起來：「這頭豬不是被吊死的，是被矛頭刺死的。」

眾人復又圍上來，齊看那頭死豬，過了半晌，聞老書生道：「王八十，我看你要出門躲躲，這……這頭被矛頭刺死的母豬，不知是誰吊在你家，必有古怪。那黃金你快點扔了，我看不吉利，咱沒那福分，享不到那福氣。大家都散去吧，散去吧。」

眾人眼見矛頭，心中都有些發毛，紛紛散去，只餘那手握矛頭的灰衣書生，以及呆住的王八十。

「你……」灰衣書生和王八十同時開口，同時閉嘴，各自又呆了半晌。王八十道：「你……你是豬妖？」

灰衣書生連連搖頭：「不是，不是，阿彌陀佛，罪過，罪過。我本要去萬福豆花莊吃豆花，誰知道這裡母豬上吊，身上飛出一把刀……」

王八十看著他手裡仍然牢牢抓住的矛頭，「這是矛頭，不是刀，這是……咦……這是……」他拿起灰衣書生手裡的矛頭，「這不是戲臺上的矛頭，這是真的。」

只見那矛頭寒光閃爍，刃角磨得十分光亮，不見絲毫鏽斑，和擺放在廟中、戲臺上的全然不同，真是殺人的東西，王八十剎那間全身寒毛都豎了起來。

灰衣書生連忙自懷裡摸出一塊巾帕擦手，一擦之下，發現巾帕上除了豬血，尚有兩根長長的黑毛，他兀自呆了呆，王八十腦子卻靈活，大叫一聲：「頭髮！」

兩根兩尺有餘的頭髮，沾在矛頭上，又落在灰衣書生擦手的巾帕之中，十分醒目。母豬肚裡自然不會長頭髮，王八十舉起矛頭，只見矛頭上兀自沾著幾絲黑色長髮，與矛頭糾纏不清，難解難分，他張大嘴巴：「這……這……」

「那個……或許是這個矛頭打中了誰的頭，然後飛出去，刺進這頭母豬的肚子裡……」灰衣書生喃喃道，「所以自母豬肚中飛出來的矛頭上有頭髮。」

王八十顫聲道：「這是凶器？」

灰衣書生安慰道：「莫怕莫怕，或許這刀……呃……這矛頭只是打中人，那人卻未死；又說不定是這頭母豬吃了幾根頭髮下肚，那個……尚未消化乾淨。」

王八十越想越怕：「這頭吃了頭髮的母豬怎會……怎會偏偏掛在我的屋裡……我招誰惹

誰了？我……」他越說越覺得委屈，往地上一蹲咧嘴就哭了起來。

灰衣書生急忙將手中的矛頭往旁邊一放，拍了拍王八十的肩：「莫怕，也許是有誰跟你開玩笑，過幾天自然會將實情告訴你。」

王八十哭道：「這頭母豬也值個一兩三錢銀子，誰會拿一兩三錢白花花的銀子來害人？定是豬妖女鬼纏上我了，我定活不過明日此時，今晚就會有青面獠牙的女鬼來收魂，閻羅王，我死得好冤啊……」

灰衣書生的手越發拍得用力：「不會不會……」

王八十抬頭，看見他滿手豬血抹得自己滿身都是，越發號啕大哭：「鬼啊——母豬鬼啊——我只有這一件好衣裳……」

灰衣書生手忙腳亂地拿出汗巾來擦拭豬血，卻是越擦越花，眼見王八十眼淚與鼻涕齊飛，餅臉與豬血一色，無可奈何下只得哄道：「莫哭莫哭，待會兒我買件衣裳賠你如何？」

王八十眼睛一亮：「當真？」

灰衣書生連連點頭：「當真當真。」

王八十喜從中來：「那現在便去買。」

灰衣書生早飯未吃，誠懇道：「買衣之前，不如先去吃飯……」

王八十驚喜交加，顫聲道：「公……公子要請我吃飯？」

灰衣書生耳聞「公子」二字，嚇了一跳：「你可以叫我一聲大哥。」王八十習慣聽人發號施令，從無懷疑反抗的骨氣，開口便叫「大哥」，也不覺面前此人雖困頓而不老，以年紀論，似乎還不足以做他「大哥」。

灰衣書生聽他叫「大哥」，心下甚悅，施施然帶著小弟上萬福豆花莊吃飯去了。萬福豆花莊的豆花一文錢一碗，十分便宜划算，灰衣書生不但請王八十平白喝了碗豆花，還慷慨地請他吃了兩個饅頭和一碟五香豆。王八十受寵若驚感激涕零，若他是個女子，只怕會以身相許，奈何他不是。

餐桌上絮絮叨叨，王八十才知他這「大哥」姓李名蓮花，昨日剛剛搬到角陽村，不想今日一早起來就看見母豬上吊的怪事，還連累他欠王八十一件衣裳。所幸他大哥脾氣甚好，又講信用，還在吃飯就請小二出去為王八十買了件新衣裳，越發讓王八十將他奉若神明。

李蓮花吃五香豆吃得甚慢，身邊食客都在議論王八十家裡那頭母豬，他聽了一陣問道：「王八十，今日村裡可有人少了頭母豬？」

王八十頭搖得像個波浪鼓：「村裡養豬的人雖多，卻沒聽說有人少了母豬，否則一大早起來哪有不到我家要豬的道理？一頭豬可是很貴的……」

李蓮花連連點頭，對那句「一頭豬可是很貴的」十分贊同：「一頭死了的母豬昨夜竟偷偷跑到你家懸梁，這事若是讓說書先生聽見，定會編出故事來。」

王八十窘迫又痛惜地道：「說書先生幾天就能賺一吊錢呢……」

兩人正就著那頭母豬東拉西扯，忽然滿屋子吃豆花的人又騷動起來，王八十連忙鑽出去湊熱鬧，這一湊不得了，整個人呆愣當場。

他的屋子著火了。

非但著火，看那濃煙滾滾、烈火熊熊的樣子，即便他化身東海龍王去灑水，只怕也無濟於事。他雖沒見過什麼大世面，卻也是個明白人，絕望地心知他那床十八文的被子多半是離他而去了。怎麼會起火呢？家裡連個油燈都沒有，怎會起火？

李蓮花揮著袖子搧走那穿堂而來的煙灰和火氣。隔壁起火，豆花莊也遭殃，不少客人抱頭逃之夭夭，可他那一碟五香豆還沒吃完，只得掩著鼻子繼續吃。

王八十呆呆地回來，坐在李蓮花身邊，鼻子抽了幾下，喃喃道，「我就知道，豬妖女鬼不吉利，我的房子啊……我的新被子……」他越想越悲哀，突然號啕大哭，「我那死了的娘啊，死了的爹啊，我王八十沒偷沒搶沒奸沒盜，老天你憑什麼讓我跑了老婆、燒了房子，我招誰惹誰了？我就沒吃過幾塊豬肉，我哪裡惹到那豬妖了？啊啊啊啊……」

李蓮花無奈地看著面前那一碟五香豆，身邊的眼淚鼻涕橫飛，嘈雜之聲不絕於耳，只好嘆了口氣：「那個……不嫌棄的話，你暫時住在我那裡吧。」

王八十轉悲為喜，「撲通」一聲跪下：「大哥，大哥，你真是我命裡的救星，天上下凡的活神仙啊！」

李蓮花很遺憾地結了帳，帶著王八十慢慢出了店門。

一出店門就能感覺到火焰的灼熱，王八十住的是紅豔閣的柴房，柴火眾多，絕不是一時半刻能燒完的。李蓮花和王八十擠在人群中看了兩眼，王八十放開嗓子正要哭，卻聽李蓮花喃喃道：「幸好燒的只是個空屋……」

王八十一呆，陡然冒出一身冷汗，也忘了哭。李蓮花拍了拍他的肩：「這邊走。」

於是王八十乖乖地跟著他往街的另一邊走，越走眼睛睜得越大，只見他那「大哥」走進一棟通體刻滿蓮花圖案的二層小樓，這木樓雖然不高，但在王八十眼中已是豪門別院、神仙府邸。李蓮花打開大門，他竟不敢踏入，門內窗明几淨，東西雖然不多，卻收拾得極為整潔乾淨，和他那柴房全然不同，彷彿踩進一腳便褻瀆了這神仙住的地方。

李蓮花見他又在發抖，友善地看著他：「怎麼了？」

王八十露出一張快要哭的臉：「太……太……乾淨了，我不敢……不敢踩……」

李蓮花「啊」了一聲，「乾淨？」他指著地上，「有灰塵的，不怕不怕，進來吧。」

灰塵？王八十的眼睛瞇成鬥雞眼才在地上看到一點點等於沒有的灰塵，但李蓮花已經走了進去，他無端感到一陣惶恐，急急忙忙跟了進去。

就在他踩進吉祥紋蓮花樓的瞬間，「砰」的一聲，一個花盆橫向飛來，直直砸在門前，恰恰是王八十方才站的位置。王八十嚇了一跳，轉身探頭張望，只見滿大街人來人往，也不知是誰扔了個花盆過來。

李蓮花將他拉進去，急匆匆關上門。

地上碎裂的花盆靜靜躺在門前，是個陳舊的花盆，花盆裡裝滿了土，原本不知種著什麼花草，卻被人拔了起來，連盆帶土砸碎在門口。

一地狼藉的樣子，讓人覺得有些可惜。

李蓮花坐在椅子上，居高臨下地看著堅決不肯坐椅子的王八十，右手持著上回方多病來下棋時落下的一顆棋子，一下一下輕輕敲著桌面。

王八十本覺得「大哥」乃是天神下凡，專司拯救他於水火之中，但被李蓮花看得久了，愚鈍如他都不禁有些毛骨悚然：「大哥？」

李蓮花頷首，想了想：「二樓有個客房，客房裡有許多酒杯、毛筆、硯臺什麼的，別去動，你可以暫時住在裡面。」

王八十連連磕頭，不磕頭無以表達他的感激之情。

李蓮花正色道：「不過你要幫我做件事，這件事重要至極，緊迫得要命，若不是你，一般人可能做不來。」

王八十大喜：「大哥要我做什麼我就做什麼，紅豔閣的柴房燒了，我也沒膽回去那裡，如果能幫得上大哥的忙就再好不過了。」

李蓮花溫文爾雅地頷首，白皙的手指仍舊持棋在桌上輕輕敲著。

一炷香過後，王八十接到了李蓮花要他做的那件「重要至極，緊迫得要命，一般人可能做不來」的工作——數錢。李蓮花給他一吊錢，很遺憾地道：「這吊錢分明有一百零一個，但我怎麼數都只有一百個，你幫我數數。」

王八十受寵若驚地接過他生平見過最多的錢，緊張且認真地開始了他的數錢工作。

二 破門

第二天，王八十在雞叫之前就起床，快手快腳地將這木樓上下打掃擦拭了一遍，他本想為大哥煮個稀飯什麼的，但樓裡卻沒有廚房，只有個燒水的炭架子，連粒米都找不到。而這時的李蓮花在睡覺，絲毫沒有起床的意思。

雞鳴三聲，日出已久。王八十把那吊錢又數了十遍之後，李蓮花終於慢吞吞地起床，剛剛穿好衣服下樓，手剛剛摸到王八十為他倒的水，就聽門外「砰」的一聲響，吉祥紋蓮花樓的大門驟然被人踹開，一個身穿金色錦袍的中年人持劍而入：「王八十呢？叫他出來見我！」

眼前猛地出現一位面色不善、氣勢驚人的金衣人，李蓮花還來不及開口問來者何人、所為何事、為何踹壞大門、打算賠他銀子幾許……那金衣人已沉聲道：「李蓮花，在我萬聖道看來，吉祥紋蓮花樓不過爾爾，算不上龍潭虎穴。我只要王八十，你讓開。」

萬聖道是江浙武林總盟，近幾年角麗譙野心漸顯，除了四顧門重新崛起外，江浙也在數年前成立了萬聖道總盟，聯絡集合江浙三十三武林門派的消息和人手，統一進退決策。數年來，萬聖道是武林中最具實力的同盟，黑白兩道、甚至官府都不得不給萬聖道七分面子。

李蓮花一口水都還沒喝，金衣人已撂下話來，指名要帶走王八十。王八十根本不認識這渾身金光的中年人，嚇得臉色慘白，不知他家裡吊死頭豬竟會有如此慘重的後果，不……不不不就是頭母豬嗎……

「金先生。」李蓮花微笑道，「要帶走王八十可以，但不知紅豔閣這小廝是犯了什麼事，讓萬聖道如此重視，不惜親自來要人？」

金衣人眉目嚴峻，神色凌厲，李蓮花並不生氣，還相當溫和。金衣人被他稱呼為「金先生」，顯然一怔：「在下並不姓金。」

李蓮花也不介意：「王八十家裡不過吊死了頭母豬，和萬聖道似乎……關係甚遠……」

金衣人怒道：「有人在他家中廢墟尋得『亂雲針』封小七的令牌，還有斷矛一枝，你莫要多管閒事。」

李蓮花皺起眉頭：「封小七？」

金衣人點頭：「萬聖道總盟主封磬之女。」

李蓮花看了王八十一眼，喃喃道：「原來……那頭母豬真的有很大干係，王八十。」

王八十聽他號令，立刻道：「大哥，小的在。」

李蓮花指了指金衣人，正色道：「這位金先生有些事要問你，你儘管隨他去，放心，他不會為難你。」

王八十魂飛魄散，一把抓住李蓮花的褲腳，涕淚橫飛：「大哥，大哥你千萬不能拋下我，我不去，大哥在哪裡我就在哪裡，死也不去，我不要和別人走，大哥啊……」

李蓮花掩面嘆息，那金衣人也不免有些蹙眉，大步走過來一把抓起王八十就要走，不想王八十雖然人矮腿短，卻力氣驚人，竟然牢牢抱在李蓮花腿上，死也不鬆手。拉拉扯扯成何體統，金衣人臉色黑了又黑，終於忍無可忍道：「如此，請李樓主也隨我走一趟。」

李蓮花一本正經道：「我不介意到萬聖道走一趟，但你踢壞我的大門，如果等我回來，樓內失竊……」

金衣人眉頭微微抽動，咬牙切齒道：「大門萬聖道自會幫你修理，走吧！」

李蓮花欣欣然拍了拍衣袖：「金先生一諾千金，這就走吧。」

金衣人面容越發扭曲，他不姓金！但好不容易拿人到手，他不欲和李蓮花計較，一抬手：「走吧！」

王八十眼見大哥也去，滿心歡喜，緊緊跟在李蓮花身後，隨著金衣人走出大門。

門外一輛馬車正在等候，三人登上馬車，駿馬揚蹄，絕塵而去。

馬車中四壁素然，並無裝飾，一身金衣的「金先生」盤膝閉目，李蓮花打了個小小的呵欠，遊目四顧，見馬車一角放著個三尺餘長的包裹。包裹是黃緞的，黃緞似是從何處隨手撕下，並未裁邊，邊緣卻以濃墨揮毫畫了什麼東西，就算不是龍，約莫也是和龍差不多的東西。他對著那包裹看了好一陣子，突然問：「金先生，那是什麼？」

金衣人怒道：「在下行不改名，坐不改姓，『千里嘯風行』白千里。」

李蓮花「啊」了一聲，歉然看著他：「那是什麼？」

白千里看了那包裹一眼，怒色突然淡去：「一柄劍。」

李蓮花問道：「可是『少師』？」

白千里一怔：「不錯。」

李蓮花溫和地看著那包裹，過了片刻，微微一笑。

白千里奇道：「你認得『少師』？」

李蓮花道：「認得。」

「此劍是李相夷當年的貼身佩劍，李相夷身帶雙劍，一剛一柔，剛者『少師』，柔者『吻頸』，雙劍隨李相夷一起墜海。數年前，有人在東海捕魚，偶得『少師』，之後此劍經輾轉販賣，等到我這裡，已過了四十三手。」白千里淡淡道，「名劍的宿命啊……」

李蓮花本已不看那劍，聞言又多看了兩眼：「此劍……」

白千里冷冷道：「你可是想看一眼？」

李蓮花連連點頭，白千里道：「看吧。我不用劍，能買下此劍還是『滄海劍』莫滄海莫老讓我的，本就是買來讓人看的，多一人看，便多一人記得它當年的風采。」

李蓮花正色道：「金先生，真是謝了。」

白千里一怔，這人又忘記他姓白不姓金。只見李蓮花取過那黃緞包裹，略略一晃，柔軟的黃緞滑落手背，露出黃緞中的一柄劍。

那是柄灰黑色的長劍，偏又在灰黑中透出一股濃郁的青碧，劍質如井壁般幽暗而明潤，清寒之氣撲面。李蓮花隔著黃緞握著劍柄，雖未看見，但他知道這劍柄上雕著睚眥，睚眥之口可穿劍穗。十五年前，為博喬婉娩一笑，李相夷曾在劍柄上繫了條長達丈許的紅綢，在揚州「江山笑」青樓屋頂上練了一套「醉如狂」三十六劍。

當年，揚州城中萬人空巷，受踩踏者眾多，只為爭睹那紅綢一劍。

他也記得最後這柄劍斬碎了笛飛聲船上的桅杆，絞入船頭的鎖甲鍊中，船傾之時，甲板崩裂，失卻主人的劍倒彈而出，沉入茫茫大海……

突然間，胸口窒息如死，握劍的手居然微微發抖，他想起展雲飛說：有些人棄劍如遺，有些人終身不負，人的信念，總是有所不同。

不錯，人之信念，終是有所不同。

李蓮花此生有負許多，但最對不起的，便是這柄少師劍。

王八十見他握住劍柄，劍還沒拔出來臉色便已白了，不禁擔心道：「大哥？」

「錚」的一聲脆響，李蓮花拔劍而出，滿室幽光，映目生寒。劍身光潤無瑕，直可倒映人影。

白千里略覺詫異，少師劍並不易拔，這劍當初墜落東海，劍鞘卻落在沉船上，長劍沉入泥沙之中，所幸此劍材質不凡，海中貝類並未附著其上，保存了最初的機簧。少師劍劍身極為光潤，劍鞘扣劍的機簧特別緊澀，腕力若是不足，十有八九拔不出來。他買劍也有年餘，能拔出此劍的僅十之二三，連他自己也鮮少拔出，李蓮花看起來不像腕力雄渾之人，卻也能一拔而出。

「李蓮花以醫術聞名，不想腕力不差，或是對劍也頗有心得？」

王八十畏懼地看著李蓮花手上的劍，那是凶……凶凶凶……器……卻見他大哥看劍的眼神頗為溫和，瞧了幾眼，還劍入鞘，遞還給白千里。

白千里忍不住有些得意：「如何？」

李蓮花道：「『少師』一直是一柄好劍。」

白千里裹好黃緞，將少師劍放回馬車一角，瞪了王八十一眼，突然怒問：「昨日夜裡，究竟是怎麼回事？」

王八十張口結舌：「昨昨昨……昨天夜裡？昨天夜裡我去倒夜壺，回來的時候就看見那隻母豬掛在我房裡，天地良心，我沒說半句假話……大爺饒了我吧！饒了我吧！」

白千里厲聲問道：「那頭豬身上的衣服，可是女子服飾？」

王八十連連點頭：「是是是，是一件女人的衣服。」

白千里緩了口氣：「那件衣服，可有什麼異狀？」

王八十茫然看著他：「就是女鬼的白衣，白白的，衣兜裡有錢。」他只記得衣兜裡有錢，天曉得那衣服有什麼異狀。

白千里從袖中取出一物：「她的衣兜裡，是不是有這個？」

王八十看著白千里手上的金葉子，這東西他萬萬不會忘記，當下拚命點頭。

白千里又問：「除了這金葉令牌，白衣中可還有其他東西？」

那母豬和白衣都已燒毀在大火中，王八十記性卻很好：「她衣兜裡有一片金葉子，一個紅色的小豆子，一張紙，一片樹葉。」

白千里和李蓮花面面相覷：「一張紙，紙上寫了什麼？」

王八十這下汗顏了：「這個……小的不識字，不知道紙上寫了什麼。」

白千里想了想：「那頭……母豬可有什麼異狀？」

王八十忙道：「那母豬穿著女人的衣服上吊，脖子上繫著一條白綢，肚子上插著一枝斷掉的長矛，到處……到處都是異狀啊……」

白千里皺眉，自馬車座下摸出一枝斷矛：「可是這個？」

王八十仔細看了那斷矛一會兒，期期艾艾道：「好像不是這個，亮……亮一點，長一點……」

白千里臉上的神色緩和了一些，又自座下摸出一枝斷矛：「這個？」

王八十又仔細看了一番，點頭。

這矮子居然記性不錯。白千里準備兩枝斷矛，便是為了試探王八十的可信度，不想王八十竟清楚記得許多細節，即使母豬和白衣都已燒毀，損失卻不大：「你的記性不錯。」

王八十自娘胎落地以來從未受人讚美，汗流浹背：「小的……小的只是平日被人吩咐得多了……」

李蓮花專注看著那枝斷矛，嶄新錚亮，雖有一半受火焰灼燒，變了顏色，卻不掩其新，斷口整齊，應是被什麼兵器從中砍斷，原本矛頭染血，還有幾根長髮，但火燒過後一切不留痕跡。

「你懷疑那件白衣是封姑娘的？」

白千里陰沉地道：「小師妹已經失蹤十多天，金葉令牌可號令整個萬聖道，天下只有三枚，一枚由我師父封磬攜帶，一枚在小師妹手裡，另一枚在總盟封存。金葉令牌出現在這裡，你說萬聖道怎能不緊張？」

「王八十。」馬車搖晃，李蓮花舒服地靠著椅背瞇眼坐著。

「小的在，大哥有什麼事儘管吩咐。」王八十立刻卑躬屈膝。

李蓮花示意他坐下：「昨天夜裡你是幾時回到家裡，發現……豬妖的？」

王八十立刻道：「三更過後，不到一炷香時間。」

李蓮花頷首，白千里厲聲道：「你怎會記得如此清楚？」

王八十張口結舌：「紅豔閣……規矩，夜裡留客不過三更，三更過後就要送客，所以我倒完夜壺大……大概就是三更過後。」

白千里皺眉：「三更？」

三更時分，夜深人靜，要潛入王八十那間柴房並不困難，困難的是在妓院這等人來人往的地方，還要運入一頭母豬——

「你在白衣衣兜裡找到的東西，那一顆紅豆，是普通的紅豆嗎？」李蓮花問。

王八十下意識地摸了摸衣兜，臉上一亮，誠惶誠恐地遞上一顆鮮紅色的豆子：「在在在，還在我這裡。」

他衣兜裡的東西不只一顆紅豆，還有一根乾枯的樹枝，那樹枝上果然有一片乾枯的樹葉，此外還有一張皺巴巴的紙片。

白千里最在意那張紙片，他接過一看，紙上一面用濃墨彎彎曲曲地畫著幾根線條，斷斷續續，另一面則寫著：四其中也，或上一下一，或上一下四，或上二下二等，擇其一也。

這字寫得極小，但並非封小七的筆跡。白千里反覆看了數遍，只覺莫名其妙。

李蓮花拿著那枯枝，沉吟一會兒：「令師妹可曾婚配？」

白千里眉頭緊皺：「小師妹年方十七，尚未婚配。師父年過四十才有了小師妹，師娘在小師妹出生後不久病逝，聽說小師妹生得和師娘十分相似，師父對小師妹一向寵溺，寵得她脾氣古怪，師父……總盟主這兩個月為她看了幾個門當戶對的江湖俊彥，她都不嫁，非但不嫁，還大鬧了幾場。師父本來有事去滇南，聽聞師妹胡鬧，又孤身趕回來，結果回來當天便發生清涼雨之事，小師妹居然失蹤。師父追出去找了幾日，也毫無結果。」

李蓮花細看那枚鮮紅色的豆子，鮮紅如鴿血，形若桃心，內有一圈深紅印記，煞是好看。看完之後，他喃喃念：「紅豆生南國，春來發幾枝……這分明是一顆相思豆……」

白千里將紙片遞給李蓮花，拿起那枚相思豆：「如果那件白衣是小師妹的，那麼這些物品也是小師妹的，可我從來不曾見過她持這種紅豆，這張白紙上的筆跡也非師妹所留。」

「如果白衣不是她的，或許金葉令牌就是這件衣服的主人從她那裡得來的。」李蓮花道，「又或者，有人將她身上之物放進一件白衣，穿到母豬身上……」

白千里搖搖頭，沉聲道：「此事古怪至極，待回到總壇，一切與盟主商量。」

車行一日，李蓮花終於見識到江浙最負盛名的武林聖地——萬聖道總壇。

馬車還未停下，遠遠便聽到胡琴之聲，有人在遠處拉琴，琴聲纏綿悠遠，纖細婉轉，稱得上如泣如訴。他本以為即將見識到一處氣勢恢宏的殿宇，然眼前所見卻是一片花海。

王八十掀開馬車簾子，對著外面的景色嘖嘖稱奇，許多紫色的小花種在一起，他覺得很是稀奇。

最初道路兩旁種的是一種細小的紫色花草，接著是各色薔薇、紅杏、牡丹、杜鵑。馬車行進許久，方才在一片花海中看到一座庭院。

庭院占地頗大，雕梁畫棟十分講究，門上和牆頭掛滿紫藤。兩個身著紅衣的門下弟子站在門前，身姿挺拔，眼神銳利。如果身邊少些盛開的花朵和亂轉的蜜蜂，這裡必定是個讓人肅然起敬的地方。

胡琴之聲仍在，細而不弱的琴聲婉轉訴說著某種悲哀，綿延不絕。

「誰在拉胡琴？」李蓮花誠心誠意地讚道，「我已許久不曾聽到如此好聽的胡琴。」

白千里不以為意：「邵師弟的琴聲。」

李蓮花道：「貴師弟的胡琴絕妙無比，只是不知他為何傷心，拉得如此淒涼？」

白千里越發不耐：「邵師弟年少無知，前陣子結識了魔教的朋友，被盟主關在牡丹園中反省。」

李蓮花一怔：「魔教？」

白千里點點頭，李蓮花越發虛心請教：「敢問當今武林，是哪個門派成了魔教？」

白千里詫異地看著他：「你不知道？」

李蓮花立刻搖頭，他不知道，他怎會知道？

白千里道：「你是四顧門醫師，怎會不知？魚龍牛馬幫已被肖大俠定為魔教，號令天下除惡務盡，江湖正道與角麗譙勢不兩立。」

李蓮花嚇了一跳：「肖大俠說的？」

白千里不耐地道：「四顧門的決議，自是號令一出，天下武林無不遵從，有何奇怪？」

李蓮花喃喃道：「這……這多半不是肖大俠自己的主意……」多半是在龍王棺一事中差點吃了大虧的傅軍師的主意，他的用意雖然不錯，不容角麗譙在黑白兩道之間左右逢源，但如此斷然決裂，未必是周全之道，不知聰明絕頂的傅軍師究竟做何打算？

說話間，大門已到，三人下了馬車，自那開滿紫藤的門口走了進去。前花園花開茂盛，李蓮花好奇地詢問：「那開了一牆薔薇花的可是封小七的房間？」白千里指點了一下，左起第一間是他自己的房間，開了一牆薔薇的是被關禁閉的邵小五的房間，而失蹤的封小七住在後院，與封磬並排而居。

後庭院與前院一般繁花似錦，一位年約五旬的長髯人手持葫蘆瓢，正在為一棵花木澆水。白千里快步走上前：「總盟主！」

長髯人轉過頭，李蓮花報以微笑：「在下李蓮花，能與萬聖道總盟主見上一面，實是三生有幸。」

長髯人也微笑：「李樓主救死扶傷，豈是我俗人可比？不必客套。」這總盟主比他的徒弟性子要平和得多。

白千里將王八十往前一推：「總盟主，衣服已經燒了，現在只剩下這個人曾經見過那件白衣，不能確定是不是小師妹的衣服。」

長髯人正是封磬。「你去小七房裡取一套她平日常穿的衣裙，來讓這位……」他看了王八十兩眼，一時想不出是要稱呼他為「小哥」還是「先生」。

李蓮花道：「兄弟。」

封磬順口接道：「……兄弟辨別辨別。」說完方覺有些可笑，對著李蓮花微微一哂。

白千里領命而去，封磬微笑看著李蓮花和王八十：「我這大徒弟做事有些毛躁，若是得罪二位，還請見諒。」

李蓮花極認真地道：「不不，白大俠品行端正，心地善良，在下感激不盡才是。」

封磬一怔，想不到白千里能做出什麼事讓李蓮花感激不盡。

「聽說李樓主也曾見過那屋裡的異狀，不知還能記起什麼細節嗎？小女年少任性，我雖然有失管教，卻也十分擔憂她的下落。」

這位萬聖道的總盟主彬彬有禮，心情雖然焦躁，卻仍然自持。李蓮花很努力地回想了一陣，搖搖頭：「我最近記性不大好，只怕比不上這位兄弟。」

封磬的目光落在王八十身上，王八十乖巧地奉上他不知什麼時候從豬妖衣服裡摸出來的那顆相思豆和紙片。

封磬仔細翻看，他種花雖多，卻不曾種過相思樹，至於那張紙片更是全然不知所云。

便在此時，王八十突然道：「我回去的時候，門是開著的……」

封磬眉頭微蹙，等著他繼續說下去，王八十卻又啞了。

李蓮花和氣地看著他：「你出去的時候，門是開著的，還是鎖著的？」

王八十欣喜地看著他大哥，大哥一說話，他就覺得是知己，於是接著道：「我三更出去倒夜壺從來不鎖門，門都是虛掩著，一定有人趁我出去把那頭豬妖掛上去了。」

封磬微微一震：「知道你半夜出去不鎖門的人有幾個？」

王八十一愣：「除了老鴇……賣菜的王二，殺豬的三乖，送柴火的老趙，好像……好像沒有了。」

封磬眉心皺得更緊，吩咐下去，要萬聖道弟子細查這幾個人。

李蓮花欣然看著封磬和王八十詳談那夜的細節，他東張西望，窗外的薔薇開得茂盛，封磬顯然很喜歡花，那纖細憂傷的胡琴聲又從窗外遙遙飄了進來。

「這胡琴……真是妙絕天下……」他喃喃道。在他風花雪月的那幾年也沒聽過這樣好的胡琴，若是搬到方氏聞名天下的照雪樓去賣錢，想必門檻都會被踩破。

封磬嘆息一聲：「家門不幸。」

李蓮花道：「白大俠略有提及，說是邵少俠犯了錯。」

封磬皺眉：「我那不肖弟子和魔教奸人交情頗深，有辱門風，讓李樓主見笑了。」

李蓮花好奇地問：「不知……是哪位奸人？」

封磬嘆了口氣：「清涼雨。」

李蓮花怔了怔：「『一品毒』？」

封磬點頭。

魚龍牛馬幫座下素來魚龍混雜，「一品毒」清涼雨是其中用毒的大行家，誰也不知這位毒中之王多大年紀、生得何等模樣、精擅什麼武功、喜好什麼樣的美女，甚至連「清涼雨」這名字顯然也是杜撰。這等神祕人物，竟然和封磬的徒弟交情很深，這不能說不奇怪。

李蓮花越發好奇：「清涼雨此人雖說善於用毒，卻不曾有過什麼劣跡，貴盟弟子能與他交好，未必是件壞事，不知為何讓總盟主如此生氣？」

封磬那修養極好的臉上微微變色，「他在我總壇內假扮家丁胡作非為……」此事他無意為外人道，但一怒之下說了個開頭，便索性說下去，「三個月前，此人假扮家丁，混跡我總壇之中。我二徒弟不知好歹與他交好，後來此人毒殺七元幫幫主慕容左，形跡敗露後，逆徒不但不將他捉拿扣押，還助他逃脫，當真是家門不幸，貽笑大方！」

李蓮花安慰道：「這……或許邵少俠有理由……但不知清涼雨為何要殺慕容左？以清涼雨的名望武功，要殺慕容左似乎……不須如此……」

的確，七元幫幫主慕容左在江湖上算不上第幾流，清涼雨要殺慕容左，只怕要殺便殺了，根本不須處心積慮，埋伏在萬聖道總壇長達數月之久。

封磬沉吟：「以我所見，清涼雨自然不是為了殺慕容左而來，他潛入此地另有目的，只是或許目的未達，他偶然殺了慕容左，形跡敗露，不得不離去。」

李蓮花「啊」了一聲，喃喃道：「原來如此。」

封磬以為他對「禁閉逆徒」的好奇應當到此為止，不料李蓮花又問了　句：「慕容左是在何處死的？」

此言一出，封磬微微不悅，這顯然已經僭越，他卻還是淡淡道：「在前花園。」

就在此時，白千里好不容易尋到一件封小七慣穿的衣裙，白衣如雪，尚帶著一股馥郁芳香。王八十看得眼睛都直了：「就是這個……就是這種……白白的、長長的、有紗的……」

這句話說出來，封磬臉色終於變了——有封小七的令牌，封小七的衣裙，證明王八十房裡的東西當真和封小七干係重大。那懸梁的死豬、斷矛、金葉令牌，封小七斷然是遭遇重大變故，否則不會連貼身衣物都丟了。

只是如今——衣服是封小七的，令牌是封小七的，但封小七人呢？人在何處？

白千里沉聲道：「總盟主，恐怕小師妹當真遇險，我已下令去查，但還未查到是哪路人馬手腳這麼快，短短不到一個時辰就燒了衣物，要不是王八十和李樓主正巧去豆花莊吃飯，恐怕連這唯一的證人都會被滅口。」

封磬大為震怒，在萬聖道的地盤上第一次有人敢捋他的虎鬚、動他的女兒：「白千里，調動一百五十名金楓堂衛，把角陽村每個死角都給我翻過來！」

李蓮花被這位溫文爾雅的總盟主勃然大怒嚇了一跳，常言道脾氣好的人發火最是可怕，真是童叟無欺，分毫不假。他左瞧瞧封磬正在動口，右瞧瞧白千里正在點頭，似乎沒他的事，不由得腳一邁，閒閒往那繁花似錦的花園走去。

踏出廳堂，門外的微風中帶著一股微甜的芳香，門外種滿金橘色的薔薇，也不知是什麼異種，他深深吸了口氣，只覺渾身馥郁，連骨頭都似輕了不少。若是讓方多病來看這許多花，必然會嫌俗氣，可李蓮花卻看得十分欣喜。

胡琴聲已然停歇，李蓮花先在花園中隨意轉了幾圈，後又好奇地往失蹤的封小七閨房探了一眼，那屋門緊閉，空氣中飄著一股香味。這香味他在封小七的衣裳上嗅過，卻不是花香。他對著屋裡探頭探腦好一陣子，突然醒悟那是麝香。只是這庭院中香氣委實太多，混雜其中難以辨別，一旦分辨出是麝香，他便四處聞聞嗅嗅，但那麝香卻非從房中傳來。

李蓮花如條狗般嗅了許久，在封小七門外的花花草草間看見不少摔爛的碗盤，丟棄的珍珠、玉環、釵鈿，甚至是胭脂花粉，其中一個摔爛的玉碗裡居然還有半碗紅豆湯。這姑娘果然脾氣不大好。

他皺眉又找了許久，才發現麝香的來源乃是一個小小的香爐。香爐被丟棄在屋後花園之中，淹沒於花枝之下，若不是特意去找，也難以發現。香爐中有一塊只點了少許的麝香，難怪香氣仍舊如此濃郁。

他正四處尋覓這個香爐從何而來，忽然看見不遠處一片五顏六色、種類繁多、大小不等的鮮花叢中，一個身材矮胖、頭若懸卵、腰似磐石的少年呆呆坐在其中，手裡拿著一把胡琴。日光之下，此人胖得幾乎看不到脖子，頭好似直接疊在肩膀上，又由於肩和胸的界限不明，胸和肚子的區別也不大，如同一顆頭直接長在肚子上一般。這人出奇地渾圓，皮膚卻是出奇地白裡透紅，雖胖也不難看，彷彿在一個雪白的大饅頭上疊了個粉嫩的小饅頭，然雙腳上都銬著鐵鐐。

鐵鐐加上胡琴，李蓮花欣然開口呼喚：「邵少俠，久仰久仰。」

那粉嫩的胖子怔了怔，迷糊地看著慢慢走來的灰衣書生，只覺此人樣貌陌生，從來不曾見過：「你是誰？」

李蓮花施施然行禮：「在下李蓮花。」

粉嫩的胖子「啊」了一聲：「原來是大名鼎鼎的李神醫。」

他雖然「啊」了一聲，但顯然莫名其妙，不知這名震天下的神醫為何出現在自己眼前：「難道總壇有人得了怪病？」

李蓮花連連搖頭，「不不不，貴總壇人人身體安康，氣色紅潤，龍精虎猛……」他頓了頓，露出微笑，「我是來聽琴的。」

粉嫩的胖子揚了揚頭，有些神氣：「原來你是個識貨的。難道是我師父請你來，專門哄我開心的？」

他上上下下打量著李蓮花，目光宛若拔刀挑豬的屠夫，半晌道，「你雖然名氣很大，人長得不錯，可惜渾身透著股俗氣……不拉。」他斬釘截鐵，「方才若是知道你在園裡，我萬萬不會拉琴。」

李蓮花皺眉：「我何處透著俗氣……」

胖子舉起胖手指點：「渾身骨骼綿軟，顯然疏於練武；臉色黃白萎靡不振，顯然夜夜春宵；十指無繭，顯然既不提筆也不撫琴。武功差勁，人品不良，更不會琴棋書畫，我邵小五要是為你這種人拉琴，豈不是大大不雅、大大沒面子？」

李蓮花道：「這個……常言道，不可以貌取人，我既沒有嫌你胖，你豈可嫌我俗？」

邵小五一怔，突然放聲大笑，「哈哈哈，你這人倒有點趣味。」他放下胡琴，目光閃爍地看著李蓮花，「你想探聽什麼？」

李蓮花溫和地微笑：「邵少俠真是聰明，我只想知道是清涼雨得手了，還是令師妹得手了？」

邵小五驀地一呆，彷彿全然沒想到他竟會問出這個問題，那精明狡猾的眼神瞬間一暗，隨即又亮了起來，「你居然——」他突然間興奮不已，眼中帶著無限狂熱，「你居然能問出這個問題，你怎麼知道的，你猜到的？」

李蓮花的微笑越發雲淡風輕：「邵少俠還沒回答我，是清涼雨，還是令師妹封小七？」

「得手什麼東西？」邵小五瞪著那雙細眼，其實他眼睛很大，只是被肉擠成一條縫。

李蓮花溫柔道：「少師劍。」

邵小五眯起眼睛，眼縫徹底消失不見，半晌道：「你知道——你竟然真的知道……」

李蓮花施施然看著滿園鮮花：「我知道。」

邵小五道：「是師妹。」

「那麼——她去了哪裡？」李蓮花緩緩問，「她在哪裡，你知道，對不對？」

邵小五苦笑，「我真希望我知道，我本來有可能知道，但師父把我鎖在這裡，我便不知道了。」他長長吐出口氣，神情頓時變得沮喪，「師妹是追著清涼雨去的，如果我當時攔下她，或者追上去，她就不會失蹤，但我既沒有攔下她，也沒有追上去。」他無限懊惱地咬牙切齒，「我只是讓師父把我鎖在這裡，我以為她會回來。」

李蓮花靜靜地聽，並不說話，邵小五的懊惱沒有持續多久，他突然抬起頭：「你怎麼知道這件事？連師父和大師兄都不知道，你又怎麼知道清涼雨是為了少師劍而來？」

「清涼雨潛入萬聖道總壇，必然有所圖謀。」李蓮花摸了摸身旁的一朵薔薇花，花瓣上帶著露水，撫摸起來柔軟溫潤，「他潛入三個月之久，以他毒術之能，若是要殺人，只怕萬聖道諸位早已被他毒殺幾遍，縱使不死，也不可能毫髮無傷，全無所覺，顯然他不是為了殺人而來。不是為了殺人，那就是為了取物。」他微微一笑，「萬聖道總壇之中，有什麼東西值得清涼雨不惜冒生死大險，前來盜取？」

邵小五悻悻然白了他一眼：「總壇寶貝多了，說不定清涼雨只是缺錢……」

「但清涼雨殺了慕容左，」李蓮花微笑，揮了揮衣袖搧搧風，「他在前花園殺了慕容左。」

邵小五瞪眼：「然後？」

李蓮花慢吞吞道：「然後他就跑了，飛快地跑了。」

邵小五道：「確實如此，不過那又怎麼樣？」

「以清涼雨偌大本事，殺死區區一個慕容左，犯得著馬上逃走嗎？他潛入三個月，用心何等良苦，結果殺了一個慕容左就馬上走了，豈不是很奇怪？」李蓮花慢吞吞地又看了邵小五一眼，「更奇怪的是，封磬封總盟主的愛徒邵少俠居然為他掩護，讓他更快逃走……這就是奇中之奇了。」

邵小五哼了一聲：「老子願意，連老子師父都管不著，你管得著？」

李蓮花慢吞吞微笑，接下去道：「然後令師妹失蹤了。失蹤不少時日後，在角陽村一家妓院的柴房裡發現她的衣服和令牌，不幸的是，這些東西統統掛在一頭死母豬身上。」

聽到「不幸的是，這些東西統統掛在一頭死母豬身上」，邵小五終於變了臉色：「既然清涼雨跑了，你又怎麼會疑心到我師妹身上？」

李蓮花柔聲道：「因為我知道少師劍是假的。」

邵小五哼了兩聲：「大師兄將那柄劍看得像寶貝一樣，怎麼可能有假？你看那材質、重量……」

李蓮花笑了笑：「劍鞘是真的，劍卻是假的。少師劍曾與劍鞘分離沉入海底長達數年之久，墜海前受機關毀損，絕不可能至今毫無瑕疵。有人以類似的劍材仿製了一柄假劍，盜走了真劍。少師劍是假的，但白大俠將之重金購回時，曾經過莫滄海莫老先生鑑定，顯然不假，而現在卻是假的，那麼在它由真變假的過程中發生了什麼？其一，清涼雨潛入；其二，令師妹失蹤。」他的手指終於從那朵薔薇花上收回，似乎還有些戀戀不捨那花瓣的滋味。

「白大俠就住在前花園左起第一間，慕容左死在前花園中，證明清涼雨曾經很接近白大俠的房間，慕容左死後他就走了，為什麼？」他悠悠道，「可能有二，第一，他進入白大俠的房間，用假劍換走了真劍，劍已到手，於是他馬上走了；第二，他進入白大俠的房間，發現少師劍是假的，於是馬上走了。慕容左或許是他在此前或此後偶然遇上的，於是他不假思索地殺了他。」

「啪啪」兩聲，邵小五為他鼓了鼓掌：「精采，精采！」

李蓮花抱拳回敬，微笑道：「承讓，承讓。」

邵小五神祕地笑了，露出兩顆尖尖的虎牙：「你要是還能猜中我為什麼要幫清涼雨，說不定我會告訴你師妹可能去了哪裡。」

李蓮花聳聳肩：「這有何難？你師妹看上清涼雨，幫他盜劍，或者你看上了清涼雨，幫他盜劍，兩者必有其一……」

邵小五大怒，「呸呸呸！老子就是看上你也不會看上那小白臉，師妹她——」他突然語塞，懊惱至極，「的確看上了清涼雨。」

李蓮花道：「所以清涼雨殺人逃逸時，你一怕師妹傷心，二怕你師父知道後震怒，於是幫了他一把。」

邵小五點了點頭，「慕容左不是好東西，那日他和清涼雨在大師兄房間撞見，清涼雨是去盜劍，慕容左卻是去下毒。」他那張胖臉一冷下來倒是頗為嚴峻，「大師兄那時正準備和百川院霍大俠比武，慕容左卻在大師兄用的金鉤上下毒，被清涼雨毒死活該！」

李蓮花仔細聽著：「看來清涼雨的確不是濫殺無辜之輩，想必令師妹早就發現他的本意，卻沒有告訴總盟主和白大俠，反而私下幫他盜劍。」

「老子也早就發現他的本意，不過他既然不是來殺人的，只是為了大師兄一柄破劍，我便覺得不必為了這種事害死一條人命，所以我也沒說。不想師妹偷偷幫他盜劍，清涼雨逃走那夜，師妹也跟著走了。我想她應該是去送劍，清涼雨不會稀罕她這種刁蠻女子，送完劍應該就會被趕回來，所以才老老實實讓師父鎖住……唉……沒想到師妹一去不復返……」邵小五揮起袖子猛為自己搧風，搖了搖頭，「我只知道清涼雨盜取少師劍是為了救一個人，而師妹必定是跟著他去了，但我當真不知道他們去了哪裡。」

李蓮花沉吟道：「少師劍算不上一柄利器……」

邵小五的袖子搧得越發用力：「呸呸呸！少師劍在李相夷手裡無堅不摧，怎麼不是利器？」

李蓮花正色道：「少師劍堅韌無雙，用以砍、砸、打、拍、摔，無往不利，但用它來劃白紙只怕連半張都劃不破……如果清涼雨是想求一柄利器，恐怕要失望了。」

邵小五踢了踢他的蘿蔔腿，引得鐵鍊一陣嘩嘩響：「既然是非要少師劍不可，我想他對少師劍至少有些了解，這世上恐怕有什麼東西非少師劍不能解決。」

李蓮花皺起眉頭：「清涼雨想救誰暫且放在一邊，封姑娘跟著清涼雨去了，不論去了哪裡，應當都離角陽村不遠。」

邵小五連連點頭：「說你這人俗，現在看起來也不怎麼俗，就是話有點多……」

李蓮花苦笑：「其實你是個孝順徒弟，怎麼不和總盟主好好解釋？」

邵小五哼哼：「我師父面善心惡，脾氣暴躁，清涼雨在他地盤上殺了慕容左，就算有一萬個理由也是清涼雨讓他面子掃地，師妹看上清涼雨，更是刮了他一層面皮，我說了又如何？照樣是我通敵叛國，照樣是我裡應外合。」

李蓮花讚道：「邵少俠委實聰明至極。」

邵小五的確聰明伶俐，與方多病、施文絕之流全然不可相提並論。

邵小五懶洋洋地道：「客氣，客氣。」

三　第二具屍體

等李蓮花和邵小五自封小七看上清涼雨扯到封磬，再扯到鮮花，再扯到封磬之所以愛種鮮花是因為他死掉的師娘喜歡鮮花，再扯到封磬愛妻成痴將他老婆葬在鮮花叢下，再扯到封磬後來在花園裡種了太多花導致現在誰也搞不清仙去的師娘到底是躺在哪片鮮花叢下，再扯到鮮花上的蜜蜂蝴蝶，最後扯到油炸小蜻蜓等等廢話連篇之後，李蓮花終於滿意地起身，施施然走回廳堂。回到廳堂，他很意外看見封磬鐵青著一張臉，白千里依然站在廳裡，一切彷彿都和他離開前一模一樣。王八十仍舊心驚膽顫地坐在一邊，只不過手裡多捧了杯茶，看來封磬不失禮數，對客人還算周到。

唯一不同的是，地上多了一具屍體。又是一頭豬。

第一頭母豬懸梁，穿著封小七的衣服，肚子上刺了一枝斷矛。

地上的這頭公豬頭上套了個布袋，一隻左前蹄被砍斷，一根鐵棍自前胸插到背後，貫穿而出。

封磬的臉色很差，白千里也好不到哪裡去，王八十的眼睛早就直了，手裡那杯茶捧到涼透還是沒喝，心魂早嚇得不知去向，坐在這裡的渾然是個空殼。

李蓮花彎下腰，慢慢扯開那公豬頭上的布袋，只見布袋下的豬頭布滿刀痕，竟是被砍得血肉模糊。

他慢慢站直，抬眼去看封磬。

如果說第一頭母豬上吊大家只覺得驚詫可笑、不可思議，那麼第二頭公豬的死狀，任何人都知道是什麼意思……

這兩頭豬，並不是豬，牠們各指代了一個人。

兩頭豬，就是兩個人的死狀。

而其中一個很可能就是封小七。

「這頭豬是在哪裡發現的？」李蓮花問。

白千里冷冷道：「紅豔閣柴房的廢墟上。」

「今天發現的？」李蓮花很同情地看了王八十一眼，難怪他嚇得臉色慘白，全身僵硬。

「不，昨夜，以駿馬日行百里送來的。」封磬鐵青的臉色漸漸恢復如常，變得平靜，「李樓主，此事干係小女，詭異莫測，今晚我和千里要前往角陽村，恐怕無法相陪……」

李蓮花「啊」了一聲，歉然道：「叨擾許久，我也該回去了，只是我這位兄弟飽受驚嚇，既然二位該問的都問完了，那麼我倆就一併告辭。」

封磬微有遲疑，對王八十彷彿還深有疑慮，過了一會兒，頷首道：「這位小兄弟你就帶走吧。」

李蓮花欣然走過去拉起王八十：「總盟主有事要忙，咱兄弟回去吧。」

「是是是……」王八十全身一抖，看著那頭死豬，驚恐之色溢於言表，但李蓮花就在身邊，救命的神仙既然在，不管發生什麼事都不要緊。

李蓮花溫和地接過他手裡的茶杯，以免他全潑在身上。

「後會有期。」李蓮花道別。

白千里點頭道：「李樓主若是仍住在角陽村，我等若有疑問，也許會再登門拜訪。」

李蓮花露出十分歡迎的微笑：「隨意，隨意。」

白千里見他笑得溫煦，驀地想起自己一腳踹開蓮花樓大門，不免覺得這句「隨意」有些古怪，但李蓮花笑得如此真摯，又讓他懷疑不起來。

李蓮花帶著王八十離開了萬聖道總壇。

封磬送他們一輛馬車，李蓮花一整日揮鞭趕馬，表情十分愉快，王八十卻被越跑越快的馬車顛得頭昏眼花，顫聲道：「大……大大大哥……紅豔閣不要我了，我們不必這麼著急，慢……慢慢走。」

「放心，這是兩匹好馬，跑不壞的。」李蓮花享受著快馬加鞭的英雄姿態。王八十卻暈頭轉向，一個人在馬車內撞來撞去。就在馬匹奔得最暢快的時候，突然一陣劇烈搖晃，接著是「乒乒乓乓」的撞擊聲，馬車赫然停了下來，王八十頭上天光乍現，車頂猛然掉落，四分五裂。他魂飛魄散地從破碎的馬車裡爬出來，卻見李蓮花站在一邊，愁眉苦臉地看著倒地掙扎的兩匹駿馬。

王八十驚駭地指著那兩匹馬：「你你你……你居然跑死了兩匹馬，那可是好幾十兩銀子啊……」

李蓮花喃喃道，「晦氣，晦氣……」他對著四周東張西望，隨後欣然一笑，「幸好這裡距離角陽村不遠。」

王八十看那兩匹馬還在掙扎，似乎只是扭傷了腿，有匹傷得不重，已經翻身站了起來，另一匹卻是動彈不得。

「上天有好生之德，我雖是個神醫，卻不會看馬腿，這樣吧……」李蓮花摸了摸下巴，他白皙的手指指著王八十，「你下來。」

王八十早就從馬車上下來了，愣愣地看著李蓮花，李蓮花又指指那匹重傷的馬：「讓牠上去。」

王八十下巴都要掉下來了，全然呆住，卻見李蓮花折了根樹枝，把那匹半死不活的馬扶起來，再慢慢把牠趕上那摔得四分五裂的馬車，讓牠勉強趴在上面，然後牽著另一匹還能走動的馬，拉著空車軛。

「走吧。」

王八十呆呆地看著和一匹馬齊頭並進的李蓮花，這救命的神仙做事……果然與凡人不同。

「過來。」李蓮花向他招手，王八十呆頭呆腦地跟在他的大哥身邊，看著他用一匹馬拉著另一匹馬走路，終於第一次覺得……和這位大哥走在一起，有點……不怎麼風光。

這一路雖然荒涼，卻也有不少樵夫農婦經過，眼見李蓮花拖著車軛奮力拉著匹馬前進，那匹坐車的馬還齜牙咧嘴不住嘶叫，都是十分好奇。走了大半個時辰，李蓮花委實累了，一匹馬很重，而且他顯然沒有車上的那匹馬有力氣，於是王八十也不得不抓著車軛奮力拉馬。一高一矮一馬，三個身影使出吃奶的力氣，方才把那匹膘肥體壯的傷馬拖進角陽村。

此刻已是深夜。

入村時王八十看見萬聖道的馬車早已停在紅豔閣旁，心裡不由得嘀咕。李蓮花吩咐他快快去請大夫來治馬，接著把那兩匹馬拴在蓮花樓門外。

深夜的角陽村一反常態，無比安靜，顯然萬聖道大張旗鼓地在這裡找封小七，把村民嚇得魂不附體。

靜夜無聲，李蓮花打開修好的大門，心情甚是愉悅。點亮油燈，他坐在桌邊，探手入懷，從口袋裡摸出兩樣東西。

一截乾枯纖細的樹枝，還有一張皺巴巴的紙。

這兩樣東西原來都在王八十懷裡，王八十將樹枝和紙片遞給了白千里，將相思豆遞給了李蓮花。白千里不看那枯樹枝，先看過紙片後將紙片和枯枝都遞給了李蓮花，然後從李蓮花手裡拿走相思豆去看，而李蓮花卻沒有將這兩樣東西還給白千里。

當然，在萬聖道總壇他也曾拿出來讓封磬看過，又堂而皇之收入自己懷裡，於是這兩樣東西現在在他手上。

他拿起那截枯枝在燈下細細查看，那枯枝上有個豆莢，豆莢裡空空如也。那張紙依舊是那麼破爛，紙上的字跡依然神祕莫測。

樓外有微風吹入，略略拂動他的頭髮。燈火搖曳，映得室內忽明忽暗。李蓮花小心翼翼地收起那截枯枝和紙片，渾然不覺在燈火搖曳中，一個人影慢慢從一片黑暗的二樓無聲無息地走下來。

像一個鬼影。

李蓮花收起那兩樣東西，伸手在桌子底下摸啊摸，驀地摸出一小罈酒，接著又摸出兩個小小的酒盅，「咔」的一聲，將其中一個擺在桌子的另一側。

那個自二樓緩緩走下來的黑影突然一頓，又「咔」的一聲，李蓮花在自己這側也擺了個酒杯。白皙的手指拈著酒杯落下的姿態，就如同在棋盤上落下一子，流暢自然，毫無半分生硬。接著他微笑道：「南方天氣雖暖，夜間仍有寒氣，不知夜先生可有興致與我坐下來，喝上一杯？」

站在他身後、被他稱呼為「夜先生」的黑影慢慢走到他前面，李蓮花正襟危坐，臉上帶著好客的微笑。燈光下，坐在他對面的人一身黑色勁裝，黑布蒙面，幾乎連眼睛也不露。

「李樓主名不虛傳。」他說話的聲音嘶啞難聽，顯然不是本來的聲音。

「不敢。」李蓮花手持酒罈，為兩人各斟了一杯酒，「夜先生深夜來此，入我門中，不知有何索求？」

黑衣人陰森森道：「交出那兩樣東西。」

李蓮花探手入懷，將那兩樣東西放在桌上，慢慢推了過去，微笑道：「原來先生冒險前來，只是為了這兩件東西。這東西本來非我所有，先生想要儘管開口，我怎會私藏？」

黑衣人怔了怔，似乎全然沒有想到李蓮花會立刻將兩樣東西雙手奉上，一時間殺氣盡失，彷彿缺了夜行的理由。過了許久，他將那截枯枝和紙片收入懷中。

「看不出你倒是知情識趣。」

李蓮花悠悠道：「夜先生武功高強，在下萬萬不如。若是為了這兩件無關緊要的東西與先生動手，我豈非太傻？」

黑衣人冷哼兩聲，抓起桌上的酒杯砸向油燈，只見燈火一暗，又驟然大亮，來人在燈火明暗變化的瞬間已倏然離去。

一來一去，飄忽如鬼。

李蓮花微笑品著他那杯酒，這酒乃是黃酒，雖然灑了一地，卻不會起火。此時門外傳來某匹馬狂嘶亂叫的聲音，王八十的嗓音在風中不斷哆嗦：「親娘……我的祖宗……乖，聽話，這是為你治傷，別踢我……啊！你這不是傷了腿嗎？怎麼還能踢我……鍾大夫，鍾大夫你看這馬……你看看你看看，讓人拉了一路都成祖宗了……」

第二日。

李蓮花起了個大早，卻叫王八十繼續在房裡數錢，他要出門逛逛。角陽村雖然來了群凶神惡煞，到處尋找什麼東西，但村民的日子照樣要過，飯照樣要吃，菜照樣要煮，所以集市上照樣有人，雖然人人臉色青白，面帶驚恐，但依然很是熱鬧。

李蓮花就是來買菜的，蓮花樓裡連粒米都沒有，而他今天偏偏不想去酒樓吃饅頭。

集市上人來人往，賣菜的攤子比以往少了一些，李蓮花買了兩棵白菜、半袋大米，隨後去看肉攤。幾個農婦擠在肉攤前爭搶一塊肉皮，原來近日豬肉有些短缺。他探頭探腦看了一下，板上寥寥無幾的幾塊肉想必輪不到他的籃子，失望地嘆了口氣。他又抬起頭，那勸架勸得滿頭是汗的大漢就是三乖，果然很有屠夫的身材。只聽耳邊的三姑尖銳地喊著肉不新鮮，又有六婆喊著缺斤少兩，三乖人壯聲音卻小，那辯解的聲音全然淹沒在三姑六婆的喊叫之中，不到片刻，便被抓著打了起來。李蓮花趕緊從那肉攤走開，改去買幾個雞蛋。

就在他買菜的短短時間裡，萬聖道的人馬已將紅豔閣團團圍住，上至老鴇下至還未上牌、正一哭二鬧三貞九烈的小寡婦，統統被白千里帶人抓住，關了起來。

他聽到這消息，心安理得地提著兩棵白菜和幾個雞蛋、半袋大米，慢吞吞地走回蓮花樓。王八十依然眼觀鼻鼻觀心地在數銅錢，他很滿意地看了幾眼，道：「今天中午，我們吃炒雞蛋。」

「小的去炒。」王八十噌地跳起來。

李蓮花欣然點頭，將東西交到王八十手裡，順口將三乖被打的事說了。

王八十一怔：「三乖是個好人，賣肉從來不缺斤少兩，那些人都是胡說。」

李蓮花想了想，悄悄對王八十道：「不如這樣，你帶著那醫馬的郎中去看看他……」

王八十瞪眼：「醫馬的歸醫馬的……何況三乖壯得很，被女人打幾下也不會受傷的。」

李蓮花連連搖頭，正色道：「不不不，他定會受傷，衣服紅腫、頭髮骨折什麼的，必然會有……待會兒郎中來醫馬，醫完之後，你就帶他去三乖家裡。」

王八十長得雖呆卻不笨，腦筋轉了幾下，恍然大悟：「大哥可是有話要對三乖說？」

李蓮花摸了摸他的頭頂，微笑道：「你問他……」

他在王八十耳邊悄悄說了句話。王八十莫名其妙，十分迷茫地看著李蓮花，李蓮花又摸摸他的頭：「去吧。」

王八十點點頭，拔腿就跑，李蓮花又招呼道：「記得回來做飯。」

王八十又點點頭，突然道：「大哥，小的有一點點……一點點懂了……」

李蓮花微笑：「你記性很好，人很聰明。」

王八十心裡一樂：「小的這就去醫馬。」

李蓮花看著他出去，耳聽那匹馬哀號怪叫之聲、橫踢豎踹之響，心情甚是愉悅，不由得打了個呵欠，尋了本書蓋在頭上，躺在椅子上沉沉睡去。不一會兒，他做起夢來，夢見一頭母豬妖生下許多小豬妖，那許多小豬妖在開滿薔薇的花園裡跑啊跑，跑啊跑……夢中花團錦簇，天下太平——忽然有人搖了他兩下，嚇得他差點跳起來，睜開眼睛，眼前一片金星，眨了眨眼，才認出眼前人是白千里。

「金先生，真是一日不見，如隔三秋……」白千里顯然不是踹門就是翻窗進來的，李蓮花嘆了口氣，也不計較。

白千里露出笑容：「門我叫人替你修好了。」

李蓮花誠懇地道：「多謝。」

「李樓主……」看來白千里並非來說大門的事。

「嗯……」李蓮花慢吞吞地自椅子上坐起，拉好衣襟，正襟危坐。

白千里突然嘆了口氣：「紅豔閣的人已經招供，那兩頭豬都是老鴇叫人放的，是一位蒙面的綠衣劍客強迫她們做的，是什麼意思她們也不知道。」

李蓮花「啊」了一聲：「當真？」

白千里頷首，「據老鴇所言，那蒙面劍客來無影去無蹤，來時劍上滿是鮮血，蒙面劍客甚至自己承認剛剛殺了一位少女，那少女的樣貌身段和師妹一模一樣……」他長長吐出口氣，苦笑，「這當然是胡說八道，可是……」

「可是除了紅豔閣的胡說八道，萬聖道沒有找到比這些胡說八道更有力的線索，來證明封姑娘的生死。」李蓮花也嘆了口氣，「萬聖道既然做出這麼大的動作，不能沒有結果，而今騎虎難下，如果不盡快找到封姑娘失蹤的真相，恐怕只能以這些胡說八道作結，否則將貽笑江湖。」

白千里頷首：「聽聞李樓主除了治病救人之外，也善解難題……」

李蓮花微微一笑：「我有幾個疑問，不知金先生能否如實回答？」

白千里皺眉：「什麼疑問？」

李蓮花在桌下摸了又摸，終於尋出昨夜喝了一半的那一小罈酒，再取出兩個小杯，倒了兩杯酒。他自己先欣然喝了一口，那滋味和昨夜的一模一樣。

「第一件事，關於少師劍。」

白千里越發皺眉，不知不覺聲音凌厲起來：「少師劍如何？」

李蓮花將空杯放在桌上，握杯的三根手指輕輕磨蹭那酒杯粗糙的瓷面，溫和地問：「你知不知道，那柄少師劍是假的？」

此言一出，白千里拍案而起，怒動顏色。

李蓮花請他坐下，繼續道，「不知金先生多久拔一次劍，又為何要在出行的時候帶在身邊？」他微笑，「少師劍雖是名劍，但並非利器，先生不善用劍，帶在身邊豈非累贅？」

白千里性情嚴苛，容易受激，果然一字一字道：「我很少拔劍，但每月十五均會拔劍擦拭。帶劍出行，是因為……」他微微一頓，李蓮花柔聲道：「是因為它差點為人所盜。」

白千里一怔，李蓮花很溫柔地看著他：「金先生，你當真不知少師劍是假的？」

白千里睜大眼睛，滿臉不可置信，一句「絕不可能」還沒說出口，李蓮花已接下去道：「你是何時感覺有人想要盜劍？清涼雨現身的那個晚上？」

「清涼雨殺慕容左之後，我回到房間，發現東西被翻過，這柄劍的位置也和原來不一樣。」白千里心思紛亂。

「第二件事，封姑娘和故去的總盟主夫人長得有多相似？」李蓮花微微一笑。

白千里又是一怔，他做夢也想不到李蓮花拋出個晴天霹靂的問題後，第二個要問的竟然是如此毫不相干的事情。他是封磬的弟子中唯一與封夫人相處過一段時間的，自然記得她的長相：「小師妹和師娘的確長得很像。」

窗外日光溫暖，李蓮花慢慢為自己倒了一杯小酒，淺淺地啜著。

「第三件事，清涼雨在貴總壇潛伏三個月，不知假扮的是何種身分的家丁？」

白千里迷茫地看著他：「廚房的下人。」

「第四件事，你可想見一見你師妹？」李蓮花慢慢露出一絲笑，可那笑意卻有些涼。

「噹啷」一聲，白千里的酒杯翻倒，他驚駭地看著李蓮花：「你……你竟然知道師妹人在何處？你若知道，為何不說？」

李蓮花道：「我知道。」

白千里腦中一片混亂，如果李蓮花知道封小七在哪裡，那萬聖道為難一個妓院，做出捉拿老鴇、妓女這等醜事卻是為何？

「你知道？你怎會知道？你為何不說？你……」

「我一開始只知道一大半，」李蓮花慢慢道，「後來又知道一小半。」

白千里甚是激動，聲音不知不覺拔高了：「她在哪裡？」

李蓮花卻問：「我那小弟呢？」

白千里怔了怔：「他……他在門外弄了個小灶，正在做飯。」

李蓮花放下酒杯，彷彿聽到這句話心情略好，歡欣道：「不如我們先吃飯，吃完飯再去看她。」

白千里勃然大怒：「你當萬聖道是什麼？大事當前，不務正事，跟著你戲耍？」

李蓮花被他嚇了一跳，乾笑一聲：「但是我餓了。」

白千里餘怒未消，但李蓮花卻施施然下樓。王八十已經辦完事回來，剛把雞蛋炒熟，飯也剛煮好。兩人高高興興地圍著桌子，就著白菜和雞蛋各吃了一碗米飯，「金先生」方才發怒說不吃，李蓮花也沒有勉強他。

白千里瞪著他倆吃飯幾乎要發瘋，但封小七在哪裡只有李蓮花知道，他要吃飯不肯說，難道還能逼他吐出來不成？好不容易等李蓮花吃完一碗飯，說道：「王八十。」

王八十很是知情識趣，點頭哈腰地說，「我問過三乖了，三乖……三乖……」他猶豫了一下，還是小心翼翼、老老實實地說出來，「好像……嚇壞了，他說在……在他家裡。」

李蓮花放下酒杯，微笑道：「我們走吧。」

白千里強忍怒氣，跟在李蓮花身後，只見他越走越偏，搖搖晃晃地走進一家破舊的小院，從院中撲鼻的氣味便知是殺豬的地方。

一個身材魁梧的大漢坐在院中，呆呆地望著天空，猛地看見有人推門進來，尤其看見白千里那一身金燦燦的衣裳，嚇得全身哆嗦。

李蓮花笑問：「三乖？」

那大漢呆呆地看著李蓮花：「你是誰？」

李蓮花露齒一笑：「我是王八十他大哥。」

三乖的眼神驀地有了點精神：「你是王八十的大哥，但你……你怎麼這麼年輕？」

李蓮花咳嗽一聲，繼續微笑：「我有點事要問你。」

三乖的臉色仍然驚恐，卻隱隱也有幾分高興：「王八十說你是救命的……活神仙……」

李蓮花連連點頭，溫和地道：「不怕，三乖，你是個有勇有謀的好漢，沒做錯事，有我在這裡，沒有人會錯怪你的。」

他一身灰衣，全身樸素，和那足踏祥雲、仙風道骨的「神仙」樣貌差距甚遠，但他神色溫和，音調不高不低，既無刻意強調之意，也無自吹自擂之情，反倒讓三乖信了幾分。

「我……我……」三乖躊躇道。

他一句話還沒說出口，牆外驟然一道劍風襲來，直落三乖頸項！白千里大吃一驚，金鉤一晃，「噹」的一聲接下一劍。然只接下這一劍，他右手便一陣劇痛，掌心溫熱，竟是虎口迸裂，鮮血流了滿手。這偷襲的人武功居然如此之高，高到他無法接下一劍！

李蓮花已抓住三乖，飄然把他帶出三步之遙。兩人面前，一位黑衣蒙面客手持長劍，冷冷站立，黑布下一雙眼睛寒芒迸射，殺氣充盈。

李蓮花將三乖擋在身後，問：「金先生，有人偷襲，該當如何？」

白千里袖中令箭一發，當空炸開一朵紫色煙花，正是萬聖道遇襲求援的暗號。這角陽村如此之小，煙花一爆，只聽步履聲響，很快便有人躍入院中，將黑衣人團團包圍。

黑衣蒙面人持劍在手，看不出他究竟是何等心情。

白千里等萬聖道一干人到達了十之七八，估算無論這蒙面人如何了得，也絕對應付得了，方才冷冷開口：「閣下何人，為何出手傷人？」

黑衣蒙面人不答，站得宛若銅鑄鐵造一般。

便在這時，三乖突然指著他，「你……你……」他自李蓮花身後猛地衝出來，「就是你——就是你——」

李蓮花伸手一攔：「他如何？」

「就是他——殺了他們——」三乖一雙眼睛全紅，忠厚的臉瞬間變得猙獰。

白千里大驚，難道封小七當真已經遇害？難道三乖竟然目睹了？如果封小七死了，那屍體呢？這蒙面人又是誰？他雖喝問「閣下何人」，但看著那黑衣人熟悉的身姿體態，一股莫名的恐懼油然而生：「你……」

那黑衣人揭下面紗，白千里呆若木雞，身邊一干人等齊聲驚呼——這人長髯白面，身姿挺拔，正是萬聖道總盟主封磬！

微風之中，他的臉色還是那般溫和、沉穩、平靜，只聽他道：「李樓主，你常年行走江湖，豈可聽一個屠夫毫無根據的無妄指責？我要殺此人，只因他是害我女兒的凶手！」

白千里如墜雲裡霧裡，師父怎可能殺害親生女兒？但這一身黑色勁裝卻有些難以服眾，何況封小七武功雖然不佳，也絕無可能傷在一個不會半點武功的屠夫手上，這究竟是怎麼回事？

「才……才不是！」

封磬風度翩翩，不怒自威，話一出口滿場寂靜。三乖卻頗有勇氣，大聲道：「不是！才不是！你殺了她！是你殺了她！你殺了他……他們！」

封磬淡淡道：「你才是殺死我女兒的凶手。」

三乖怒道：「我……我又不認識你……」

「你又不認識我，為何說我殺人？你可知你說我殺的是誰？她是我的女兒，我的女兒，我疼愛還來不及，怎會殺她？」封磬越發淡然。

「就是你！就是你！你這個禽……禽獸！你殺她的時候，她還沒有死，後來她……她吊死了！我什麼都知道！就是你……」三乖跳了起來。

「哦？那麼你說說看，我為何要殺自己的女兒？」封磬臉色微微一變，卻仍然淡定。

三乖張口結舌，彷彿有千千萬萬句話想說，偏偏一句都說不出來。

「因為——」旁邊有人溫和地插了一句，「清涼雨。」

說話的是李蓮花。方才三乖說封磬是殺人凶手，眾人不過覺得驚詫，而李蓮花這一插話，此事就變成毫無轉圜的指控。萬聖道眾人的臉色不由變得鐵青，在青天白日、眾目睽睽之下，眼睜睜看著自家盟主受此懷疑，真是莫大的侮辱，偏又不得不繼續看下去。

封磬將目光一寸一寸移到李蓮花身上，李蓮花溫文爾雅地微笑，只聽封磬一字一字道：「我雖疾惡如仇，卻也絕無可能因為女兒被魔教妖人迷惑，便痛下殺手。」

此言一出，眾人不禁紛紛點頭，封小七縱然跟著清涼雨走了，封磬也不至於因此殺人。

李蓮花搖搖頭，慢慢道，「你殺死自己的女兒，不是因為她看上清涼雨……」他凝視著封磬，「那真正的理由，可要我當眾說出來？」

「你——」封磬的臉色霎時變得慘白。

李蓮花舉起手指，輕輕地「噓」了一聲，轉頭看向已然呆住的白千里：「為何是總盟主殺害了親生女兒，你可想通了？」

「絕……絕無可能……師父絕不可能殺死親生女兒……」白千里全身僵硬，一寸一寸地搖頭。

李蓮花嘆了口氣：「你可還記得王八十家裡吊著的那頭母豬？這個……不愉快的故事，便是起始於一頭上吊的母豬。」

白千里的手指漸漸握不住金鉤，虎口的鮮血溼潤了整個手掌，方才封磬一劍蘊力何等深厚，殺人之心何等強烈，他豈能不知？

封磬臉色雖變，卻依然淡淡看著李蓮花，道：「李樓主，欲加之罪，何患無詞？今日你辱我萬聖道，勢必要付出代價。」

李蓮花渾不在意：「那頭母豬的故事，你可是一點也不想聽？」

封磬冷冷道：「若不讓你說完，豈非要天下人笑話我萬聖道沒有容人之量，說吧！說完之後，你要為你所說的每一個字付出代價。」

李蓮花微微一笑，拍了拍手掌。

「角陽村中盡人皆知，那夜三更，王八十住的柴房裡憑空出現一頭穿著女人衣服的母豬，人人嘖嘖稱奇。那母豬身上插著斷矛，懷裡揣著萬聖道的金葉令牌，在柴房裡吊頸。這事橫看豎看都像胡鬧，我也沒在意，所以萬聖道尋找不到盟主千金，前來詢問的時候，我真的不過是個湊熱鬧的路人，但是──」他慢慢道，「我雖不知道那吊頸的母豬是何用意，也不知道萬聖道封姑娘究竟去了哪裡，可我卻從一開始就知道是誰──吊了那頭母豬。」

白千里漠然問：「是誰？」

李蓮花微笑道，「王八十家裡平白吊了頭豬，卻沒有人家裡少了頭豬，那豬是哪裡來的？從二百里外趕來的？如何能進入村裡無聲無息不受人懷疑？這說明那頭豬來自家裡豬不見了也理所當然的人家，又說明那人在街上搬運這頭豬也不會引人側目──那會是誰？」他說得很是高興，「是誰知道王八十三更時分必然外出倒夜壺且從不鎖門？是誰家裡豬不見了也不覺奇怪？是誰可以明目張膽地在大街上運送一頭死豬？」他指了指三乖，「當然是殺豬賣肉的。」

眾人不禁點頭，眼裡都有些「原來如此，這麼簡單我怎麼沒想到」的意思。

李蓮花又道：「至於賣肉的三乖為何要在王八十家裡吊一頭死豬？這個……我覺得……朋友關係，不須外人胡亂猜測，所以一開始我並沒有說吊豬的人多半就是三乖。」

三乖心驚膽顫地看著李蓮花，顯然這幾句話讓他寒毛都豎了起來，只聽李蓮花繼續道：「但是當他將另一頭公豬砍去左腳，插上鐵棍，砍壞了頭，又丟在王八十那廢墟上的時候，我就知道我錯了，這不是胡鬧，也不是捉弄，而是血淋淋的指控，是殺人的印記。我想任何人看到這兩頭豬都會明白，這正是兩個人的死狀。吊母豬的人用意並非標新立異或是嚇唬王八十，他是想說……有一個人，她像這樣子……死了。」

話說到這裡，李蓮花慢慢環視周圍的幫眾，他的眼瞳黑而澄澈，有種沉靜的光輝。眾人靜默，竟沒有一人再開口說話。他繼續道，「這其中有兩條人命，是誰殺人？而知情人士為何冒險擺出死豬，卻不敢開口？這些問題，找到三乖一問便知，但是──」他看了三乖一眼，「三乖既然敢擺出死豬，說明他以為凶手不可能透過死豬找上他，我若是插手，讓凶手發現三乖的存在，殺人滅口，豈非危險？所以我不能問，既然不能問，該如何是好呢？」

他頓了頓，輕咳一聲：「這時候，一個意外，讓我提前確定了凶手是誰。」

四 凶手

「王八十曾從母豬衣裳的衣兜裡，摸出三樣東西。」李蓮花道，「一枚相思豆，一根枯枝，還有一張紙。紙上寫了些謎語一般的東西，白大俠很感興趣，可惜這東西和殺人凶手關係不太大。」

他突然從「金先生」改口稱「白大俠」，聽得白千里一愣，反而不大習慣。「關係大的是相思豆。這種豆子並非生長在本地，只生長在南蠻的大山裡。然而衣兜裡的相思豆非但新鮮光亮，甚至還帶有豆莢，顯然是剛摘回來的稀罕東西。」李蓮花道，「而近來總壇中誰去了南蠻之地？是總盟主。」

白千里忍不住道：「總盟主乃是受人之邀……」

李蓮花微微一笑：「他可有帶弟子同行？」

白千里語塞：「這……」

李蓮花長長吁了口氣：「於是這相思豆便到了封姑娘衣兜裡。雖說總盟主愛女之名天下皆知，可父親贈予親生女兒相思豆，依然十分古怪。但是——」他說到父親送女兒相思豆說得漫不經心，說到「但是」兩字卻是字正腔圓，不少人本要大怒，卻不由得先聽完再怒。

「但是，相思豆豆莢中應有數顆紅豆，為何封姑娘兜裡只有一顆？」他聳了聳肩，「其他的呢？莫忘了，相思豆雖然是相思之物，卻也是劇毒之物，那些劇毒之物到何處去了？」

白千里皺眉：「你這話……你這話是什麼意思？師妹……師妹難道把這東西拿去害人了？師妹雖然年少任性，卻也不至於害人。」

李蓮花搖搖頭：「這是個疑問，只是個疑問。我到了萬聖道總壇，承蒙信任，聽到了兩個故事。其一，總盟主的髮妻生下女兒不久便過世，總盟主自此不娶，封姑娘生得酷似母親，故而深受總盟主疼愛；其二，『一品毒』清涼雨冒充廚房雜役潛入總壇，意圖盜取白大俠的少師劍，結果不知何故，封姑娘戀上了這位不入白道的毒中聖手。她為清涼雨冒險盜取少師劍，又在清涼雨毒殺慕容左之後，隨他出逃。」

這事少有人知情，圍觀眾人不禁面面相覷，滿臉疑惑。

白千里緩緩點頭：「這有何不對？」

「清涼雨潛入萬聖道，意圖盜取少師劍，此事何等隱密，萬聖道中邵少俠天資聰穎，目光過人，他發現此事並不稀奇，但封姑娘為何也知道？」李蓮花嘆了口氣，「況且，無論封姑娘是個多麼任性刁蠻的千金小姐，她又怎會無端戀上廚房雜役？清涼雨又怎會信得過她，讓她知道自己是為少師劍而來？他們之間，一定有過不為人知的際遇，而封姑娘和廚房雜役能藉由什麼東西相遇？」他看著白千里，看著封磬，「那就是食物。」

「食物？」白千里茫然地重複了一遍。

「食物。」李蓮花慢慢道，「我不知道曾經發生過什麼，但是，清涼雨是用毒的行家，食物、消失的毒物、封姑娘，這些加在一起，讓人不得不生出奇妙的聯想。」

白千里全身發冷：「你是說——」

李蓮花接口道：「或許，有人曾經在封姑娘的食物中下毒，讓清涼雨發現了，他為封姑娘解毒，故而封姑娘戀上這位救命恩人。這只是猜測，和方才的疑問一樣，並無真憑實據。」

但他的「猜測」卻真實得有些嚇人。四周不再有議論之聲，人人都怔怔地看著他，彷彿自己的頭腦已經停頓。

李蓮花繼續道，「清涼雨與封姑娘的相識，讓我懷疑，總壇之中有人要對封姑娘不利。封姑娘房間外的花園裡堆著許多丟棄的東西，有金銀珠寶，有髮釵玉鈿，那些東西換成銀兩，只怕價值連城。封姑娘年紀還小，並無收入，這些東西自然是有人送的。她常年住在總壇，也未和什麼江湖俊彥交往，那這些珠寶玉石是誰送的？」他唇角微勾，看了封磬一眼，「除了總盟主，誰能在萬聖道總壇送封姑娘如此多的珠寶玉石？父親送女兒珠寶並不奇怪，但封總盟主未免送得太多，而封姑娘的態度也未免太壞。」

微微一頓，李蓮花慢吞吞道：「封姑娘年方十七，慈父一直將她深藏閨中，突然在兩個月前，他開始為女兒選擇良婿，據說選中不少人，封姑娘卻都不肯嫁，並為這事大吵大鬧。封姑娘不過十七歲，為何總盟主突然決定要她嫁人呢？」他唇角微微上揚，看著封磬。

封磬一言不發，冷冷地看著李蓮花。

「在封姑娘丟棄的東西之中，有一個香爐。」李蓮花的笑意在這一瞬間淡了下來，語調漸漸變得有些沉重，「香爐之中，有一塊質地良好的麝香，一角有引燃的痕跡，後又被人撲滅。麝香此物本就香氣濃郁，實無必要再將之引燃，而且它被封姑娘扔得很遠。」他看著封磬，「那是一塊純粹的麝香，有臊味，並非熏香，而是藥用之物。是誰把它放在封姑娘房裡？是誰把它引燃？你贈她紅豆，你贈她珠寶，你突然要她嫁人，她的房內有人點燃麝香，又或許有人在她食物中下毒——麝香，麝香乃是墮胎之物……」

「閉嘴！」白千里厲聲喝道，「李蓮花！我敬你三分，你豈可在此胡說八道？非但辱我師父，還辱我師妹！你——你這卑鄙小人！」

四周一片譁然，眾人都對李蓮花那句「墮胎之物」深感驚駭，誰聽不出李蓮花的言下之意——封磬與封小七有那苟且之事，封小七有了身孕，封磬要她嫁人、墮胎都無結果，於是逼不得已，殺了自己的女兒。

若是這個理由，還真是個理由。

誰能相信萬聖道總盟主封磬，平日溫文儒雅，以種花為喜好，飽讀詩書的謙謙君子竟會做出此等下作之事？

封磬一張臉已然鐵青：「李蓮花，你說出這等話，若無證據，今日我不殺你，不足以平我萬聖道之怒。」

李蓮花垂下手，指了指地下：「你想再見他們一面嗎？證據，或許就在他們身上。」

封磬怔了怔，三乖已經喊了起來，「就是你！你殺了她！你殺了她！」他突然瘋了一般拿起鏟子，在院子裡瘋狂鏟土，地面很快被他鏟開一個大洞，只見洞裡有兩張草席，三乖跳下坑去，一把揭開其中一張，「她有了你的孩子！」

白千里驚恐地看著坑裡已經腫脹的死人，泥土中面容扭曲、長髮披散的，正是他不知世事、任性驕縱的師妹，他從不曾想像她會變成這個樣子。泥土中尚有一團白布包裹著、血肉模糊的東西，是個未成形的胎兒。

三乖又猛地揭開另一張草席，草席下是一張滿是刀痕的臉，雖然扭曲變形，卻依稀可見這人活著時應是如何俊俏，這人誰也不認識，卻人人一見便知是那「清涼雨」。

他竟是個如此俊俏的少年。

三乖指著封磬的鼻子：「那天夜裡，我去了趟三姨媽家，趕夜路回來的途中，在山裡看見你和他們打架。你要抓這個女的回去，這個男的不許，你先把女的踢倒，再用斷掉的長矛將男的釘在樹上，用劍砍斷他的手，砍壞他的臉，一直砍到他死！砍到劍斷掉！那個女的沒死，你不停地踢她，用矛頭插進她的肚子。這個女的手裡也有一柄劍，你搶走她的劍，用劍柄將她敲昏……我全都看見了！你看她躺在地上流血，把她扔在那裡就走了。我救她回家，治了好幾天，她的孩子沒了，人還能活著，可是你殺了她的男人，她每天都在哭。有天我賣豬肉回來，看到她用條白布把自己掛在梁上，上吊死了。」

他指著封磬，全身顫抖：「她說你是她親爹，她說因為她長得和她娘太像，所以你強姦了她！她說你怕她和她男人走了，怕她男人把你的醜事抖出來，所以殺人滅口。我不記得她說你叫什麼名字，但我知道你是個很有勢力的人！但這是兩條人命啊！那麼年輕的小姑娘，你把她逼死，你說你還是個人嗎？我不服氣，我全都看見了，我就是不服氣！我三乖只是個殺豬的，沒什麼見識也沒什麼本事，但我總想著這件事老天一定要給個交代！」

他重重一拍他那殺豬的架子，震得鐵架子直搖晃，一瞬間真有力拔千鈞的氣勢：「我想尋個青天來幫我，我想你得到報應！所以我殺了兩頭豬，把豬弄成他們的樣子，我想這千古奇冤一定有人會來昭雪！老天果然有眼！」

封磬臉色煞白，李蓮花靜靜看著那兩具屍體，過了好一會兒，他道：「清涼雨身上這許多劍痕，不知白大俠可認得是什麼劍法？」

白千里踉蹌退了幾步，他雖不學劍，但封磬有家傳「旗雲十三劍」，十三劍均是出奇制勝的偏詭之招，入劍出劍方式完全不同，用以對敵人造成最大傷害。清涼雨臉上這十幾劍，包括腹上長矛一擊，都是「旗雲十三劍」的劍意。

李蓮花抬起頭，看著漸漸西沉的夕陽，道：「封總盟主，千萬種懷疑不過是懷疑，你可知道究竟是何事讓我確信你就是殺人凶手？」

封磬冷冷一笑。

李蓮花慢慢接下去：「那根枯枝和那張白紙。」

封磬一言不發。

「我從萬聖道總壇回來，路上總盟主所贈的駿馬突然受傷，導致回來得遲了。其實驚馬失蹄，下場多半不大好，但偏偏我這人有些運氣，所以躲過一劫。那兩匹馬究竟為何失蹄，我已請大夫細細查看，料想和總盟主的厚愛有些關係。」李蓮花微笑道，「而等我回到蓮花樓，樓中卻已有人在等我，要我交出那兩樣東西。我就覺得奇怪，連王八十自己都忘記他兜裡有那三樣東西，他拿出相思豆、枯枝和白紙時，只有我和白大俠在場。」

白千里全身發抖，用盡力氣握住手中的金鉤，點了點頭。

「而我們到了總壇，見到神交許久的封總盟主。白大俠和王八十又將那三樣東西講了一遍，白大俠把那粒紅豆給了總盟主，而我把枯枝和白紙收入懷中。」李蓮花微笑，「那麼這位來我蓮花樓，開口索要那兩樣東西的人是誰？除了白千里、王八十、我和你之外，沒有第五個人知道那兩樣東西，更沒人知道東西在我懷裡。」他略為遺憾地搖了搖頭，「也許你以為那張古怪的白紙藏著洩露你身分的祕密，但其實沒有；你冒險來奪，卻讓我知道你是誰——比我早到角陽村、武功如此之高，又知道那兩樣東西的人，只有白大俠和你。而『夜先生』，顯然不是白大俠。」

封磬若有所思，想了許久，慢慢扯出一個笑容：「你怎麼知道『夜先生』不是白千里？」

李蓮花正色道：「我叫他『夜先生』，如果真是白大俠，他定會拍桌，再三強調他姓白……總盟主修養極好，一早我就稱讚過了。」

白千里顫聲叫道：「師父！」

封磬慢慢轉過頭，白千里咬牙切齒地掙扎了好一會兒，終於一字一字問：「那兩樣東西，當真在你身上？徒弟請師父……驗明正身……」

封磬仰天大笑：「哈哈哈哈哈，哈哈哈哈哈——」

他從懷裡緩緩摸出三樣東西，丟在地上，正是那紅豆、枯枝和白紙。

「我除惡半生，不想今日竟輪到自己。李蓮花！其實你猜測的大部分都對！我去滇南取了紅豆，並沒有什麼善心，我將三顆毒豆混入花豆湯中，想讓她喝下打胎，結果被清涼雨這小子壞了事。後來點了麝香，又被她摔了出去。封小七留下孩子就是故意和我作對，因為她恨我。」他仰天長笑，「今時今日，我就一併說了吧！你們以為我與親生女兒通姦？我禽獸不如？呸！封小七根本不是我的女兒！」他語氣突然變得陰森，「她是秀娘和人通姦所生，所以當年——我一掌殺了她，將她埋在薔薇花下。封小七根本不是我女兒，我想將她如何便如何，她親生父母對不起我，報應在女兒身上，有什麼錯？哈哈哈哈哈——」

白千里駭然看著封磬，這位他尊敬了三十多年的師尊，在背地裡居然是這等模樣……封磬狂笑不止，四周的萬聖道弟子人心渙散，忍不住後退。這瘋子殺死妻子，與養女通姦，又逼死養女，誰知道醜事暴露後他會做出什麼事？

只聞「錚」的一聲脆響，封磬拔劍而出，黃昏時分，他手上所持之劍如一汪碧水，玄色中濃濃透出碧意，正是少師劍！

白千里眼見此劍，忍不住便欲奪回，李蓮花衣袖一抬，將他攔下。

夕陽狂熱如火，那掠過夕陽的霞雲如三秋狂客的一筆濃墨。

白千里一怔，他不認為李蓮花的武功高過自己，但他衣袖一抬，自己便過不去了。

李蓮花很和氣地問：「白大俠，這柄劍……當年花了你多少銀子？」

「十萬兩。」

李蓮花嘆了口氣：「太貴，太貴。」

他看著封磬，喃喃道：「買不起，看來只好用搶的了。」

封磬劍氣暴漲，殺氣一寸一寸襲眉驚目。

圍觀眾人臉色慘白，一步一步後退，為圈子裡的兩人讓出一片空地。

風吹地，滿黃沙，夕陽西下。

——《蓮花樓》（三）完

高寶書版集團
gobooks.com.tw

YE 030
蓮花樓（冊三）
作　　者　藤　萍
特約編輯　余純菁
責任編輯　高如玫
封面設計　張新御
內頁排版　賴姵均
企　　劃　何嘉雯

發 行 人　朱凱蕾
出　　版　英屬維京群島商高寶國際有限公司台灣分公司
　　　　　Global Group Holdings, Ltd.
地　　址　台北市內湖區洲子街88號3樓
網　　址　gobooks.com.tw
電　　話　(02) 27992788
電　　郵　readers@gobooks.com.tw（讀者服務部）
傳　　真　出版部(02)27990909　行銷部 (02)27993088
郵政劃撥　19394552
戶　　名　英屬維京群島商高寶國際有限公司台灣分公司
發　　行　英屬維京群島商高寶國際有限公司台灣分公司
初　　版　2023年03月

原著書名：《吉祥紋蓮花樓》
本書中文繁體字版由天津星文文化傳播有限公司授權出版。

國家圖書館出版品預行編目(CIP)資料

蓮花樓（冊三）/藤萍著. -- 初版. -- 臺北市：英屬維京群島商高寶國際有限公司台灣分公司, 2023.03
冊；　公分. --

ISBN 978-986-506-596-6（第1冊：平裝）.--
ISBN 978-986-506-597-3（第2冊：平裝）.--
ISBN 978-986-506-598-0（第3冊：平裝）.--
ISBN 978-986-506-599-7（第4冊：平裝）

857.7　　　　111018766